KB046508

十六夜膳房

열여섯 밤의 주방

마오우 장편소설

문현선 옮김

율로율로

차례

이미 인생의 종점에 이르렀다면
당신 머릿속에 불현듯 떠오르는
가장 먹고 싶은 음식은 무엇인가.

나는 맹파(孟婆).*

강가에서 음식점을 운영하며
강을 따라 찾아오는 손님을 맞는다.

사람마다 기억과 입맛, 기호가 다르고
일생의 아쉬움과 부족함은 그 속에 녹아들기 마련.
그들이 원하는 음식을 대접해
아무 미련 없이 길을 떠나도록 돕는 것이
바로 내 일이다.

* 고대 신화에 나오는 인물. 사람이 죽어 황천길에 오르면 망천하(忘川河)의 내
하교(奈何橋)라는 다리 근처에서 생전의 기억을 잊게 해 주는 맹파탕을 망자에게
건넨다고 한다.

사후의 세상은 그렇게 펼쳐졌다.

 흑무상(無常)*에게 이끌려 걸어가던 중 내 영혼이 천천히 감각을 회복했다. 오감이 모두 회복되었을 때 나는 거대한 어둠 속에 있다는 것을 깨달았다.
 찰랑찰랑 흘러가는 강물 소리가 부드럽게 고막을 두드렸다.
 물소리를 따라 시선을 돌리자 암홍색 다리가 눈에 들어왔다. 양 기슭에서는 장대하고 빽빽한 숲이 나지막하게 속살거리며 어둠 속에서 망천하(忘川河)와 합주라도 하듯 사락사락 나뭇잎을 흔들었다.

* 염라대왕을 위해 일하는 중국 전설 속 저승사자로, 흑무상과 백무상 둘로 나뉜다.

9

그 순간 다시 고개를 들었더니 어둠의 장막이 내린 하늘을 공명등(孔明燈)*이 촘촘히 메우고 있었다. 따스한 주황빛을 내며 수많은 별처럼 망천하를 아름답게 수놓았다. 그 천지간의 신성하고 엄숙한 광경에 나는 잠시 아무 말도 할 수 없었다. 그저 다리 옆에 멍하니 선 채, 표표히 밤하늘로 올라가는 공명등을 바라보기만 했다.

한참 뒤, 옆에 있던 흑무상이 갑자기 앞쪽의 검은 그림자를 향해 공손히 말했다.

"염라대왕님 오셨습니까?"

그 말이 끝나자마자 검은 그림자가 펑크스타일 청년으로 변하더니 내게 어색하게 인사를 건넸다.

"오랜만입니다."

지난번에 만났을 때는 머리가 하얗게 센 술고래더니 이번에는 모히칸 머리에, 한 마디만 해도 얼굴이 빨개지는 젊은 이였다.

"네, 오랜만이네요. 또 모습을 바꾸셨군요."

내가 고개를 끄덕였다.

"그러지 않으면 요즘 사람들 삶에 다가가기 힘드니까요. 그런데 당신은 그대로네요?"

"오는 길에 흑무상……."

나는 흑무상을 힐끗 바라보며 말했다.

---

* 열기구의 원리를 이용해 만든 종이 등. 제갈공명이 발명했다는 전설이 있으며 요즘은 소원을 빌 때 많이 날린다.

"병기무(丙己戊)입니다."

흑무상이 가슴의 명찰을 바로잡았다.

"흑무상 병기무가 이미 설명해 주었습니다. 저도 이렇게 올 줄은 전혀 생각하지 못했고요. 그래서 저는 지금 무엇입니까?"

"당신이 죽자마자 새로 오신 그분이 긴급회의를 소집했습니다. 우리의 오랜 계약에 따르면, 엉망진창인 상황을 방임하거나 포기한 채 해탈하는 쪽은 어느 정도 벌칙을 감수해야 하지요. 회의 결과, 스스로 잘못이 무엇인지 깨달을 때까지 당신에게 지옥의 '맹파'직을 맡기기로 했습니다."

염라대왕이 집게손가락으로 이마를 긁적거렸다.

"맹파요?"

"네. 여기를 보십시오."

염라대왕이 엉덩이 주머니에서 꾸깃꾸깃한 악보 한 장을 꺼냈다. 여백에 작은 글씨로 뭔가 잔뜩 적혀 있었지만, 글자가 비뚤비뚤한 데다 다닥다닥 붙어 있어서 무슨 내용인지 도무지 알아볼 수가 없었다.

"어제 당신이 너무 갑자기 죽는 바람에 우리는 아무 준비도 할 수 없었습니다. 내가 아이들과 노래 연습을 하고 있을 때 그분이 노발대발하며 찾아왔어요. 그러다 보니 나로서는 임명장을 여기에 작성하는 수밖에 없었답니다."

"맹파라니……, 그 맹파 말씀입니까?"

"네, 바로 그 맹파요. 저는 아주 대단하신 당신에게 우리

11

지옥의 규정을 읽어 드리러 왔습니다."

염라대왕은 기침을 한 뒤 얼굴을 붉히며 규정을 읽기 시작했다.

"직책, 맹파. 직무 설명, 사람마다 기억과 입맛, 기호가 다르고 그 속에는 각각의 삶에서 아쉽고 부족한 점 또한 녹아 있다. 맹파의 일이란 세상을 떠나는 사람들에게 먹고 싶어 하는 음식을 만들어 줌으로써 그들이 아무 미련 없이 길을 떠나게끔 돕는 것이다."

염라대왕이 꾸깃꾸깃한 악보를 조심스럽게 접으면서 고요한 밤하늘을 바라보았다.

"저 공명등을 보십시오. 각각의 공명등은 누군가가 품은 평생의 한을 대변합니다. 그들의 한이 지옥을 밝히는 것이고요……. 지옥주방에 오신 것을…… 환영합니다."

첫 번째 밤:
갓절임청대콩국수

"맹파, 맹파, 맹파, 오늘 그녀가 올 거예요. 정말 떨려요. 오늘 누가 마중 나갔지?"

가게 구석에서 벌써 손님 셋을 상대한 흑무상 갑이 백무상을 안아 올리며 물었다. 백무상은 염라대왕이 가게로 데려와 키우는 뚱뚱하고 게으른 고양이다.

"새로 온 인턴 흑무상이 갔어……."

백무상은 바닥으로 뛰어내려 길게 기지개를 켜며 대답했다.

나는 그때까지도 탁자를 치우느라 정신이 없었다.

바로 직전에 왔던 손님은 일말의 거리낌도 없이 호화 잔칫상인 만한전석(滿漢全席)을 주문했다. 살아 있을 때 늘 절반 정도 먹으면 끝이었다며, 죽어서는 어떤지 시험해 봐야겠다는 이유였다.

나는 식사 시간에 제한이 있다고 알려 주고는 다 먹고 싶으면 각각의 요리를 한 입 분량으로 만들어 주겠다고 제안했다. 그는 싫다면서 눈에 핏발까지 세우고는 반드시 커다란 접시에 가득 담아 달라고 우겼다.

백여덟 가지 요리 가운데 3분의 1을 먹고 나자 그는 더는 넘기지 못했다. 결국 다음 생에는 반드시 다 먹고야 말겠다다짐하며 다리를 건너갔다.

만한전석 손님 전에는 실명한 여자가 들어와 파란색 음식을 전부 달라고 주문했다. 나는 완전히 파란 음식은 세상에 하나도 없으며, 블루베리와 블루포테이토도 보라색이라고 알려 주었다. 그녀는 그렇다면 블루베리와 블루포테이토를 먹겠다고 했다.

나는 몹시 난처해졌다.

"하지만 손님은 살아 계실 때 블루베리와 블루포테이토를 드신 적이 없습니다. 식감이 똑같은 재료로 대체해도 될까요?"

그녀는 싫다면서 아무것도 먹지 않은 채 씩씩거리며 다리를 건너갔다.

나는 허리를 굽혀 배웅하는 한편, 속으로 탄식을 내뱉었다. 내가 이곳에서 잘못을 반성하는 게 무슨 의미란 말인가? 인간은 늘 똑같은데.

실명한 여자에 앞서 찾아온 손님은 원저우(溫州) 오리 혀를 주문하면서 평생 먹어 본 오리 혀를 전부 다시 맛보고 싶다고 요구했다. 그러다 보니 접시의 오리 혀가 전부 다른 맛일 수밖에 없었다. 새콤달콤한 맛부터 얼얼한 맛, 알큰달근한 맛, 뜸얌꽁 맛, 다섯 가지 향초가 쓰이거나 이상한 냄새가 나는 것은 물론이고 장에 달인 것, 술에 잰 것, 마늘이나 서양 자두를 첨가한 것, 고추 향신료를 넣거나 소금에 절인 것, 레몬즙과 치즈를 넣은 것, 부추와 깨장을 넣은 것, 매콤한 양념장을 바른 것에 이르기까지 각양각색이었다.

그녀가 다리를 건너갈 때 백무상이 조용히 내 다리에 몸을 비비며 말했다.

"염라대왕한테 급료 좀 올려 주라고 말할게요."

내가 조용히 급료 인상분을 생각하고 있을 때 가게의 생사종(生死鐘)이 댕댕 울렸다. 다음 손님이 오고 있다는 의미였다. 백무상이 야옹야옹 울었다.

나는 백무상의 귀를 쓰다듬으며 말했다.

"착하지. 손님이 오시는구나."

오늘 밤 손님은 고희를 넘긴 노부인이었다. 얼굴 주름이 강바람에 흔들리는 그녀는 낡은 잠옷 티셔츠를 입고 있었다.

나는 미소 지으며 공손하게 문을 열었다.

"어서 오세요. 지옥주방에 오신 걸 환영합니다."

흑무상 갑은 구석에 똑바로 선 채 완전히 굳어서는 미동도 하지 않았다. 내가 이쪽으로 오라고 손짓했지만, 벽에 달라붙은 듯 꼼짝도 하지 않으면서 눈물만 주르륵 흘렸다.

나는 흑무상 갑을 노부인 앞으로 데려왔다. 그는 눈물범벅이 된 얼굴로 심호흡을 몇 차례 한 뒤에야 천천히 무릎을 꿇었다.

"저는……."

노부인은 깜짝 놀란 표정이었다.

"죄송합니다, 죄송합니다, 정말 죄송합니다……."

흑무상 갑은 머리를 조아리며 울음 섞인 목소리로 사죄했다.

노부인은 당황한 나머지 한참을 망설이다가 손을 뻗어 흑무상 갑을 일으켜 세웠다. 서른 정도밖에 안 되어 보이는 청년이 온몸을 바들바들 떨고 있었다.

"저는…… 정말, 진심으로 죄송하다는 말씀을 드리고 싶었습니다. 죄송합니다, 죄송합니다……."

"그건 조금 뒤에 다시 얘기하고. 자, 무엇을 주문하시겠습니까?"

분위기가 묘하게 흘러가는 듯해 나는 노부인을 자리로 안내한 뒤 손에 든 자료를 넘기며 말을 이었다.

"생전에 마지막으로 드신 음식은 쑥갓볶음, 돈가스, 흰죽, 단팥찹쌀떡입니다. 아니면 다른 요리를 마음대로 선택하셔도 됩니다."

"저…… 청년도……."

노부인은 무릎 꿇은 흑무상 갑이 무척 신경 쓰이는 눈치였다.

"저는 상관하지 마시고……."

흑무상 갑은 바닥에 꿇어앉은 채 흐느끼며 대답했다.

"어떻게 그래요? 저기……."

노부인도 무척 긴장했다.

"주문부터 하시지요."

내가 노부인을 보며 말했다.

"그럼…… 갓절임과…… 청대콩이 들어간 소고기국수요. 국물에 만 국수, 그 탕면이면 돼요."

노부인은 잠시 생각한 뒤 띄엄띄엄 음식을 주문했다.

"알겠습니다."

나는 고개를 끄덕이며 미소를 지었다.

"그만 일어나지요."

노부인은 무슨 일인지 전혀 모르겠다는 표정으로 흑무상 갑을 바라보았다.

우선 살코기를 결 반대 방향으로 얇게 저민 뒤 결을 따라 채를 썰고 소량의 소금, 설탕, 맛술, 녹말물을 넣어 고루 섞은 다음 30분쯤 재워 두었다. 녹말물은 고기의 5분의 1 정도 넣었다. 30분이 지나자 수분이 모두 고기에 흡수되었다. 이렇게 촉촉하게 재워야 볶았을 때 고기가 연하고 탱탱하다.

소금에 푹 절인 갓은 잘게 다진 뒤 잠시 물에 담가서 소금기를 뺐다. 소금기를 뺀 뒤에는 물기를 꽉 짜서 따로 담아 두었다.

신선한 청대콩은 껍질을 전부 벗겼다. 누에콩이 나오는 4월과 5월에는 청대콩 대신 누에콩을 써도 좋다. 11월부터 3월까지는 한창 제철인 겨울 죽순을 첨가하면 훨씬 신선하게 즐길 수 있다.

갓절임과 콩은 일대일 비율로, 고기는 갓절임의 절반을 준비했다.

하얀 김이 올라올 때까지 솥을 달군 뒤 땅콩기름을 둘렀다. 사실 어떤 식용유든 상관없지만 땅콩기름에는 독특한 향이 있다. 특히 생선을 찔 때 사용하면 낭만적인 느낌이 유난히 강해져 백무상이 무척 좋아한다.

고기가 부드러워지게 기름을 넉넉히 두르고 중불에서 하얀색이 돌 때까지 볶은 다음 고기를 따로 덜어 놓았다. 이어서 불을 세게 키운 뒤, 남은 기름으로 청대콩을 쪼글쪼글해질 때까지 볶고 소금으로 살짝 간을 했다. 청대콩이 쪼글쪼글해지면 간이 쉽게 잘 밴다.

다진 갓절임과 고기를 함께 넣고 살짝 물을 부어 골고루 볶다가 마지막으로 풍미를 높이기 위해 설탕 한 자밤을 더했다. 그런 다음 잘 섞이게 살짝 뒤적여 그릇에 덜어 놓았다.

냄비에 달걀면 1인분을 넣은 뒤 파란 꽃무늬 면기를 준비했다. 라드유 한 숟가락과 간장 한 숟가락(두부피조림의 국물이 제일 좋다)을 넣고 뜨거운 물을 부어 간장 베이스 국물을 만든 다음 삶은 국수를 넣었다.

신선하게 볶은 갓절임과 청대콩, 소고기는 모두 국수 위에 고명으로 얹었다.

"여기, 주문하신 갓절임청대콩국수입니다."

나는 젓가락을 노부인에게 건넸다.

너무도 친숙한 향기가 열쇠처럼 그녀의 기억을 소리 없이 열어 주었다.

손가락을 튕기자 귀등(鬼燈)이 켜지고 벽면의 주마등이 저절로 돌아가면서 손님의 일생을 상영하기 시작했다.

"이게…… 이게 뭡니까?"

노부인이 깜짝 놀라며 벽을 가리켰다.

"주마등입니다. 시간이 지나면 기억이 희미해져서 우리는 작은 부분들만 떠올릴 수 있습니다. 주마등은 그런 순간을 한 프레임씩 보여 주지요. 우리는 주마등 바깥에 서서 지난 평생을 보게 된답니다."

나는 노부인에게 웃음을 지어 보인 뒤 그녀의 주마등을 보았다.

그녀는 열다섯 살 때 엄마 손에 이끌려 피아노를 배우기 시작했다. 그때 피아노 선생님의 남편이 방송국 피디였다. 방송국에서 사람을 구한다는 말에 선생님은 그녀를 드라마에 추천했는데, 뜻밖에도 그녀는 인기를 끌며 바로 연예 기획사와 계약하게 되었다.

열여섯 살에 정식으로 데뷔하면서 그녀는 '국민 여친'을 이미지로 설정했다.

처음 데뷔했을 때는 몹시 힘들었다. 그녀보다 열두 살 많은 매니저는 야심만만한 남자로, 펄펄 끓는 여름날에도 매일같이 그녀를 끌고 사방팔방 돌아다녔다.

신인 연기자에 대한 사내 처우가 워낙 열악해 두 사람은 길가 좌판에서 단출한 도시락 하나로 점심을 때울 때가 많았다. 달걀프라이 하나를 둘로 나눠 먹으며 다음 장면의 대사와 표정을 연습했지만, 그래도 두 사람은 즐겁게 식사할 수 있었다. 그때 그녀는 남자를 따라 연예계에 진출한 일이 인생 최대의 행운이라고 생각했다.

그렇게 성실하게 다섯 해를 보낸 뒤 드디어 매니저의 노력이 빛을 발해, 그녀는 아주 좋은 배역을 따냈다. 외국에서 막 상을 받고 돌아온 감독 밑에서 정상급 남자 배우와 호흡을 맞추게 된 것이다. 영화 소재도 논쟁거리가 많은 역사와

정치였으며, 심지어 영화 주제곡까지 부르게 되었다.

그녀는 기회를 제대로 살려, 영화 개봉 후 실로 엄청난 스타로 급부상했다. 이발소, 잡화점, 노래방 등 도처에서 그녀의 노래가 울려 퍼졌다. 그리고 매니저도 서른세 살이라는 나이에 이사로 승진했다.

회사에서는 남자가 부정한 수단을 동원했고, 사람을 대하는 태도가 달라졌다며 뒷말이 적지 않았다. 윗선에서도 몹시 탐탁지 않게 여겼다. 그러나 남자는 패기를 잃기는커녕 오히려 지나칠 정도로 자신만만했다. 동기들이 조금 자제하라고 에둘러 충고해도 그저 웃어넘길 뿐이었다.

한 사람은 대중이 주목하는 스타 여배우고 다른 한 사람은 전도유망한 호걸이니, 젊디젊은 두 사람은 특수한 버블 시대였음에도 아무 문제 없이 호화로운 생활을 누릴 수 있었다. 그리고 결국에는 사랑의 불씨가 타다닥 소리를 내며 피어올랐다.

이런 행복을 내가 누려도 될까?

그녀는 늘 한 가닥 불안감을 지울 수 없었다. 그렇지만 남자의 자신감은 그녀의 자신감이기도 했다.

남자는 그녀의 삶 곳곳에 스며들어 더할 나위 없이 따뜻한 손바닥처럼 시시각각 그녀의 등을 감싸며 보호해 주었다. 남자는 새 비서가 올 때마다 그녀가 토마토와 가지를 안 먹는다는 사실과 아침에 일어날 때의 기분, 힘들 때 좋아하는 썰렁한 유머, 멍해질 때의 표정, 꾹 참을 때의 표정 등을 직접 알려 주고, 술 시중을 요청받을 경우 교묘하게 빼낼 수 있는 방법까지 일러 주었다. 남자는 그녀를 정말로 극진하게 보살폈다.

나는 진짜 운이 좋아.

그녀는 매일 잠들 때마다 그렇게 생각하며 웃었다.

또 1년이 흘러 그녀는 전국 순회공연까지 열게 되었다. 어느 날, 초주검이 될 정도로 지쳐 콘서트장에서 호텔로 돌아오는 버스에 올랐을 때였다. 백댄서들이 어디에서 함께 야식을 먹을지 시끄럽게 의논했다. 그녀는 극도로 피곤한 상태였지만 남자한테 배운 대로, 평소처럼 예의 바르게 웃는 얼굴로 사양했다.

그녀의 숙소는 처음엔 여인숙에서 시작해 보통 여관의 일반실이 되었다가 이제는 오성급 호텔의 스위트룸이 되었다. 매니저와 보조도 처음에는 남자 혼자서 도맡았지만, 이제는 비즈니스 매니저 둘에 생활을 봐주는 비서 셋으로 늘어났다. 그러나 호텔 스위트룸으로 들어설 때마다 그녀는 커다란 공간에 텅 빈 자신뿐이라는 생각이 들었다.

당신이 나와 함께라면 얼마나 좋을까. 당신을 바라만 봐도 좋고 당신 눈썹을 세어 봐도 좋을 텐데.

그녀는 욕실로 들어갔다. 따끈한 물로 목욕하면서 땀에 전 속옷을 깨끗이 빨았다. 옷가지를 말릴 때, 무대를 뒤흔들던 환호성이 여전히 귓가를 맴돌고 현란한 조명도 눈가에 아른거렸지만 지금 남은 것은 피곤한 영혼뿐이라는 생각이 들었다.

그녀는 무거운 몸을 침대로 던졌다. 이런 삶은 아무 의미도 없는 것 같았다. 일은 일일 뿐이고 환호성은 환호성일 뿐, 화장을 지운 뒤에 남는 것은 언제나 공허함과 피곤함뿐이었다. 하지만 의지할 사람이 아직 한 사람 있다는 사실을 떠올리자 가슴이 다시 따스함으로 차올랐다.

그녀는 침대 가에 앉아서 전화를 걸었다.

"보고 싶어요."

"나도 보고 싶어."

남자는 산더미 같은 서류를 손에서 내려놓고 소년 같은 미소를 지었다.

나는 늑대가 제일 좋아요. 당신은 늑대랑 닮았어. 당신이 늑대랑 닮아서 내가 늑대를 좋아하는 거예요. 내 젊은 시절, 내 모든 삶에 당신이 있어서 정말 좋아요.

봄이네요. 내가 당신을 얼마나 좋아하는지 세상에 알리고 싶어요. 내 가장 좋은 시절에 가장 좋아하는 사람을 만나서 정말 좋아요. 아무리 심하게 싸운 뒤라도 당신은 언제나 그렇듯 따스하게, 아침이면 나를 위해 식사를 준비하죠.

그녀는 결혼하고 싶었다. 남자도 결혼하고 싶었다. 하지만 그녀의 수많은 열성 팬들이 자기 꿈속의 연인이 결혼하게끔 내버려 둘 리가 있겠는가?

연예인으로서 그녀는 한창 상승세를 타고 있었다. 남자의 계획대로 나아가면 그녀는 아직도 훨씬 높이, 또 훨씬 멀리 날 수 있었다. 남자는 그녀가 연예계에서 불꽃처럼 타오르는 봉황이 되기를 꿈꾸었다. 그녀는 남자의 최고 예술 작품이었다.

소식이 공개되면 난폭한 열성 팬들이 벌 떼처럼 달려들게 뻔했다. 열성 팬을 잃는다는 것은 티켓 파워를 잃고 회사의 지원도 줄어든다는 뜻이었다. 결혼은 그녀가 활동 기반을 잃는다는 의미였다.

"그럴 리가요. 나를 좋아하는 사람이라면 틀림없이 지지해 줄 거예요."

그녀는 자신 있게 말했다.

남자는 그녀의 품에 누운 채 걱정스러운 얼굴로 그녀를 바라보았다.

"우리가 예전에 열었던 팬미팅 기억나요?"

그녀는 남자의 머리카락을 쓰다듬으며 수시로 고개를 숙여 입을 맞췄다.

"기억나지. 왜?"

"한 사람씩 전부 사인해 주고 자리에서 일어나 악수한 뒤 일일이 대화도 나눴어요. 아침 열 시부터 저녁 일곱 시까지. 그러다 보니 늘 다리가 퉁퉁 부었지요. 숙소에 돌아오면 당신이 따뜻한 물을 받아 내 발을 마사지해 줬고."

"그랬지. 지금 이만큼 온 것도 그때의 고생이 차곡차곡 쌓인 덕분이야."

"맞아요. 그래서…… 난 느낄 수 있어요. 그들은 이 세계의 기본을 이해할 거예요."

"기본?"

"그들과 내 경계 말이에요. 난 그들이 안다고 믿어요. 가끔은 나와 아주 가깝다고 느낄지라도요. 그렇지만 일은 일이고 사생활은 사생활이죠. 그들은 틀림없이 잘 구분할 거예요. 내가 정말로 행복하면 그들도 기뻐해 줄 거예요."

너무 순진한 생각 아닌가? 어쩌면.

그러나 남자는 묵묵히 이직 준비를 끝냈다. 사실이 공개되면 그녀를 데리고 더 좋은 자리로 옮길 계획이었다.

그래서 그들은 작은 레스토랑을 빌리고 가족과 친한 친구만 초대해 백년가약을 맺었다. 두 사람의 달콤함은 은밀한 비밀로 감춰졌다. 그런 비밀 덕분에 그녀는 한층 더 공연에 몰입할 수 있었다.

'뼛속에서 피어오른 꽃송이, 다시 한번 사랑을 불태우리!'

두 사람이 예전에 도시락 먹던 곳을 한밤중에 찾아간 날, 그녀는 집으로 돌아와 이런 가사를 썼다.

'담장 너머 장마의 계절, 깊이 잠든 그대……'

잠에서 깬 그녀는 무방비 상태로 잠든 남자의 얼굴을 바라보았다. 창밖에서는 보슬보슬 비가 내렸다. 그녀는 남자의 숨소리를 들으면서 깊이 잠든 그의 품속을 다시 파고들었다.

그녀는 남자를 위해 노래를 만들고, 그는 그녀를 위해 노래를 내보냈다.

아찔할 정도로 달달한 그녀의 새 노래가 음악 차트에 진입했을 때 갑자기 한 잡지에서 그녀의 결혼 사실을 폭로했다. 모든 것이 너무나도 순식간에 무너져 내렸다.

그날 밤 각종 언론 매체에서 벌 떼처럼 몰려들어 사흘 밤낮을 떠나지 않는 바람에 그녀는 밖으로 한 발짝도 나갈 수 없었다. 이어서 분노한 열성 팬들의 협박 편지가 회사로 수도 없이 날아들고 조잡한 폭탄까지 전달됐다. 사실 아무 위력도 없는 폭탄이었지만, 그녀의 비밀 결혼에 회사 전 직원이 분노하게 만들기에는 충분했다. 집 전화번호까지 폭로됐을 때 남자는 화를 내며 전화선을 뽑아 버렸다.

다시 며칠이 지나고부터는 가족과 친구들이 기자들에게 시달렸다. 열성 팬들은 아무리 기다려도 해명을 듣지 못하자 그녀 주변 사람들에게 분노를 풀었다. 남자의 부모 집에 뭔지 모를 동물의 피가 뿌려지고, 그녀의 언니는 회사에서 끊임없는 항의 전화에 시달리다가 결국 쫓겨나다시피 사직했다.

그녀는 회사에서 선별했다는 '열혈 충성 팬'의 지지 편지를 받았다. 처음부터 줄곧 그녀를 따라온 충성스러운 팬들로, 함께 썼다는 편지가 가득 담긴 상자를 그녀에게 전해 달라며 회사로 부쳐 왔다. 그러면서 그녀가 어서 기운을 내 공개적으로 해명해 주기를 바란다고 말했다.

그녀는 기쁨에 들떠 상자를 열었다. 첫 번째 편지를 펼치자 아무 글자도 없이 지저분한 얼룩만 잔뜩 묻어 있었다. 두 번째 편지도 얼룩뿐이었다. 세 번째, 네 번째도 마찬가지였다.

등줄기로 식은땀이 흘러내렸다. 그녀는 벌벌 떨면서 얼룩을 자세히 들여다보다가 날카로운 비명과 함께 울음을 터뜨렸다. 그러고는 도망치듯 발을 구르며 편지를 멀리 차 버렸다.

그녀는 완전히 무너져 버렸다.

남자는 그녀를 위로하는 한편 밤낮으로 지인들에게 전화를 걸었다. 그의 목표는 단 하나, 자신의 봉황을 불처럼 꽃처럼 피워 내는 것뿐이었다. 사흘 밤낮을 뛰어다닌 뒤, 남자는 자기 실력과 경력이라면 얼마든지 기획사를 직접 차려도 되겠다는 결론을 내리고 회사에 사표를 내러 갔다.

온갖 대책을 궁리했음에도 남자는 회사 고위층에게 막히고 말았다. 고위층 인사는 사사건건 걸고넘어지면서, 그녀의 미래를 보장해 줄 테니 대신 그에게 사직서와 이혼 서류에 서명하라고 요구했다.

헤어지던 날 밤, 남자는 집에 남은 재료를 이용해 갓절임 청대콩국수를 끓여 주었다.

"재료를 사 올 수 없으니 그냥 이렇게 먹자."

남자가 조용히 젓가락을 놓아 주었다.

그녀는 울다 지친 얼굴로 애원하듯 남자를 바라보았다.

"너무 말랐네."

남자는 시선을 피하며 그녀의 허리를 쓰다듬었지만 목소리가 떨렸다.

그녀는 고개를 저었다. 뭔가 말하고 싶은데 울음만 미친 듯이 터져 나왔다.

"앞으로는 밥을 해 줄 수가 없어."

남자는 목이 메는 듯 한참을 가만히 있다가 말을 이었다.

"내 말 들어. 착하지."

그녀는 와락 울음을 터뜨리면서 남자의 눈물도 떨어지는 것을 보았다. 그 순간 자신이 이미 죽었다고 생각했다.

"잘 챙겨 먹어야 돼."

그녀는 울고 또 울었다. 평생의 용기가 다 사라지고, 다시는 되찾을 수 없겠다는 생각이 들었다.

그 뒤 회사에서는 그녀의 이미지를 수정했다. 그녀는 별 특징 없는 영화 몇 편에 출연한 뒤 차츰 인기를 잃어 갔다. 신인이 쏟아져 나오는 시대이다 보니 금세 사람들 기억 속에서 까맣게 지워졌다. 계약 기간이 끝나자 그녀 역시 자신의 연예계 인생을 끝냈다.

그녀가 남자를 찾으려는 노력을 안 한 게 아니었다. 남자가 수많은 인파 속으로 진작에 행방을 감췄기 때문에 찾을 수 없었다.

당신은 지금 무슨 일을 해요? 다른 사람이 생겼나요? 아직…… 나를 기억하나요?

그녀는 자신만의 결말을 기대할 수 없게 되자 마음을 접고 고향으로 돌아갔다. 그러고는 작은 편의점을 내고 담배와 술, 간식거리를 팔며 생활을 꾸려 나갔다.

도저히 견디기 힘들 때면 예전에 쓰던 명품을 내다 팔았다. 그러면 또 얼마간을 지낼 수 있었다.

자신이 얼마나 화려했는지 잊어버릴 만큼 긴 시간이 흘러갔다. 전국 방방곡곡을 뒤흔들었던 자기 노래가 어쩌다 방송에 나와도 그녀는 피식거리며 너희가 무엇을 아느냐고 비웃을 뿐이었다.

무심히 흐르는 세월 속에 외모를 가꾸지 않자 어느 순간 그녀는 폭삭 늙어 버렸다. 그래도 처음에는 예전에 알고 지내던 감독이나 동료, 친구들이 찾아왔지만 나중에는 예외 없이 모두 발길을 끊었다.

뜨거운 여름이면 그녀는 대나무 흔들의자에 앉아 선풍기 밑에서 부들부채를 부치며 수업을 마친 초등학생들이 사탕을 사러 오기를 기다렸다. 매서운 겨울에는 솜이불을 두르고 가게 입구의 작은 창가에 앉아 담배 손님을 기다렸다.

뭐를 먹어야 할지 모를 때면 언제나 갓절임청대콩국수를 만들어 먹었다. 고명으로 얹을 갓절임과 청대콩, 소고기가 냉장고에서 떨어지는 날이 없었다.

아, 삶이 왜 이렇게 긴지.

＊

"죄송합니다."

흑무상 갑이 고개를 숙였다. 굵은 눈물방울이 투두둑 바닥으로 떨어졌다.

"왜 울어요? 대체 무슨 일을 했기에, 뭐가 죄송하다는 거죠?"

노부인의 주름이 한데 모였다.

흑무상 갑이 눈물을 글썽거리며 그녀를 바라보았다. 거친 백발 한 가닥 한 가닥이 사랑을 잃은 뒤 얼마나 무료하고 긴 고통의 세월을 보내야 했는지 소리 없이 하소연하는 것만 같았다.

나는 그들에게 블루베리밀푀유를 만들어 주었다.

"정말 죄송합니다."

그는 다시 고개를 숙이며 조용히 사죄했다.

대학 입시에 실패하고 제대로 된 일자리도 찾지 못해 그는 3년 동안 부모에게 얹혀살았다.

어느 뜨거운 여름날, 창가에 앉아 오렌지 맛 하드를 먹던 그는 바깥세상의 시끄러운 자동차 소리를 듣다가 갑자기 이대로 뛰어내리고 싶다는 생각을 했다. 그는 베개에 머리를 파묻고 미친 듯이 소리를 질렀다. 잘 때는 침대 끝 아주 작은 구석만 스스로에게 허락했다.

실패자, 쓰레기, 루저.

낡은 마루 판자의 삐걱거리는 소리를 들으며 그렇게 또 하루의 시간을 흘려보냈다. 그는 어제보다 더 스스로를 혐오하게 되었다.

소꿉친구의 청첩장을 받고서야 드디어 문을 나섰다. 결혼식장에서 그는 곤드레만드레 취해 신부 들러리를 끌어안으며 소동을 피웠다. 결국 신랑이 경찰을 불렀고, 엉망으로 취해 버린 그는 경찰한테까지 횡포를 부렸다. 술이 깬 뒤 그는 유치장에 갇혔다.

신랑은 절대 합의하지 않겠다는 뜻을 분명히 밝혔다. 형량은 3개월이었지만, 그는 교도소에 도착한 순간부터 죽고 싶다는 생각이 들었다.

감방에서는 가장 오래된 사람이 큰형님 노릇을 하고 있었다. 감방의 먹고 마시고 싸는 모든 일을 큰형님이 결정했다. 방 하나에서 열 사람이 지냈는데, 세면대와 변소는 하나씩만 있었다.

잠은 좁고 긴 침상에서 모두 함께 잤고 맨 왼쪽에 누운 큰형님만 몸을 뒤집을 수 있었다. 그러면 둘째, 셋째 순서대로 뒤집었고, 뒤집을 때마다 잠잘 공간이 줄어들었다. 그는 신참이라 침상의 맨 끝, 가장 좁은 구석에 배치되었다. 첫날 밤 그는 모로 누워 종잇장처럼 얇은 이불 하나만 덮고 자야 했다.

둘째 날, 큰형님이 말했다. 베개를 주마.

베개는 둘둘 말아 놓은 옷가지에 불과했다. 하지만 그는 아직 자기 옷을 받지 못한 상태였다. 그래서 누가 감방을 떠나면서 버리고 간 내복 바지를 베고 자야 했다. 악취가 진동했다.

모두들 물병을 하나씩 가지고 있었지만 그는 없었다. 큰형님이 잡히는 대로 남이 쓰던 것을 그에게 던져 주었다. 입구의 찌든 때가 아무리 문질러도 사라지지 않았다. 그는 물로 닦다가 주저앉아 울음을 터뜨렸다. 옆에서 사람들이 아무 말 없이 토닥여 주었다.

처음 사흘은 견디기 힘들었다. 특히 아침마다 정좌하는 일이 그랬다.

교도소 생활은 아침 여섯 시에 기상해 감방의 열 명이 차례로 이를 닦고 세수하는 것으로 시작되었다. 큰형님이 청소와 침구 정리, 변기 청소 당번을 매일 정해 주었다.

세수를 마치면 방에서 구보를 한 뒤 아침 식사를 했다. 아침은 대개 죽과 무말랭이 몇 개였다.

아침을 먹고 나면 모두 침상에 자리를 잡고 조용히 앉았다. 아무 말도 할 수 없고, 자세도 바꿀 수 없었다. 모두 완전히 똑같은 자세를 유지해야 했다.

하지만 원칙적으로 그렇다는 말이다. 교도관이 올 때는 모두들 똑바른 자세를 유지했지만, 교도관이 가면 전부 자세가 흐트러졌다. 말은 하지 않아도 하나같이 멍하니 정신을 놓았다. 그렇게 앉은 채 수치스럽다고 느끼는 사람은 그 혼자뿐이었다.

그는 스스로에게 화가 났다.

이래서는 안 되는데, 나는 이런 모습이어서는 안 되는데……

그런데 나는 왜 이런 모습이 되었을까? 이미 이렇게 됐는데 이제 무슨 낯으로 살아가나? 내세에 다시 태어날 수 있기를 바랄밖에.

교도소에 들어온 지 사흘째 되던 날 그는 자기 삶을 마감하기로 결심했다.

그런데 어떻게 자살하지? 교도소에는 생을 끝낼 만한 도구가 아무것도 없었다.

그래도 감방에는 늘 뜻밖의 물건이 있지 않던가. 이를테면 누가 닭 뼈로 만들어 놓은 귀이개가 있었다. 그들은 금요

일마다 닭다리를 먹었다. 기름기 하나 없이 맑은 물에 삶았을 뿐이지만 그들에게는 최고의 사치라 할 수 있었다. 세면대에 붙여 놓은 '거울'도 있었다. 분유통 안쪽의 은박지를 벗겨 놓은 것이었지만. 그는 자살하기에 알맞은 도구를 찾기 위해 늘 조용히 꼼꼼하게 둘러보았다.

이것저것 궁리한 끝에 몇 가지 방법을 생각해 냈다. 곡기를 끊어 굶어 죽기, 교도관을 때린 뒤 맞아 죽기, 산책 시간에 전기 철조망에 뛰어들어 감전사하거나 벽에 부딪혀 죽기였다.

그날 밤, 당장 벽에 달려들기로 마음먹었다. 그러나 혼자 벽 앞에서 한참을 동동거리다가 끝내 감행하지 못하고 포기했다.

다음 날은 전기 철조망으로 바꾸었다. 역시 한참을 동동거려도 잡을 용기가 나지 않았다.

그래서 절식으로 정하고 한 끼를 굶었더니 곧장 교도관의 훈계가 날아왔다. 그래 봐야 몇 대에 불과했지만, 그는 너무 아픈 나머지 굶어 죽거나 맞아 죽겠다는 생각을 버렸다.

그는 바닥에 누워 절망스럽게 스스로를 욕했다. 나약한 놈, 겁쟁이!

그때 산책 시간이 되었고, 교도소에서 라디오 방송을 틀어 주었다. 난생처음 듣는 노래가 흘러나왔다. 노래하는 여자의 음색이 무척 특이했다. 감미로운 활력 속에 나른함이 느껴지면서 가락가락이 심금을 파고들었다. 멜로디가 그의 달팽이관에서 끊임없이 맴돌았다.

세상에, 설마 내가 죽으면 이렇게 아름다운 노랫소리를 들을 수 없다고 하늘이 알려 주는 걸까? 내가 죽지 못하게?

그는 그 자리에 누워 어린아이처럼 엉엉 소리 내어 울었다.

"오늘 뭐 먹어요?"

"수요일이니까 해산물이네."

사실은 새우 다시마 국물과 채소, 푸석푸석한 쌀밥이 전부였다.

"시시하네요."

"흠, 이걸 줄게. 새로 나온 『대중화보』. 옆방에서 건너왔지."

그는 잡지를 받아서 시큰둥하게 들춰 보았다.

매달 수감자 가족들이 옷가지를 보내올 때 가끔 교도관에게 돈을 조금 찔러 주며 책이나 잡지 몇 권을 넣어 주곤 했다. 해당 감방 사람들이 다 보고 나면 맞은편 감방으로 보내 주었다. 보통 인기 있는 작품은 세계 명작과 충야오(瓊瑤)* 소설로, 늘 큰형님들이 눈에 불을 켜고 읽었다.

"이게 누구예요?"

노래 가사를 발견한 그가 눈을 번쩍 뜨며 이미 너덜너덜 해진 잡지를 가리켰다. 그를 구원해 준 노래였고, 가사 옆에는 처음 보는 여자의 사진이 있었다.

---

* 경요. 타이완의 국보급 작가로 많은 사랑을 받았고, 대부분의 작품이 인기 드라마로 방영되었다.

"류샤오칭(劉曉慶)?"

"뭔 소리야. 아니지."

"천충(陳沖)?"

"전혀 안 닮았어."

그는 잡지를 자세히 살펴본 끝에 사진 아래쪽 구석에서 여자의 이름을 발견했다. 이번 호에서는 해바라기씨, 절인 대추, 오향콩, 오징어땅콩, 전통 파이 등 신인 여배우가 좋아하는 간식을 소개하고 있었다. 그 여자는 사치마(沙琪瑪)*를 제일 좋아한다고 했다.

감방에서는 매달 그들의 '용돈'을 모아 화장지와 치약, 간식을 샀다. 여기서 말하는 간식이란 사치마 한 조각을 뜻했다. 한 사람이 한 달에 사치마 하나씩을 먹을 수 있었다.

유일한 기대는 최고의 사치와 같은 법이다.

그날 밤 그는 교도소에 들어온 이래 처음으로 간식을 받았다. 왠지 모르겠지만 한 입 베어 물자마자 머릿속으로 그 여자의 얼굴이 떠올랐다.

이상하네. 그가 생각했다.

그녀를 보고 싶어. 그 여자는 대체 어떤 사람일까?

그는 큰형님에게 부탁해 예의 『대중화보』를 또 빌려 왔다. 여자 사진을 찢어서 자기 자리에 붙이고 싶었다.

잡지 주인은 거절했다.

---

* 기름에 튀긴 면발을 물엿으로 굳혀 네모나게 자른 중국 전통 과자.

"이봐, 뒷면에는 장위(張瑜)가 있다고. 나는 그녀를 보고 싶고."

그는 마음을 독하게 먹고 사치마와 여자 사진을 바꿨다. 왠지 그 여자를 보면서 노래를 흥얼거리면 오랫동안 잊었던 평화를 되찾을 수 있을 것만 같았다.

그 뒤로는 교도소 생활이 별로 지겹지 않았다. 그리고 드디어 출옥하는 날이 되었다.

그를 데리러 온 부모는 그가 많이 마른 것을 보고 눈물을 쏟아 냈다. 저녁에는 음식을 잔뜩 만들어 주었지만 그는 사치마만 먹고 싶었다.

이튿날, 어머니가 사치마를 사다 주었다. 그는 상표가 다르다고 불평했다. 그는 교도소에서 먹던 사치마를 원했다.

밤이 되어 이미 낯설어진 자기 침대에 누웠을 때 그는 그 부드러움에 적응할 수가 없었다. 바깥세상의 쉼 없는 자동차 소리를 듣다 보니 또다시 자살 충동이 일었다.

하지만 나는 아직 그 여자를 못 봤어. 한번 만나 보고 나서 죽자.

여자에 관한 정보를 미친 듯이 모은 끝에 그는 여자가 신인이며, 노래 실력이 뛰어나고 연기도 수준급이라는 사실을 알아냈다.

그는 당장 그녀의 음반을 전부 사들였다. 그러고는 희망에 잔뜩 부풀었다.

그즈음 영화가 개봉하더니 그녀는 하룻밤 사이에 스타로 등극했다.

영화관에 앉아 그는 처음부터 끝까지 조용히 눈물을 흘렸다. 다시 태어난 기분이었다. 드디어 자신만의 천사를 찾아냈다. 그날부터 그는 죽겠다는 생각을 접고 그녀를 위해 살기로 마음먹었다.

범죄 기록 때문에 제대로 된 직장을 구할 수 없는 그는 레스토랑에서 설거지 같은 허드렛일을 할 수밖에 없었다. 매일 출퇴근을 반복하면서 미친 듯 그녀의 이름을 검색했지만, 아무도 그녀를 향한 그의 사랑을 눈치채지는 못했다.

그녀의 전국 콘서트를 그는 한 번도 빠짐없이 모두 쫓아다녔다.

그는 그녀가 자신의 존재를 이미 안다고 거의 확신했다. 매번 자신을 향해 미소 지어 주며 언제나 자신이 있는 방향으로 정확하게 손을 흔들었기 때문이었다. 사적인 자리에서 제대로 만난다면, 보자마자 그녀가 일말의 망설임도 없이 자신을 사랑하게 되리라고 굳게 믿었다.

세상에 나보다 더 당신을 사랑하는 사람은 없으니까. 세상에 나보다 더 당신을 이해하는 사람은 없어. 나는 틀림없는 당신의 참사랑, 영혼의 동반자야. 당신이 나를 만나기만 하면.

그러던 어느 날 레스토랑에 결혼식 피로연이 예약되었는데, 그날 하루는 완전히 문을 닫을 뿐만 아니라 비밀 서약서까지 작성해 달라고 요구했다.

결혼식 날, 문틈으로 하얀 웨딩드레스를 입은 그녀가 보였을 때 그는 자리에서 꼼짝할 수가 없었다.

오늘 이게…… 그녀의 결혼식이라고?

그는 완전히 무너져 내렸다. 신랑 신부의 모습을 보면서 엄청난 배신감에 휩싸였다.

그녀는 그를 전혀 알아보지 못했다. 반짝반짝 빛나는 그녀의 눈동자에는 신랑을 향한 사랑만이 가득했다. 신랑이 누구인지도 알았다. 그녀의 매니저였다.

그들의 웨딩케이크는 특대 사이즈의 블루베리밀푀유였다. 케이크가 너무 많이 남아서 결혼식이 끝난 뒤 그도 한 조각을 받았다. 밀푀유 조각은 이미 파이와 생크림이 구분되지 않을 만큼 뭉그러져 있었다.

케이크를 보고 있자니 불현듯 슬픔이 북받쳐 올랐다.

그러니까 지금껏 싱글이라고 했던 게 전부 거짓말이었다는 거지? 지금껏 내게 보낸 암시가 모두 가짜라고?

그녀는 애정을 담뿍 담아 신랑에게 말했다.

"당신이 없었다면 지금의 나도 없었을 거예요."

그는 분노가 활활 타오르는 것을 느낄 수 있었다.

그럼 지금까지의 내 시간들은 뭔데? 그렇게 화려한 당신 삶은 내가 당신을 위해 돈을 쥐어 짜낸 덕분 아니냐고? 먹을 것 입을 것을 아껴 가며 모았던 내 생활비에 당신은 이런 식으로 보답하는 건가?

그는 자신의 청춘이 순식간에 시체로 변해 들개한테 뜯어 먹히고 비바람에 깨끗이 날아가는 것 같았다.

결혼식이 끝난 뒤에도 그는 착각에 빠져 있었다. 그는 그녀가 자신에게, 그녀를 좋아해 준 팬들에게 사과하기를 기다렸다. 그의 마음속 천사인 그녀가 절대 이처럼 실망스럽게 굴 리 없었다.

그는 그녀의 새 음반을 들어 보았다. 달달함이 메스껍게 느껴지면서 거짓으로 가득한 허상에 자신의 모든 생명과 열정을 소비했다는 생각이 들었다.

라디오에 나온 그녀가 아직 싱글이라며, 자신을 좋아해 주는 팬이 제일 소중하기 때문에 애인이 없다고 말했다.

그는 너무도 역겨운 나머지 연예 잡지사로 달려가 그 결혼식을 폭로했다. 잡지사는 그의 제보에 상당한 사례금을 지급하며 독점으로 사들였다. 그는 사례금 전부를 그녀의 경쟁자 음반을 사는 데 썼다. 심지어 그녀를 좋아했던 남성 팬들과 모의해 각자의 정액을 모아 그녀 집으로 보내기까지 했다.

복수하고 나자 기분이 무척 좋아졌다. 그는 다시는 그녀의 소식에 관심을 두지 않았고, 그녀가 점점 몰락해 갈 때는 고소하다고까지 생각했다.

시간이 흐른 뒤 그에게도 일생을 함께하고 싶은 사람이 생겼다. 일생을 함께하고 싶은 사람이 생긴다는 게 이렇게 불가사의할 정도로 아름다운 일이라니.

　그는 행복에 들떠 결혼식장에 들어섰다. 그런데 어찌 된 일인지 식장에서 그녀의 노래가 흘러나왔다. 유명한 사랑 노래가 낭랑하게 울려 퍼지자 모두들 술잔을 마주치며 그녀에 대해 떠들기 시작했다.

　"그 뒤로 아무 소식이 없는 듯해."

　"생각해 보면 안됐어. 스타는 사람 아닌가. 유명 인사는 결혼도 못 하냐고."

　"그래도 돈은 많이 벌었잖아."

　"돈이 많으면 뭐 해."

　신부가 웃으며 말했다. 반짝반짝 빛나는 신부의 눈빛을 보자 그는 언젠가 비슷한 광경을 본 듯한 느낌이 들었다.

　"사랑하는 사람과 함께 있는지가 제일 중요하지."

　애정으로 가득한 신부의 눈을 보는 순간, 그의 심장이 철렁 내려앉았다.

　세상에, 내가 그때 무슨 짓을 한 거지? 내 우상의 평생 행복을 내 손으로 직접 망가뜨렸잖아?

　그는 그제야 절대 용서받을 수 없는 죄를 저질렀음을 깨달았다.

　신혼 첫날밤, 그는 마음이 무거워 잠을 이룰 수 없었다. 자신의 우상에게 품었던 뜨거운 열정이 아스라이 떠오르면서 그녀를 좋아할 수 있어서 정말 다행이었다고 생각했다.

　신앙과도 같았던 우상한테 '배신'당하고 나자 사실은 상대도 보통 사람에 불과하다는 사실을 잊고 말았다. 신단에서 내려온 사람은 아름다울 수 없는 법이다.

그는 속죄하기로 마음먹었다. 우선 사과의 편지부터 쓰려 했는데, 그녀는 벌써 은퇴한 뒤였다.

연예 기획사를 찾아갔지만 그녀의 행방을 아는 사람이 하나도 없었다. 예전에 함께 활동했던 팬들에게 연락하려 해도 모두들 뿔뿔이 흩어져 흔적이 없었다. 끝내 사과하지 못한 채, 그는 출장을 가던 길에 교통사고로 세상을 떠났다.

맹파에게 온 뒤 그는 꼭 갚아야 할 빚이 하나 있다면서, 자신의 우상을 만나 사죄하고 싶다고 말했다. 맹파는 정말 사죄를 원한다면 흑무상이 될 기회를 줄 수 있다며 원하느냐고 물었다. 그는 흑무상이 되겠노라고 대답했다.

＊

"이런 미친!"

노부인이 자리에서 일어나다가 휘청거리며 의자를 붙들었다. 그러고는 느닷없이 큰 소리로 웃음을 터뜨렸다.

"미쳤군요. 미친놈!"

그녀는 블루베리밀푀유를 집어 흑무상 갑의 얼굴에 뭉개 버렸다.

"나를 만나 어쩌려고? 내 꼴이 보기 좋아요? 응? 왜, 미안하다고 말하면 끝인 것 같아요? 죽으면 죽었지, 왜 귀신이 돼서까지 괴롭히는데?"

그녀가 자기 티셔츠를 잡아당겼다.

"재미있어요? 속죄라고? 내가 용서해 주면 홀가분하게 다음 생으로 갈 수 있어서? 웃기시네!"

그녀가 힘껏 의자를 밀어 흑무상 쪽으로 넘어뜨렸다.

흑무상 갑은 꼼짝 않고 꿇어앉은 채 머리를 바닥에 박고 있었다. 등이 미세하게 떨렸다.

"죄송합니다, 죄송합니다, 죄송합니다…….."

흑무상은 웅얼거리면서 쉬지 않고 머리를 조아렸다.

노부인이 자리에 앉아서는 갑자기 눈물을 떨어뜨렸다.

"나는 평생 아무것도 없었어요."

그녀의 울음소리를 듣고 흑무상 갑이 마침내 머리를 들었다. 이마가 새빨갰다. 하지만 그의 이마보다 노부인의 눈이 훨씬 빨갰다.

"말해 봐요. 내가 평생 무엇을 얻었나요?"

골짜기 같은 주름 하나하나가 그녀의 눈물을 순간순간 기억의 틈새로 이끌어 가는 듯했다. 그녀가 슬프게 흑무상 갑을 바라보다가 눈을 한 번 깜빡이자 다시 주르륵 눈물이 흘러내렸다.

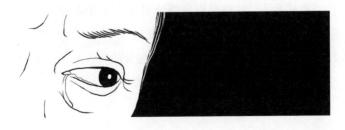

"당신들은 입만 열면 내가 최고를 누리기 바란다고 말하지 않았나요? 내게 최고는 그 사람이었어요. 당신들은 하나같이 내 영화를 통해 누군가를 만나고 내 연기를 통해 구원받고 결혼할 때는 내 노래를 틀었지만, 나는요?"

흑무상 갑은 감히 그녀를 쳐다보지 못했다.

"나는요? 나를 봐요. 내가 지금 어떤 꼴인지 보라고요! 말해 봐요. 나는 대체 무엇을 얻었죠?"

그녀는 입술을 깨문 채 손바닥으로 흑무상 갑의 몸을 때렸다.

"당신들 사랑을 받았다지만 당신들 사랑이 진짜였나요? 당신들 사랑은 거래에 불과했어요. 나는 당신들이 원하는 모습을 주고 당신들은 '나'라는 잘 포장된 이미지에 돈을 냈지. 그런데 당신들은 나의 무엇을 정말로 좋아했나요?"

그녀는 천천히, 천천히, 흑무상 갑 앞에 꿇어앉았다.

흑무상 갑의 눈에서 간청하는 눈물이 끊임없이 흘러내렸지만, 그녀의 눈물은 차가운 마침표처럼 흑무상 갑의 사과를 소리 없이 차단해 버렸다.

"당신들 사랑은 전부 가짜였어요."

"혹시 흑무상이 어떤 일을 해야 하는지 아십니까?"

그 숨 막히는 상황에 내가 끼어들었다.

노부인은 불상처럼 꼼짝도 하지 않았다.

"흑무상들이 어떻게 목숨을 거두고 어떻게 망자를 지옥으로 데려오는지 아시나요?"

노부인의 눈빛이 천천히 내 쪽으로 옮겨 왔다.

"흑무상은 목숨을 거둘 때마다 그 사람과 똑같이 죽어야 합니다. 누가 가스에 중독돼 죽으면 흑무상도 질식의 고통을 똑같이 느껴야 하고, 칼에 찔려 죽으면 멀쩡한 상태로 찔려 죽는 고통을 참아야 합니다. 사고로 추락사하면 흑무상도 떨어지는 순간 몸이 박살 나는 경험을 해야 하고요."

나는 말하면서 조용히 차를 우렸다.

"많은 사람들이 여기에 내려온 뒤에도 떠나려 하지 않습니다. 이루지 못한 아쉬움이나 꼭 다시 만날 사람이 있다면서요. 그런 아쉬움 때문에 흑무상으로 남는 것은 가능하지만, 대신 날마다 백여 차례의 죽음을 겪으면서 인간의 영혼을 데려와야 합니다. 보고 싶은 사람을 만날 때까지 견디는 경우는 극소수에 불과합니다. 대부분 매일 반복되는 고통을 참을 수 없어서 아쉬움을 뒤로한 채 다음 생으로 떠납니다."

한순간 노부인의 눈빛이 흔들렸다.

"그는 흑무상 갑입니다. 갑이라는 말은 제가 맹파가 되어 손님을 받은 뒤 흑무상을 선택한 첫 번째 사람이라는 뜻이지요. 그래서 번호가 갑입니다."

나는 주전자로 차를 따르며 계속 말했다.

"또한 제가 맹파가 된 뒤, 보고 싶은 사람을 끝까지 기다린 유일한 흑무상이기도 합니다."

흑무상 갑이 자기 콧물에 사레들려 기침을 하고는 또 울었다. 그런 다음 호흡을 가다듬고 대충 눈물을 닦은 뒤 자신의 생사부를 꺼냈다.

"거짓이 아닙니다."

흑무상이 용기를 내어 마침내 노부인을 바라보았다. 하지만 그녀의 얼굴을 보자 또 눈물이 흘러나왔다.

"정말, 정말로 모두 사실입니다."

흑무상 갑의 생사부

우상을 향한 팬의 추종은 스스로를 구원한 뒤 그를 좋아하는 수순을 따른다. 빈약한 영혼을 우상이 채워 주기 때문에 집착적으로 빠져드는 것이다. 우상은 일종의 신앙이자 구원이다.

처음에는 망자 동기 중에 골수 팬이 꽤 많았다. 흑무상 사이에 그녀 팬클럽이 결성돼 그녀의 행적을 함께 나눌 수 있었다. 예컨대 누군가는 그녀의 개인 앨범이 나오기 전에 포스터를 샀다면서 지금은 가격이 엄청나게 올랐다고 말했다. 또 누군가는 그녀가 초창기에 직접 서명한 카세트테이프를 샀노라고 말했다.

처음에 그는 흑무상 업무에 적응하기 힘들었다. 영혼을 데려올 때마다 질식할 듯 괴로웠다. 팬클럽이 그의 유일한 버팀목이었다.

그러나 시대가 바뀌면서 그녀를 좋아하는 사람이 줄어들

었다. 시간이 흐르면서 팬클럽 선배들도 한 무리 또 한 무리 떠나갔다. 그녀의 장점에 대해 이야기할 사람이 더는 남아 있지 않았다. 새로 온 사람들 중에는 그녀의 아름다움을 논할 수 있는 사람이 없었다. 결국 정신을 차리고 보니 그 혼자만 남아 있었다.

하루는 총살당한 사형수를 데려왔는데, 사형 직전의 공포가 뼛속 깊이 박혀서 어떻게 해도 사라지지 않았다. 선배들이 그랬던 것처럼, 그도 계속 이 일을 해야 하는지 의문이 들었다.

지금 이런 감정이면 충분히 속죄한 게 아닐까? 정말로 그녀를 만난들 또 무엇을 할 수 있겠는가? 그녀에게 내 존재를 알리는 것? 용서를 구하는 것?

그녀가 가장 아름다운 시절에 얼마나 빛났는지 시시각각 선명하게 떠올랐다. 그녀가 그의 삶에 안겨 준 감동이 순간순간 가슴을 뒤흔들었다.

그렇지만 내가 그녀에게 한 행동은 너무 지나쳤다.

나는 이렇게 속죄할 수밖에 없다.

용서받지 못하더라도, 여전히 폐가 될 뿐이라도.

역시 그녀를 만나 보고 싶다.

그날부터 그는 자신이 만난, '그녀'와 관련된 모든 일을 묵묵히 기록했다.

6월 7일

장 선생 교통사고.

장 선생의 지갑 속 물건: 이혼하기 전 가족사진, 딸의 배냇머리 한 움큼, 그녀의 콘서트 입장권.

망천하를 지나면서 장 선생은 그 콘서트를 위해 석 달 동안 저축했노라고 말했다. 나중에 집과 차를 샀을 때도 콘서트 때처럼 감동받지는 못했다고. 그녀는 여신이었지. 장 선생은 누렇게 바랜 입장권을 조심스레 만지며 말했다.

10월 17일

미스 첸 자살.

미스 첸은 영화의 한 장면을 모방해 자살했다. 영화에서는 무척 아름다웠지만, 실상은 질식까지 너무 오래 걸려 한참을 고통에 시달렸다.

미스 첸에게 왜 그런 방식을 택했느냐고 물었더니 그녀가 연기했던 여자처럼 살고 싶었다고 대답했다.

용감하고 다정하며 과감하게 사랑하고 과감하게 미워하는. 누군가를 사랑하는 열정과 자신을 망가뜨릴 용기를 품은.

여자라면 그래야 한다고 생각했다는 거였다.

1월 13일

린 노인 자연사.

린 노인은 갑자기 노래가 듣고 싶었지만 컴퓨터나 CD플레

이어는 싫었다. 그래서 자식들에게 턴테이블을 내오라고 했다. 하지만 턴테이블은 이미 몇십 년 전에 버리고 없었다. 노인은 화가 머리끝까지 치밀어 자식들에게 온갖 욕을 퍼부었다.

자식들은 당장 인터넷으로 한 대 주문하겠다고 안심시키면서, 듣고 싶은 노래가 있으면 컴퓨터로 들려 드리겠다고 했다. 노인은 그녀의 노래를 듣고 싶다고 말했다. 인터넷에서는 몇 곡밖에 나오지 않았지만 다행히 노인은 개의치 않았다.

그날 밤 노인은 그녀의 노래를 반복해서 들었다. 귀가 어두워 음량을 아주 크게 높였다. 가족들은 몰래 컴퓨터를 끄려다가 노인에게 호통만 듣고 포기했다.

아침이 되었을 때 가족들은 노인이 잠결에 세상을 떠난 것을 발견했다.

린 노인은 10여 년 전에 아내를 잃었다고 말했다.

아내를 만났던 레스토랑에서 그녀의 노래가 흘러나왔고, 두 사람이 결혼할 때도 그녀의 노래가 나왔다고.

노인은 아내를 무척이나 그리워했다.

5월 1일
왕 선생 병사.

왕 선생은 음악가였다. 그녀의 열성 팬은 아니었지만 그녀를 높이 평가했다.

8월 21일
미스 쉬 급사.

　미스 쉬는 프로 사생 팬으로 스타를 따라다니는 것이 유일한 취미였다. 사는 게 너무 끔찍해서 좋아하는 스타를 볼 때만 숨통이 트이는 듯했다. 나중에 그 스타가 결혼했을 때 미스 쉬는 일기장에 감동적인 글을 남겼다.

　　예전에 아이돌을 좋아할 때는 훗날 그와 결혼해서 매일 그를 위해 밥하고 빨래하고, 늦은 밤 그가 돌아오면 양복을 받아 주는 꿈을 꾸었다. 지금은 아이돌을 좋아해도 훗날 그와 비슷한 사람을 찾기 바랄 뿐이다. 그리고 그 사람도 길고도 짧은 세월을 함께할 누군가가 있기를 바란다. 누군가 조용히 그와 함께 이를 닦고 세수를 하고, 그의 뺨에 살이 붙는 모습을 보고 눈가에 주름이 올라오는 것을 지켜봐 주면 좋겠다.

　　그의 알 수 없는 웃음과 냉담한 표정에 반응하고, 그의 비밀스러운 요구와 성품에 맞춰 주며, 그가 원하는 안주를 만들어 주고, 그가 아무렇게나 던져 버린 양말을 잘 개 주는 사람이 있으면 좋겠다.

　　소녀일 때는 상대한테 행복을 얻고 나 역시 상대를 위해 모든 것을 내줄 수 있기를 꿈꾸었다. 상대가 원하지 않더라도 말이다. 그런데 소녀의 서정시도 언젠가는 무덤덤해지는 날이 오는 법이다.

지금도 그는 수많은 소녀에게 행복을 줄 수 있다. 이제 나는 그의 부적절한 감정 표현이나 거리낌 없이 먹고 코를 고는 모습, 뼛속 깊이 박힌 가정 교육과 오랜 연예계 생활로 만들어진 연약함과 폭력성, 퇴근 뒤의 당연한 소박함과 평범함 등을 상상할 수 있다.

나는 진심으로 그에게 동반자, 마음을 나눌 상대가 있기를 바란다. 아이돌은 직업일 뿐이며, 일은 돈을 벌어 대출금을 갚기 위한 수단일 뿐이다.

그가 모든 것을 포기한 채 나처럼 전혀 교집합 없는 사람들을 위해 꿈을 만들 때, 그가 모든 짐을 내려놓을 수 있도록 누가 따스하게 감싸 주기를 바란다. 지금의 나는 그가 부유한 싱글이 되는 것보다 자신이 원하는 행복을 지킬 수 있기를 바란다.

아침마다 그의 성질과 짜증을 받아 주는 사람이, 그의 마음속 주름을 하나하나 다려 주는 사람이, 그의 뒷모습을 보며 묵묵히 미소 짓는 사람이.

더 이상은 꿈에 빠진…… 내가 아닐지라도.

12월 12일

천 선생 병사.

방광암 말기 환자였던 천 선생은 마지막 시간을 집에서 보냈다. 그녀의 충성 팬이어서 방에는 그녀 포스터와 앨범, 표구해 놓은 사인 잡지가 가득했다. 나는 그의 방에서 아주 진귀한 초기 영상까지 볼 수 있었다.

천 선생의 유서에는 딱 한 줄, 그녀의 대사만 적혀 있었다.

"조금 더 기다려 줘요. 이제 곧 날이 밝아요."

천 선생은 원래 3개월 시한부 선고를 받았지만 그 대사를 보며 기어코 1년 4개월을 버텼다고 했다.

그러면서 회사에서 신인만 밀어주는 바람에 그녀가 기반을 잃었다고 무척 아쉬워했다. 천 선생은 블록버스터 영화를 줄줄이 늘어놓으면서, 그녀가 출연했다면 훨씬 더 좋은 흥행 성적을 거뒀을 거라고 평했다.

천 선생은 전혀 고통스럽지 않게 떠났다.

나도 고통스럽지 않았다.

열성 팬이 점점 줄어들고 그녀를 기억하는 사람도 갈수록 적어졌지만, 일단 그녀의 이름을 꺼내는 사람은 얼마나 많은 감동을 받았는지 모른다며, 그녀 덕분에 삶의 가장 어두운 시간을 견딜 수 있었다고 그에게 털어놓았다. 한 사람도 예외 없이, 그녀가 자기 삶의 빛줄기와 같았다고 생각했다.

우상이란 무엇인가? 아주 솔직히 말하자면 꿈을 만들어 파는 기계에 불과하다. 하지만 누군가의 심장을 건드리는 순간 그들의 사명은 가치를 얻게 된다.

그녀의 노래는 한 세대 사람들의 정서를 흔들 수 있었다. 그녀가 읊었던 대사는 수많은 사람들이 어려움을 헤쳐 나가는 다리가 되었다.

당신의 성과든 상실이든 저희에게는 모두 의미가 있었습니다.

✳

막이 내리자 그녀는 담담하고도 평온하게 흑무상 갑을 바라볼 뿐이었다. 눈물이 하염없이 흐르며 소용돌이치다가 결국에는 끝에 이르렀다.

"그렇군요. 나이가 들어서인지 이렇게 복잡하고 어지러운 것들은 이제 견디기 힘드네요."

그녀가 자리에서 일어나 차를 마셨다.

나는 그녀를 부축해 다리로 향했다. 흑무상 갑은 너무 오래 꿇어앉아 있었기 때문에 느릿느릿 한참이 걸려서야 일어설 수 있었다.

그녀가 흑무상 갑을 기다렸다. 흑무상 갑은 어쩔 줄 몰라 하며 나를 보고 또 그녀를 보다가 마침내 비틀비틀 그녀 앞으로 걸어왔다.

노부인은 아무런 표정 없이 손을 높이 들어 올렸다. 따귀가 날아오는 줄 알고 흑무상 갑은 두 눈을 꼭 감았다.

그런데 하얀 강물의 쏴아 소리만 울릴 뿐 매몰찬 따귀는 떨어지지 않았다. 흑무상 갑이 의아해서 눈을 뜨자, 그녀가 부드럽게 그의 뺨을 어루만져 주었다. 소년의 짓궂은 장난을 용서해 주는 소녀처럼. 두 사람은 아무 말도 하지 않았지만 눈으로는 세상에서 가장 따뜻한 빛을 뿜어내고 있었다.
노부인은 흑무상 갑의 어깨를 두드리고 나서는 곧장 몸을
돌려 다리로 올라갔다.

깜짝 놀란 흑무상 갑은 그녀가 떠나가는 모습을 멍하니
바라보았다. 그녀는 매우 빠르게 빛줄기로 사라졌다.

흑무상 갑은 사라지는 그 뒷모습을 보다가 갑자기 울면서
바닥에 쓰러졌다. 마치 갓 태어난 아기 같았다.

그는 울고 또 울다가 둥근 빛으로 변하더니 그녀가 사라
진 맞은편 강기슭으로 날아갔다.

공명등 두 개가 조용히 떠올랐다. 나는 공명등이 사라지
는 방향을 향해 아주 깊이 허리를 숙여 인사했다.

오늘 손님도 무척 좋은 삶을 살았다.

나는 몸에 묻은 먼지를 털고 가게로 돌아와 다음 손님을
기다렸다.

맹파의 레시피

1. 갓절임청대콩국수

갓절임과 청대콩은 평범하기 그지없는
당신과 나 같지만, 한데 어우러지면
비명이 절로 나올 만큼 맛있다. 나만 당신을
사랑하는 줄 알았는데 사실은 당신도 나를
사랑하고 있었나 보다.

2. 블루베리밀피유

새콤한 블루베리와 달콤한 파이 사이로
칼이 스윽 지나가면 당신의 행복한 미소에
내 서러운 눈물이 어린다.

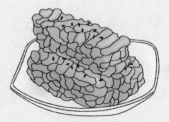

3. 참깨사치마

달걀 향이 입 안으로 퍼지고 나면 부드럽고
달콤한 찹쌀이 이에 달라붙는 행복감이
뒤따라온다. 참깨가 이 사이에 낄 때마다
당신을 떠올릴 것 같다.

두 번째 밤:
마오쉐왕

　　　　　　　　가게 문을 열고 얼마 뒤, 어슬렁어
슬렁 걸어오는 염라대왕이 보였다. 나는 고개를 끄덕이며
인사했다.

"안녕하세요?"

"맹파도 안녕하세요?"

늘 그렇듯 염라대왕은 어색한 표정으로 쑥스럽게 머리를
긁적거렸다. 그러고는 백무상을 안아 들고 가죽 재킷에서
감자칩을 꺼내더니 문가에 앉아 백무상에게 먹였다.

염라대왕은 날마다 찾아와 백무상과 놀았다. 대부분 구하
기 힘들거나 희한한 간식을 가져왔고 백무상도 좋아하며 먹
었다. 처음에는 매일같이 위쪽 소식을 전해 주었지만, 시간
이 흐르면서 내가 내 후임자에게 별 흥미가 없음을 알아채

고는 더는 아무 소식도 전하지 않았다. 그저 매일 가게를 열 때쯤 찾아와 한 바퀴 둘러볼 뿐이었다. 그러다 가게 일이 시작되면 어느새 사라지고 없었다.

오늘 손님은 노부인이었다. 흑무상 병이 가게까지 노부인을 부축해 왔고, 나는 미소를 지으며 공손하게 문을 열었다.

"어서 오세요. 지옥주방에 오신 걸 환영합니다."

"음."

노부인은 나한테 별 관심이 없다는 듯 어기뚱거리며 곧장 의자로 향했다.

"어떤 음식을 주문하시겠습니까? 생전에 마지막으로 드신 음식은 소금에 절인 오리알과 새우동과탕, 흰죽입니다. 아니면 다른 요리를 마음대로 선택하셔도 됩니다."

나는 손에 든 자료를 들춰 보았다.

"메뉴판 좀 주세요."

노부인이 손가락으로 탁자를 두드렸다.

"죄송하지만 여기는 메뉴판이 따로 없습니다. 번거롭더라도 그냥 주문해 주세요."

노부인은 눈살을 찌푸린 뒤 한숨을 내쉬었다.

"영감은요? 같이 안 왔나요?"

"아직 때가 되지 않았습니다."

노부인이 눈동자를 이리저리 굴리다가 한참 만에 물었다.

"그럼…… 쓰촨(四川) 요리도 있나요?"

"어떤 요리를 잡숫고 싶으십니까?"

"아……, 괜히 물었군요. 어떻게 만들지 누가 알겠어요? 메뉴판도 없는 집에 간판 요리가 뭔지 손님이 어떻게 알겠느냐고. 제대로 장사도 못 하면서 주문은 무슨. 앞으로는 메뉴판을 준비하세요, 아시겠어요?"

나는 공손하게 고개를 끄덕였다.

"그럼 주문할 요리를 결정하셨습니까?"

"메뉴판도 없는데 어떻게 주문하느냐고요! 말해 봐요. 먹을 만한 게 뭐가 있죠?"

노부인은 투덜거리면서 앉은 자세를 바꾸려 했다.

"아침에 신선한 오리 선지가 들어왔는데, 마오쉐왕(毛血旺) 어떠십니까?"

노부인이 몸을 들썩거렸다.

"의자도 불편하네. 마오쉐왕이랑 또 뭐가 있죠? 마오쉐왕만 있나요? 한 가지 요리로 끝이에요?"

"오향 왕밤을 넣은 닭볶음은 어떠세요?"

"마음대로 하세요. 어차피 입맛도 없으니."

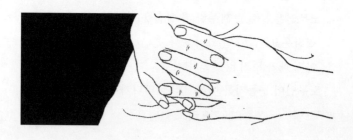

58

노부인은 한숨을 내쉬며 손을 내저었다.

흑무상 병이 아무 말 없이 노부인에게 방석을 내준 다음 다시 조용히 구석으로 사라졌다. 노부인은 드디어 편안한 자세를 찾았는지 깍지 낀 두 손을 배에 올려놓으며 슬그머니 가게 내부를 둘러보았다.

본래 마오쉐왕에는 두부와 처녑 등을 넣지만, 두부는 불길한 느낌을 주고 처녑은 노인한테 질길 것 같아 통조림 햄과 논장어로 바꾸었다.

먼저 재료부터 손질했다. 줄기상추는 껍질을 벗겨 가늘게 썰고, 논장어는 가시를 발라내고 점액을 씻어 낸 뒤 얇게 저몄다. 오리 선지와 햄은 같은 두께로 썰고 당면은 따뜻한 물에 담가 두었다.

냄비를 꺼내 소금을 조금 넣고는 줄기상추와 논장어, 오리 선지를 각각 데쳐서 식혔다. 그리고 프라이팬에 기름을 두르고 반쯤 달궈졌을 때 파를 넣어 향을 낸 뒤, 소금을 넣고 콩나물을 숨이 죽을 때까지 볶다가 오목한 접시에 깔았다.

다시 기름을 둘러 프라이팬을 달군 뒤 파와 생강, 마늘로 향을 내고 더우반장(豆瓣醬)*과 훠궈(火鍋)** 소스를 첨가해 센 불에서 볶다가 황주와 돼지뼈 육수를 더했다. 팔팔 끓여 간장과 설탕으로 간을 하고 잘 섞은 다음 햄과 오리 선지, 당면을 넣었다. 그러면서 작은 냄비에 참기름을 붓고 약한 불에서 산초와 붉은 고추를 끓였다.

당면이 부드러워졌을 때 논장어와 줄기상추를 넣어 1분 정도 끓인 뒤 불을 끄고 콩나물이 깔린 접시에 전부 쏟아부었다. 마지막으로 충분히 끓인 고추기름을 마오쉐왕 위에 따라 마무리하고, 내가기 직전에 늘 그렇듯 고수를 조금 얹었다.

고추기름을 만들 때 이미 노부인은 재채기를 시작했다. 내가 수저와 그릇을 건네자 그녀는 살짝 내키지 않는다는 듯 젓가락을 들었다.

노부인은 오리 선지부터 한 입 먹었다.

"음."

그런 다음 논장어를 먹었다.

"별로 아삭하지 않군."

이어서 당면을 먹었다.

"질겨."

햄을 한 입 먹다가 내려놓았다.

"밀가루 맛만 나는군."

콩나물을 먹고 줄기상추도 먹었다.

"채소는 이것뿐인가?"

마지막으로 국물을 마셨다.

---

* 콩을 이용해서 만든 중국식 장류의 일종
** 육수에 채소와 고기를 데쳐 먹는 중국식 샤부샤부.

"느끼해 죽겠네."

말은 그렇게 하면서도 노부인은 쉴 새 없이 입을 움직여, 얼마 지나지 않아 요리가 바닥을 드러냈다.

"이쑤시개는요? 탁자에 이쑤시개도 없네?"

노부인이 눈을 희번덕거리며 말했다.

흑무상 병이 얼른 다가와 이쑤시개통을 놓고는 다시 구석으로 조용히 사라졌다. 노부인은 대수롭지 않다는 듯 이를 쑤셨다.

"닭은요? 주방 일을 혼자 해요? 손발이 이렇게 느리니, 계속 이런 식이면 손님이 전부 달아날 거예요. 저 웨이터도 그렇고."

노부인은 검은 그림자처럼 구석에 있는 흑무상 병을 힐끗 쳐다보고는 또 투덜거렸다.

"무슨 웨이터가 손님 접대할 줄도 모르나? 이래서야 어떻게 손님을 끌어? 이렇게 하다가는 망할 거예요. 좀 고치라고요, 알겠어요? 그나마 맛이 괜찮아서 문을 안 닫았지, 서비스가 엉망이라고요. 서비스가! 메뉴판도 없고 이쑤시개도 없고. 지금까지 물도 따라 주지 않았으니. 이런 걸 전부 고쳐야 된다고요. 알겠어요?"

노부인이 눈을 부라리며 말했다.

내가 물을 따라 주었지만 노부인은 마시지 않고 차를 달라고 했다. 그래서 차를 한 주전자 우려서 내왔다.

그녀는 한 모금 마시고 혀를 찬 뒤 물었다.

"닭은요? 이렇게 한참을 기다리게 해 놓고 닭은 왜 안 나오죠?"

"아직 고고 있습니다. 금방 됩니다. 우선 손님의 주마등부터 보시겠어요?"

노부인은 의아하다는 표정으로 나를 쳐다보았다. 정말로 닭을 요리하나 의심하는 건지, 아니면 주마등의 존재를 의심하는 건지 알 수 없었다.

"쯧. 어떻게 봐요?"

노부인이 성가시다는 듯 몸을 비틀었다.

"뭔가 가져가기 싫은 기억이 있으십니까?"

노부인은 잠시 멈칫했다가 물을 한 모금 마셨다. 그녀의 눈빛이 갑자기 흐릿해졌다.

손가락을 튕기자 귀등이 켜지고 벽면의 주마등이 저절로 돌아가면서 손님의 일생이 상영되기 시작했다.

노부인의 주마등

서른 살의 그녀는 예쁘지는 않아도 집안 배경이 워낙 출중해 세상에 두려운 게 하나도 없었다. 스무 살 때부터 10년을 사귄 첫사랑이 양다리를 걸치자, 화가 머리끝까지 치민 그녀는 일말의 망설임도 없이 조건이 제일 좋은 구혼자와 결혼해 버렸다.

결혼식은 성대하고 화려했다. 그녀는 승리자처럼 애정을 과시했고 심지어 만족스러워했다. 결혼하고 얼마 뒤 딸을 낳고, 다시 6년이 지나서 아들을 낳았다. 그런데 풍족한 집 안에 아들과 딸을 둔 그녀를 하늘이 시샘했는지, 아들이 네 살 때 남편의 사업이 갑자기 곤두박질치더니 집안이 풍비박산 났다.

같은 해에 아버지가 병으로 세상을 떠나면서 친정마저 무너지자, 그녀의 어머니는 오빠를 데리고 그녀 집으로 들어왔다. 작은 집에서 그녀와 남편, 아들이 안방을 쓰고 어머니와 그녀의 딸이 작은방을 함께 썼다. 오빠는 거실 소파에서 잤다.

유감스럽게도 오빠는 빈둥거릴 줄만 아는 노름꾼이었다. 빚도 엄청나 그녀의 남편이 전부 갚아 주기까지 했다. 더 큰 문제는, 어머니가 그 아들을 지나치게 애지중지한다는 사실이었다.

오빠는 허구한 날 거실에서 담배를 피우며 텔레비전만 보았다. 하루는 그녀의 딸이 만화 영화를 보고 싶어 어렵게 말을 꺼냈는데, 외삼촌이라는 작자가 소파에 들러붙어 리모컨을 쥐고는 스포츠 채널에서 다른 데로 돌릴 생각도 하지 않는 것이었다.

그녀는 리모컨을 빼앗아 어린이 채널을 틀었다.

"쳇."

오빠가 일어나 앉아서는 담배에 불을 붙였다.

"어린애가 있는데 담배라니!"

그녀는 담배마저 꺼 버렸다.

"텔레비전은 그렇다 쳐도 담배까지 뭐가 그렇게 거슬리는데?"

오빠가 화를 버럭 냈다.

"부탁이니 일자리를 좀 찾아. 마흔 살이나 돼서 어린애랑 텔레비전 채널을 놓고 싸우다니, 창피하지도 않아?"

그녀도 목청을 높였다.

텔레비전 속 만화 캐릭터가 신나게 마법을 부렸지만, 두 사람의 서슬 퍼런 기세에 딸은 울음을 터뜨리기 일보 직전이었다.

"나한테는 잘도 따지면서 왜 남편한테는 출근하라고 닦달을 안 해? 파산했다고? 남들은 잘만 재기하던데, 왜 집에 처박혀서 여자인 너한테 의지하는 거냐? 흥, 아주 대단한 남자네!"

남편은 말다툼 소리에 아들을 안고 나왔다가 오빠의 악랄한 야유를 듣고는 이를 악물며 다시 방으로 들어갔다.

"됐다, 됐어. 왜 싸우고들 그래."

노모가 과일 접시를 들고 나오면서 두 사람을 무섭게 흘겨보았다.

오빠는 느릿느릿 또 담배에 불을 붙였다.

"나도 내가 능력 없는 거 알아. 하지만 네 남편은? 능력이 있는데도 돈 벌러 나가지 않잖아. 이게 말이 되냐?"

그녀는 노모에게 붙들리는 바람에 따귀를 날리려던 손을 허공에서 거둬야 했다.

"우리 엄마 팔자도 참 딱하네. 아들한테도 의지할 수 없고 사위한테도 안 되니."

오빠가 모로 째려보며 담배 연기를 뱉었다.

"조용히 해!"

노모가 오빠에게 한마디 내뱉은 뒤 그녀를 부엌으로 끌고 갔다.

"엄마, 나더러 어쩌라고요? 어떻게 해야 되는데?"

그녀가 울면서 물었다.

"엄마도 안쓰러워, 우리 귀한 딸."

노모는 그녀를 끌어안고 그녀의 머리카락을 쓰다듬었다.

"근데 네 오빠가 저 모양인 건 너도 알잖아. 그러니 엄마는 너한테 부탁할 수밖에. 네가 더 철이 들었으니. 괜히 건드리지 마."

"하지만……."

그녀는 한층 서럽게 울었다. 잘못은 오빠가 했는데 왜 자기가 양보해야 하는지 억울할 뿐이었다.

"그럼 넌 엄마더러 어쩌라는 거니? 마흔이 넘은 아들을 내쫓을까? 내쫓는 건 개를 막다른 골목으로 내모는 거잖아. 너도 이제 자식들 키우는 엄마니까 알겠지. 너라면 그럴 수 있겠니?"

노모의 목소리도 떨렸다.

모녀는 부엌에서 한참을 울었다. 그런데 그녀가 눈물을 닦은 뒤 거실에 나와 보니, 딸이 자욱한 담배 연기 속에서 텔레비전을 간절히 쳐다보고 있는 게 아닌가.

외삼촌이라는 작자는 눈에 핏발까지 세워 가며 텔레비전에 몰입해 있었다. 그러다가 신나게 허벅지를 쳤다.

"스트라이크!"

＊

"오향닭볶음입니다."

1막이 끝났을 때 나는 요리와 쌀밥, 냅킨을 내갔다. 노부인은 냅킨으로 눈물을 닦았다. 혼탁한 흰자위와 주름진 피부, 눈물에 젖은 눈두덩도 훔쳤다. 그녀는 눈물을 멈추기 위해 온갖 애를 쓰고 있었다. 그녀가 눈물을 모두 닦아 냈을 때, 나는 불현듯 이 노인이 정말로 피곤했겠다는 생각이 들었다.

"어머니가 보고 싶네요. 우리 어머니 손도 딱 이랬어요. 완전히 똑같았지요."

노부인이 눈가로 또 비어져 나오는 눈물방울을 닦은 뒤 자기 손을 보며 중얼거렸다.

흑무상 병이 조용히 냅킨을 내려놓고 잠시 망설이다가, 유가사탕을 한 움큼 탁자에 놓은 뒤 언제나처럼 조용히 구석으로 사라졌다.

나는 프라이팬을 꺼내 중불에 기름을 살짝 두른 뒤 생강

편과 산초, 팔각, 계피로 향부터 낸 다음, 토막 낸 닭고기를 넣고 기름이 올라올 때까지 볶다가 껍질 벗긴 왕밤을 넣었다. 그러고는 미리 잘 고아 놓은 닭 육수를 재료가 잠길 정도로 부은 뒤 월계수 잎과 적당량의 연간장, 진간장으로 간을 했다.

강한 불로 10분쯤 끓이고 나서 뚜껑을 덮은 채 약한 불에 고았다. 약 30분 뒤 뚜껑을 열고 왕밤을 하나 꺼내 잘 익었는지 맛을 보았다. 왕밤이 쫀득해졌을 때 불을 키워 자작하게 졸여서는 그릇에 담았다.

쌀밥도 닭 육수로 지었기 때문에 밥알에 닭기름이 배어 윤기가 반지르르하면서 부드럽고 향긋한 냄새가 났다.

노부인이 정신을 차리고 밥을 한술 떠먹더니 눈빛을 반짝거렸다.

"밥이 정말 맛있네요. 신경을 많이 쓰셨군요."

나는 기쁨의 미소를 지었다.

"닭고기도 질기지 않고요. 맛도 훌륭해요."

노부인이 고개를 끄덕였다.

확실히 노부인은 입맛이 별로 없는지 닭다리 고기 몇 점과 밥을 몇 술 뜨고는 수저를 내려놓았다.

물이 끓는 것을 보고 나는 그녀의 찻주전자에 뜨거운 물을 더해 주었다. 김이 올라올 때 내가 또 물었다.

"뭔가 가져가기 싫은 기억이 더 있으십니까?"

노부인은 한숨만 내쉬었다.

사방의 벽이 움직이더니 상영이 재개되었다.

노부인의 주마등

이런 생활을 얼마나 더 버틸 수 있을지 그녀는 알 수 없었다.

매일 아침 일어나자마자 그녀는 시장에서 장을 봐 여섯 식구의 식사를 준비했다. 그러고는 도시락 장사를 나갔다. 이웃들이 많이 팔아 준 덕분에 그녀는 점심때부터 저녁때까지 정신없이 바빴다. 일곱 시 이후에는 술자리에 나가야 했다. 고량주 장사에 관심을 두고 있어서 거의 매일 밤 정신을 잃을 정도로 마셨다.

그렇게 해도 그녀 혼자 버는 돈으로는 여섯 식구의 생활을 감당하기 힘들었다. 어른 셋과 아이 둘, 그리고 노인 한 명에게 들어가는 비용은 모든 정력을 쏟아부어도 언제나 모자랐다.

밤빛이 제일 짙을 때에야 그녀는 조심스럽게 오빠의 코고는 소리를 지나 조용히 자기 방으로 들어갔다. 남편과 아들은 벌써 잠들어 있었다. 규칙적인 숨소리 속에서 그녀는 노곤한 몸을 누이며 망연한 생각에 빠져들었다.

이게 사람들이 말하는 작은 행복 아니겠어? 그런데 이게 정말 내가 원하는 삶일까? 왜 이렇게 피곤할까? 왜 이렇게 울고 싶지? 왜 자꾸 숨이 막히지?

괜찮아, 그래도 아직은 버틸 만해.

밤마다 그녀는 자리에 드러누운 채 심호흡을 하며 그렇게 스스로에게 최면을 걸었다.

그러나 삶이란 얼마나 현실적인지, 거의 매달 지출이 수입보다 많았다. 미국에 있는 시부모가 가끔 생활비를 보태 주지 않았다면 집은 물론 피까지 팔아야 했을지도 모른다.

"엄마, 오늘 등록금 고지서 나왔어요."

하루는 학교에서 돌아온 딸이 식탁에서 이야기를 꺼냈다.

부모란 언제나 자신의 곤궁함을 자식에게 들키고 싶지 않은 법.

"알았어."

그녀는 웃으며 고개를 끄덕였다.

저녁에 그녀는 남편과 상의했다.

"지난번에 아버님이 외환 규제 때문에 우리 두 사람 계좌를 쓸 수 없다고 하셨으니……."

"장모님은?"

"엄마한테는 카드가 없잖아요."

"그러면……."

남편의 눈빛에 주저하는 기색이 역력했다.

"오빠가 아무리 형편없어도 아이 등록금을 함부로 어쩌겠어? 이번에는 안심해도 될 거예요. 지금 오빠한테 말할게."

그녀는 한숨을 내쉬었다.

다짐에 다짐을 받고서 그녀는 오빠의 은행 계좌 번호를 시아버지에게 알렸다. 며칠이 지난 뒤 그녀가 여러 차례 재촉했지만, 오빠는 친구랑 술을 마시다 잊어버렸다느니 은행 ATM기가 고장 났다느니 너무 늦게 일어나 은행 문이 닫혔다느니 하며 온갖 핑계만 댈 뿐 돈을 내놓지 않았다.

마침내 그녀는 이미 최악의 상황이 벌어졌을지도 모른다는 생각이 들었다.

그녀는 성큼성큼 소파로 다가갔다.

"오빠, 등록금은? 오늘은 줘!"

"뭐가 그렇게 급해? 조금 이따 찾아올게. 시끄러워 죽겠네."

"됐어, 카드나 줘. 내가 직접 찾아올 테니까."

"왜 이렇게 성화야. 모레까지 내면 되잖아……."

오빠가 반사적으로 지갑을 숨겼다.

"젠장, 당장 내놔!"

그녀는 소리를 지르며 지갑을 빼앗아 밖으로 나갔다.

계좌에는 100위안도 없었다. 카드를 세 번이나 넣다 뺐다 하면서 잔액을 수도 없이 확인해 보았다. 그러고는 절망스럽게 울면서 ATM기 옆에 주저앉았다.

그녀는 산송장처럼 집으로 돌아왔다. 오빠는 소파에 널브러져 담배를 피우고, 남편은 심각한 표정으로 옆에 앉아 있었다. 또 다른 한편에는 노모가 눈물범벅으로 앉아 있었다.

"돈은?"

그녀도 멍하게 자리에 앉으며 물었다.

"축구팀에 잘못 걸었다가 날렸어."

오빠가 담배 연기를 내뱉었다.

한참 동안 그녀는 무슨 말을 해야 좋을지 알 수 없었다. 심지어 어떤 표정을 지어야 할지도 몰랐다. 자신이 텅 비어 버린 듯 허무하게 느껴지고, 살아야 할 의미를 찾을 수가 없었다. 문득 거품이 되어 세상의 어느 틈새로 사라지고만 싶었다. 누군가를 위해 노력할 필요도 없고 어떤 책임도 질 필요 없는, 누구를 위해 살거나 상처 받을 필요도 없는 곳으로.

그렇게 종말의 끝에서 펑, 거품이 터지듯 흔적 없이 사라지고 싶었다.

그만하자.

"너무 탓하지 마. 나도 돈을 벌고 싶어서 그랬지. 베테랑이 틀림없다고 했는데 재수 없게 미드필더가 교체될 줄 누가 알았겠어. 병가지상사라고 했잖아. 그래도 이번에는 원금만 날렸지, 손해는 안 봤다고. 라오장이 얼마 걸었는지 알면 너도……."

오빠가 잠긴 목소리로 담뱃불을 비벼 껐다.

그녀는 여전히 멍한 상태에 낯빛도 엉망이었다.

그만하자, 내 인생을 저런 망종한테 저당 잡힐 수는 없어. 이렇게 노력하는데 저 인간이 내 아이 삶을 망치게 할 수는 없어……

"큰돈도 아니었잖아, 또 벌면 되지."

오빠는 어색한 표정으로 그녀를 몇 번 훑어보다가 그녀 남편에게로 시선을 돌렸다.

"참, 며칠 전에 라오쉬가 연락했더라고. 자기랑 사업할 생각이 있는지 매제한테 물어봐 달라던데······."

픽!

그녀는 소리에 이끌려 현실로 돌아왔다. 그녀 오빠가 믿을 수 없다는 표정으로 어머니를 바라보고 있었다.

찰싹!

따귀까지 날리고 나자 노모는 제대로 서 있지도 못했다.

그녀의 머리가 미처 반응하기도 전에 남편이 먼저 달려가 노모를 부축했다. 그 후 네 사람은 침묵에 빠져 아무도 입을 열지 않았다.

오빠는 낯빛을 흐린 채 꿈짝하지 않고, 노모는 분에 겨워 숨을 헐떡였다. 남편은 노모의 손을 한참 동안 붙들고 있었다. 그녀는 눈을 감고 몇 차례 심호흡을 한 뒤 괜찮다는 뜻으로 남편의 손을 쓰다듬고는 자리에서 일어났다. 그런 다음 친구에게 전화해 돈을 좀 빌려줄 수 있는지 물었다.

저녁이 되자 아들이 유가사탕을 먹고 싶다고 졸랐다. 노모는 작은방에서 오빠와 이야기하는 중이고, 남편은 거실에서 딸의 숙제를 도와주고 있었다. 완전히 녹초가 된 그녀는 아들을 꽉 끌어안고만 싶었다. 아들이야말로 최대의 위안이었다. 한참을 끌어안고 있었다. 자기가 울고 있다는 사실조차 몰랐다.

"엄마?"

아들이 겁먹은 표정으로 그녀를 쳐다보았다. 금방이라도 따라 올 기세였다.

그녀는 얼른 눈물을 닦은 뒤 사탕 한 움큼을 쥐었다.

"엄마가 종이 인형 접어 줄까?"

"네."

어린아이의 주의력은 언제나 물건으로 쉽게 돌릴 수 있는 법이다. 그녀는 유가사탕 포장지로 작은 무용수를 접어 탁자에 놓았다.

"이건 엄마야."

탁자를 치자 인형이 춤추는 무용수처럼 빙글빙글 흔들렸다. 아들이 깔깔거리며 웃었다.

"이건 아빠."

또 탁자를 치자 아들의 맑은 웃음소리가 그녀의 무거운 피로를 씻어 주었다.

"이건 누나."

탁자에서 무용수 인형 세 개가 빙글빙글 돌았다.

"그럼 이건 누굴까?"

"나요, 나!"

아들이 방실거리며 인형을 받아 탁자에 놓고는 보드라운 주먹으로 탁자를 쳤다. 무용수 넷이 전기 충격을 받은 것처럼 미친 듯 흔들리자 아들은 데굴데굴 구르며 웃었다.

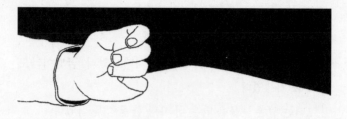

"엄마, 엄마! 엄마, 보세요. 제 인형이 제일 세요! 그러니까 슬퍼하지 마세요. 엄마를 위해서라면 난 뭐든지 할 거예요."

아들이 너무나도 앳된 목소리와 한없이 강인한 눈빛으로 말했다.

그녀는 아들의 보드라운 머리카락에 부드럽게 입을 맞추며 그 작은 몸을 끌어안았다.

아들은 잔뜩 신이 나서 인형을 들고 집 안을 이리저리 뛰어다니다 작은방에서 나오는 노모의 품으로 달려들었다. 그러고는 까치발을 디디며 인형을 자랑했다.

"할머니! 나 끝내주죠? 난 영웅이에요. 아빠와 엄마, 누나를 지켜 줄 거예요!"

그녀와 노모의 눈빛이 마주쳤다. 노모의 눈에는 아직도 미안함이 가득했다.

"엄마는 네가 고생하는 게 안쓰러워."

그녀는 가볍게 웃으며, 전부 지나갔으니 됐다고 눈빛으로 말했다.

*

"끊지 마요!"

노부인이 다급하게 나를 쳐다보았다.

"뭔가……."

"제발요, 아들 모습을 조금만 더 보여 주세요!"

노부인이 절박한 목소리로 애원했다.

"뭔가 가져가기 싫은 기억이 있으십니까?"

나는 질문을 완성했다.

"당신이 사람이에요? 감정을 이해는 하냐고! 당신은 사람이 아니라도 나는 사람이야. 엄마라고. 이십 년이 넘었어, 내 아들을 못 본 게. 제발 부탁이에요. 이렇게 빌 테니…… 다시 보여 줘요. 한 번만! 딱 한 번만이라도 좋아요……."

그녀가 흥분해서 울음 섞인 목소리로 외쳤다.

구석의 검은 그림자가 들썩거리다가 다시 조용해졌다.

나는 살짝 난감했다.

확실히 나는 감정이라는 것을 잘 모른다. 한때 자식으로서의 보살핌이나 부모로서의 기쁨을 누려 봤다고 해도, 뜨거운 우정이나 배신을 겪어 봤다 해도, 사랑에 빠지거나 실연의 고통을 느껴 봤다고 해도 말이다. 그렇지만 나 때문에 살아가는 사람도 없고 나 때문에 고통받는 사람도 없다. 나는 망망한 중생 속에서 뒤돌아볼 줄 모르는 모래알일 뿐이다. 바람에 실려 눈에 들어가도 몇 번 깜빡이면 사라져 버리는. 고통스러우면 피하고 배가 고프면 먹는다. 즐거움을 구하지만 안 되면 포기한다.

그렇다면 사랑이란 무엇일까?

처음 맹파가 되었을 때 염라대왕이 갑자기 뭔가 생각난 듯 그 질문을 던졌다. 나는 모른다고 솔직하게 대답했다. 나는 세상 모든 것에 아무런 감정이 없다. 희로애락이 무슨 의미란 말인가?

그러니…… 그들이 옳을지도 모른다. 계속 맹파 노릇을 하다 보면 언젠가는 답을 알 수도 있다. 그 뒤 나는 이곳에 있었고 눈 깜짝할 사이에 오랜 시간이 흘렀다.

내 앞에서 비통해하는 노부인을 보자 나는 내가 여전히 아무것도 모른다는 사실을 알 수 있었다.

"정말로 보고 싶으십니까? 제일 가슴 아픈 기억일 텐데요."

내가 조용히 물었다.

"보고 싶습니다."

노부인이 고개를 끄덕였다.

노부인의 주마등

아무 조짐도 없는 오후였다. 도시락 장사를 서둘러 끝내고 남편과 함께 딸의 학부모회에 달려갔다. 중학교에 가기 위해 필요한 것을 대충 받아 적고 있을 때, 큰일이 났다는 연락을 받았다.

노모와 오빠, 어린 아들이 가스 누출 사고로 세상을 떠났다. 그 뒤의 장례와 제사는 사방팔방에서 조문 온 친척과 친구들이 치러 주었다. 심지어 오빠의 어중이떠중이 친구들까지도 군말 없이 힘을 보탰다.

경찰에서는 정말 끔찍하지만 확실히 아들이 가스 밸브를 열어 놓았노라고 조사 결과를 알려 주었다.

그날부터 그녀는 밤마다 꿈속에서 아들을 만났다.

그 돼먹지 못한 오빠가 멀끔하게 차려입고 아들에게 직접 숫자를 가르치고 있었다. 이게 0이야. 0이 두 개면 몇이지? 그래, 맞았어, 8이지. 누구 집 꼬마가 이렇게 대단한가? 그러면서 아들에게 코를 비비며 웃었다.

그녀를 발견한 아들이 품으로 달려왔다.

그녀는 아들을 꽉 안았다. 아, 익숙한 촉감이었다. 너무도 작고 너무도 보드랍고 너무도 여린.

그녀는 그렇게 한껏 아들을 안았다. 아들의 머리가 그녀 어깨에 파묻히면서 뜨거운 숨결이 그녀의 상처받은 영혼을 어루만져 주었다. 노모가 멀리서 자상한 눈길로 바라보며, 엄마는 네가 고생하는 게 안쓰러워, 하고 말했다.

"엄마, 엄마! 슬퍼하지 마세요. 엄마를 위해서라면 나는 뭐든지 할 거예요."

아들의 앳된 목소리가 귓가에서 끝없이 메아리쳤다.

그녀는 행복했고 울고 싶었다.

나를 이 순간에 내버려 둬. 이게 좋아.

그 뒤로 몇 년 동안 그녀는 깨고 싶지 않았다. 눈을 뜨자마자 꿈속으로 되돌아가고 싶었다.

남편이 먼저 기운을 차렸다. 다시 사업을 시작했고 휘청대면서도 천천히 자리를 잡아 갔다. 딸도 착실하게 명문 중학교, 명문 고등학교에 진학했다. 언제나 나무랄 데 없는 모범생이었다. 그녀만 꿈에서 벗어나지 못했다.

차근차근 타일러도, 밤낮으로 보살펴도 아무 효과가 없자 가족들은 결국 심리 상담을 받게 했다. 꼬박 2년이 흐른 뒤에야 차츰 호전의 기미가 보였다. 치료가 끝났을 때 그녀는 까다롭고 공격적인 성격으로 변해 있었다. 각박한 중년 부인은 시간이 흐르면서 제멋대로인 노인이 되었다.

처음에는 더 이상 아들 꿈을 꾸지 않는 자신에게 화가 났다. 그러다가 점점 모든 일에 화가 나더니 사위의 직업, 손녀의 성적, 가사 도우미의 음식 등 사사건건 꼬투리를 잡게 되었다. 누군가에게 미움을 받으면 마음속 죄책감이 조금 줄어드는 듯했다.

그렇게 일 년 또 일 년이 흘렀다.

오늘 아침, 침대에서 눈을 뜬 남편은 아무리 깨워도 그녀가 일어나지 않자 급히 가족들을 불렀다.

그녀는 잠결에 숨을 거두어 안색이 무척 평온했다. 모두들 눈물을 흘리는 대신 그녀의 잠든 얼굴을 따스하게 바라보기만 했다. 남편은 차갑게 식은 그녀의 손을 내내 붙잡고 있었다.

딸이 다가와 이불을 덮어 주고 조심스럽게 그녀의 머리를 빗긴 뒤 이마에 입을 맞추었다.

엄마, 안녕히 주무세요.

＊

노부인이 메마른 손을 뻗어 허공에서 딸의 얼굴을 쓰다듬으려 했다.

내가 고개를 들어 가게 시계를 보니 어느새 시간이 다 되었다. 구석의 흑무상 병은 벌써 사라지고 없었다.

노부인이 비틀비틀 난간을 붙든 채 천천히 걸음을 옮겨 다리 맞은편에 도달했을 때, 나는 메마른 나뭇잎이 마침내 진흙 바닥으로 떨어져 내리는 모습을 보는 것만 같았다.

그녀가 구부정한 등을 돌려 가게 쪽을 슬프게 바라보았다. 손으로 얼굴을 닦는 게 보였지만, 차가운 강 기운에 흘러나온 콧물을 닦는지, 보이지 않는 눈물을 닦는지는 알 수 없었다. 강물이 멈춰 아무 소리도 들리지 않고 서늘한 느낌만 가득했다. 맞은편 숲도 멈춰서, 그녀가 가랑잎을 밟는 사각사각 소리까지 들을 수 있었다.

아주 빠르게, 노부인은 뒤쪽 거대한 그림자에 잠겨 들었다. 그러다가 갑자기 마지막 생명을 다해 가게 쪽으로 힘껏 소리쳤다.

하지만 어둠이 빠르게 휘몰아치면서 그녀의 목소리를 중

간에 삼켜 버렸다. 입 모양을 보니 아들 이름을 부르는 듯했다. 다시 쳐다봤을 때는 이미 눈물범벅인 채로 사라지고 없었다.

공명등 하나가 천천히 떠올랐다. 나는 공명등이 멀어지는 쪽으로 깊이 허리를 숙였다. 그런 다음 먼지를 털고 가게로 돌아왔다.

아까 그녀는 유가사탕은 하나도 안 먹고 사탕 껍질로 무용수를 접어 놓았다. 탁자에는 인형들이 덩그러니 놓여 있었다. 흑무상 병은 한참 동안 인형을 바라보다가 마침내 다가가 탁자를 치며 흐느꼈다.

그날 할머니가 시키는 대로 가스를 틀어 놓고 나가 놀았어야 했어.

탁자의 진동에 따라 종이 인형이 유쾌하게 흔들렸다.

"아빠."

"누나."

"이건 나."

"엄마, 안녕히 주무세요."

마지막의 작은 종이 인형이 오래도록 흔들렸다. 하지만 결국에는 균형을 잃고 툭 쓰러졌다.

맹파의 레시피

1. 마오쉐왕

얼큰하고 진하게 우린 새빨간 육수, 아삭한
논장어, 부드러운 오리 선지, 짭조름한
줄기상추, 한 젓가락에 딸려 오는 당면과
콩나물까지 중독성이 강하다.

2. 오향닭볶음

오향 음식은 먼저 코로 즐겨야 한다.
향신료가 식욕을 한껏 자극할 때까지
기다렸다가 젓가락을 움직인다.
닭고기는 육즙이 촉촉해 부드럽고 왕밤은
쫀득쫀득하며 국물은 밥을 비벼 먹기 좋다.

3. 흰토끼 유가사탕

사탕 껍질 위쪽을 세 갈래로 찢어 돌돌
말아서 머리와 팔을 만들고, 중간을 꽉
조여서 둥근 치마를 만든 다음 진동을 주면
흔들리다 쓰러진다. 맛있고 갖고 놀기
좋아서 누구나 좋아한다.

세 번째 밤:
인스턴트커피

　　　　여름이 막바지를 향하면서 지옥도 후텁지근하고 눅눅해졌다.

요 며칠 비가 계속 내리더니 태풍까지 불었다. 광풍에 한데 뒤엉켰던 공명등이 태풍의 눈에 이르렀을 때는 다시 한가롭게 밤빛 속을 떠다녔다.

나는 태풍 부는 날의 공명등을 좋아한다. 다리 기슭을 알록달록 특이한 빛으로 물들이는 모습이 무척 아름답기 때문이다.

인간 세상의 날씨는 어떨까? 내 일을 이어받은 사람도 혼자 쓸쓸하게 폭풍우를 맞고 있을까?

모르겠다.

나는 백무상을 안은 채 가게 앞에 앉아 양동이로 들이붓

듯 쏟아지는 비를 바라보았다. 어떤 특별한 기억이 떠오를 것만 같은데 아무리 애를 써도 생각나지 않았다.

됐다, 생각하지 말자.

오늘 손님은 서른 살가량의 남자였다. 대충 무시할 수 없는 괴팍함과 피곤함이 눈빛에 서려 있었다. 가게 입구의 해바라기가 어둠 속에서 활짝 피어나고 다리 밑의 강물도 졸졸 흘렀지만 남자의 슬픔은 한기를 일으킬 만큼 강렬했다. 온몸이 눈물의 화신 같았다.

남자의 머리가 문에 부딪혔다. 나는 조용히 문을 열며 미소를 지었다.

"어서 오세요. 지옥주방에 오신 걸 환영합니다."

남자는 멍한 표정으로 비틀비틀 들어와서는 엉덩이를 소파 깊숙이 밀어 넣었다. 나는 그를, 그는 나를 쳐다보았다. 그러다 그가 살짝 절망스럽게 눈을 감았다.

이런 사람이야 많지.

나는 속으로 중얼거렸다.

매달 이런 유형이 몇 명씩 찾아왔다. 그들은 무작정 가게

안으로 들어오지만, 자신이 이미 죽었다는 사실을 믿으려고 하지 않았다.

나는 자료를 펼치며 가볍게 기침을 했다.

"마지막으로 드신 세끼 식사는 각각……."

그런 다음 말을 멈추었다. 거짓말 같지만 남자가 정말로 일정한 리듬에 맞춰 코를 골고 있을 뿐만 아니라 자료에서 보여 주는 그의 마지막 음식은, 아니 더 정확히 말해 마지막 음료는 커피뿐이었기 때문이다.

인스턴트커피, 스타벅스 커피, 애프터눈티의 카푸치노, 더블 에스프레소. 가끔 마키아토나 라테도 있었지만 인스턴트커피가 제일 많았다. 남자의 오르락내리락 코 고는 소리를 들으며 그의 지나온 삶을 들춰 보는데, 내가 안타까운 탄식을 내뱉기도 전에 그가 갑자기 정신을 차렸다.

"제가 얼마나 잤죠?"

"오 분도 안 됩니다."

"……세상에."

그의 눈빛이 당황에서 불만과 억울함으로 바뀌는 게 보였다. 곧이어 그가 큰 소리로 울었다.

"늘 이래! 언제나 이렇다고! 또! 겨우 오 분이라니!"

나는 눈빛으로 소리 없이 그를 위로했다. 아니나 다를까, 예상했던 대로 그는 히스테릭하게 울어 댔다.

5분쯤 지나자 그는 울면서 다시 잠이 들었다.

나는 바로 돌아가 컵을 닦고 그릇을 닦았다. 잠시 뒤 그가 정신을 차렸는데, 피곤한 기색이 한층 심해졌다. 거대한 정적 속에서 남자가 조용히 물었다.

"이번에는 얼마나 잤나요?"

"두 시간쯤요."

나는 거짓말을 했다. 남자가 고개를 저었다.

"거짓말을 하시는군요. 고작해야 이십 분이겠지요."

나는 웃으며 손에 든 그릇을 계속 닦았다. 접시에 금이 갔군, 이따가 칠을 좀 입혀야겠어.

"배가 고픈데요."

남자가 투덜거렸다.

"어떤 음식을 주문하시겠습니까?"

나는 고개를 들며 미소를 지었다.

"아무거나요."

남자는 탁자에 엎드려 얼굴을 나무 상판에 붙인 채 힘없이 대답했다.

"커피 드시겠어요?"

"......"

"볶음 요리 어떠세요?"

"느끼해요."

"죽은요?"

"싱거워요."

"간식류는 어떠십니까?"

"뭐가 있는데요?"

"어묵, 곱창, 만두, 국수……."

"우욱. 죄송하지만 커피를 너무 많이 마셔서인지 음식 이름을 듣기만 해도 토할 것 같네요. 거북해요. 견딜 수가 없어요."

그는 손을 들어 투항하는 자세를 취했다.

나는 힐끗 부엌 쪽을 보며 물었다.

"어젯밤에 백합과 율무를 넣고 녹두탕을 끓였습니다. 지금 식히고 있는데, 그것 좀 드시겠습니까?"

남자의 머리가 탁자에서 살짝 움직였다.

밤새 녹두를 물에 담가 불린 뒤 껍질과 쭉정이를 체로 건져 냈다. 녹두를 냄비에 붓고 율무와 신선한 백합 꽃잎을 넣고는 물을 가득 부어 센 불에서 30분쯤 끓이다가 약한 불로 줄이고, 녹두가 쫀득해질 때까지 고았다.

"데워 드릴까요?"

"마음대로 하세요."

"설탕을 넣을까요?"

"아니요."

"건더기를 많이 드릴까요, 국물을 많이 드릴까요?"

"국물요."

"여기 있습니다."

이미 죽었지만 남자의 힘없는 모습을 보고 있으니 다시

한 번 죽을까 봐 걱정스러웠다.

남자는 홀짝홀짝 녹두탕을 마시고, 나는 살짝살짝 그릇을
계속 닦았다.

"사실 커피는 최루성이 강해요."

남자가 무심하게 말했다.

"네?"

"커피를 너무 많이 마시면 구토가 올라와요. 구토할 때 눈
물이 나는 건 생리 반응이고요."

"아."

나는 정말 어떻게 대답해야 할지 몰랐을 뿐이다.

남자는 기분이 상했는지 조금 의
심스럽다는 표정으로 나를 바라보았
다. 우리는 다시 한번 서로를 말없이
바라보았다. 그의 고개가 탁자로 떨
어지고 손에 든 숟가락이 녹두와 백
합을 무료하게 뒤적거렸다.

"세상은 아직도 제게 너그럽지 않
군요."

나와 다시 눈이 마주쳤을 때 남자
가 가볍게 탄식했다.

나는 조용히 그의 다음 말을 기다
릴 수밖에 없었다.

손가락을 튕기자 귀등이 켜지고

벽면의 주마등이 저절로 돌아가면서 손님의 일생이 상영되기 시작했다.

남자의 주마등

총소리가 울리자 눈앞으로 짙푸른 빛이 펼쳐지면서 리드미컬한 숨소리가 들려왔다. 이어서 주변 응원단의 구호 소리, 여기저기서 터져 나오는 고함 소리, 멀리 식당에서 부딪치는 스테인리스 그릇 소리 등이 들렸다. 하지만 그는 모든 신경을 눈앞의 빨간 조끼 선수에게 집중했다.

세상이 다시 적막으로 되돌아가더니 과장스럽게 뛰는 자신의 맥박 소리와 들쑥날쑥한 숨소리만 들렸다.

그를 따라잡아야 돼, 제쳐야 돼, 제쳐야 된다고.

조금만 더 빨리 뛰자, 호흡을 신경 써서 잘 조절해 앞지르는 거야, 앞질러!

마지막 순간 그는 빨간 조끼를 제쳤지만, 오른쪽의 또 다른 선수도 마지막 순간에 그를 앞질렀다.

지역 팀에서 단거리 선수 훈련을 한 지 10여 년이 되었다. 이번이 그의 마지막 기회였다.

그는 갑자기 숨을 쉴 수가 없었다. 그러다 모든 감각이 순간적으로 회복되었을 때 자기에게 달려오는 수많은 얼굴이 보이고 코치의 다급한 질문이 들렸다. 그는 자신이 쓰러졌다는 사실은 알았지만 왜 쓰러졌는지는 이해할 수 없었다.

　너무나도 익숙한 트랙의 합성수지 알갱이를 두 손으로 쓰다듬으면서도 자기가 어디에 있는지 알 수 없었다. 누군가에게 들려 의무실로 옮겨지던 짧지 않은 순간, 그는 똑바로 누운 채 태양을 보고 있어서 눈이 부시다 못해 아렸다.

　파란 하늘은 없어.

　이것이 그의 마지막 의식이었다.

　"사내대장부가 울면 창피하지."

　팀을 나올 때 코치가 걱정이 됐는지 기어코 버스 정류장까지 배웅해 주었다.

　"괜찮아요. 정말 안 울어요."

　그도 거짓말이 아니었다. 스포츠가 얼마나 고통스러운지는 겪어 본 사람만 안다. 승패는 병가지상사라지만 그는 언제나 졌다. 승부욕이 없어서도 아니었다. 그저 어떻게 해도 결과가 바뀌지 않았다. 그러니 달갑지 않아도 어쩌겠는가.

　"대학 가서 시간 나면 들러."

　코치는 그의 어깨를 두드린 뒤 담배에 불을 붙이며 그가 버스에 오르는 모습을 바라보았다.

　그때부터 그의 인생에서 훈련이 사라졌다.

　덜컹거리는 버스에서 그는 코치가 준 이별 선물을 들고 입술을 꽉 깨물었다. 평범한 러닝화였다. 신발을 들어 올리자 그의 명찰이 안에서 툭 떨어졌다. 산길이 울퉁불퉁해 명찰이 신발 상자 안을 통통거리며 굴러다녔다. 그는 그 소리를 들으면서 눈을 감았다. 햇볕이 얼굴로 쏟아졌다. 잔뜩 찌푸린 눈살이 얼굴에 드리운 그림자를 한층 짙게 만들었다.

집에 도착했을 때에야 그는 신발 상자 한쪽이 찌그러진 것을 알았다.

"오는 길은 괜찮았니?"

어머니가 닭 육수로 끓인 쌀국수에 술지게미 양념장을 두 숟가락 넣었다.

그는 걸신들린 듯 먹고 나서 대답했다.

"햇볕이 너무 뜨거웠어요."

파란 하늘을 볼 수 없었다.

대학교 1학년 2학기 때 그는 늘 룸메이트들과 운동장에서 농구를 했다.

단발머리 선배 하나가 항상 앉아서 그들의 농구 경기를 구경했고, 가끔은 얼음물을 사 주기도 했다. 룸메이트를 통해 그 선배가 남자 친구와 헤어졌으며, 연애할 때 남자 친구가 농구를 자주 했다는 이야기를 들었다. 선배는 남자 친구가 돌아오기를 기다리는 듯했다.

다시 보름이 지났는데도 선배는 여전히 그곳에서 그들의 농구 경기를 구경했다. 날씨가 워낙 더운 탓에 선배의 화장이 늘 땀에 번졌다. 그렇게 오가다 보니 서로들 익숙해져서 그가 3점 슛을 쏘면 선배가 환호하며 박수를 보내기도 했다.

이상했다.

그는 선배가 건네는 아이스커피를 자연스럽게 받아 들고는 커피 캔으로 정수리의 태양을 가렸다.

이상했다. 무척이나 이상했다.

"태양이 너무 뜨겁네."

선배가 손수건을 꺼내 목에 흐르는 땀을 닦았다.

"하지만 하늘은 파래요."

그는 아이스커피를 내려놓고 땀을 닦는 선배의 손끝이 조금씩 목을 돌다가 귀로 옮아가는 것을 바라보았다. 선배가 자신을 보고 있는 줄 알았지만 어떻게 해도 시선을 뗄 수가 없었다. 그는 선배 입가의 솜털을 보며 조심스럽게 침을 삼켰다.

선배가 자신에게 별 관심이 없다는 사실은 그도 알고 있었다. 그렇지만 적극적인 구애 끝에 한번 해 보자는 선배의 동의를 얻어 낼 수 있었다. 3년의 연애 기간 동안 선배는 끝내 그의 존재에 적응하는 것으로만 그쳤을 뿐, 두 사람의 감정은 언제나 뜨뜻미지근한 상태를 벗어나지 못했다. 그의 열정은 따뜻한 블랙홀에 삼켜진 듯했다.

그는 자기보다 한 해 먼저 졸업한 선배를 따라 기숙사를 나와서는 선배의 회사 근처에 작은 아파트를 구해 동거를 시작했다. 매일 학교까지 오가는 데만 거의 네 시간이 걸렸고, 주말에는 프랜차이즈 카페에서 아르바이트를 해야 했다.

어쩌다 두 사람 모두 쉴 때면 선배에게 커피를 끓여 주었다. 집에는 커피를 내릴 기기가 없어서 그는 항상 다른 방식으로 선배의 커피에 그림을 그렸다. 카페에서 폐기하는 음식 가운데 유통 기한이 막 지난 즉석식품은 가져와서 선배와 나눠 먹었다. 참치샌드위치의 상추가 물렀으면 얼른 상추만 빼내 자기가 먹고, 초콜릿머핀은 전자레인지에 살짝 돌려 딱딱해진 끝부분을 썰어 낸 다음 안쪽의 부드러운 부분만 선배에게 주었다.

서로 맞붙인 두 사람의 몸으로 아침 햇살이 내리비칠 때면 그는 선배를 안은 채 놓으려 하지 않았다.

"뭐가 겁나?"

선배가 잠에서 깨며 몽롱하게 물었다.

"나는 태양이 싫어요."

그는 눈을 감은 채 선배의 머리카락에 입을 맞추었다.

그가 졸업할 즈음 선배는 부서를 바꿔 새로운 상사 밑에서 일하게 되었다.

저녁때 접시의 치킨샐러드를 뒤적이던 선배의 눈에서 눈물이 투두둑 소스 위로 떨어졌다. 그는 이해할 수 없어서 정말 가까스로, 벌써 사귀는 거냐고 물었다. 선배는 고개를 저으며 상사를 좋아하는 자기 마음을 확실히 알았을 뿐이라고 대답했다. 그런 마음을 누군가에게 털어놓은 적도 없다고 했다. 하지만 자신이 상사에게 얼마나 끌리는지 분명하게 알고 있다고, 그에 대한 감정보다 훨씬 크다고 말했다.

선배는 스스로 옳다고 생각하는 선택을 했다.

그는 받아들이는 대신 간절히 매달렸다. 보통 바람을 피운다는 것은 다른 관계가 확실할 때를 의미하는데, 이건 대체 뭐란 말인가? 그는 자신의 전부를 쏟았던 여자를 바라보면서 말도 안 된다고 생각했다.

선배 마음을 그 사람이 알아요?

몰라.

선배가 대답했다.

그 사람과 사귈 거라고 보장할 수 있어요?

아니.

그럼 우리가 왜 헤어져야 하죠?

선배의 속눈썹이 아래를 향했다.

나는 가슴에 두 사람을 품을 수 없거든.

그날 밤 그가 선배를 안자 선배는 거부하지 않았다. 하지만 잠시였을 뿐, 선배는 이내 몸을 돌린 채로 잠이 들었다.

그는 그녀를 꽉 끌어안았다. 이제 겨우 시작된 미래가 어떻게 이렇게 갑자기 끝난단 말인가?

선배는 금방 잠에 빠졌다. 선배의 숨소리를 듣고 있으니 심장이 쿵쿵 빠르게 뛰었다. 그는 자기도 모르게 뜬눈으로 밤을 보냈다. 날이 밝자 창밖에서 까마귀가 까악 하고 울었다.

태양이 떠오른 그 순간, 그는 자리에서 일어나 선배를 위해 커피를 끓였다. 잔을 들 때 부들부들 떨리는 손은 아무리 애를 써도 진정할 수가 없었다. 아침 해는 점점 따스해졌지만 그는 못 견디게 추웠다. 그는 한 손으로는 잔을 꽉 붙들고, 다른 손으로는 울음소리에 애인이 깨지 않도록 입을 틀어막았다.

자신이 전력을 쏟았던 매 순간과 그 이후 어김없이 찾아오던 실패가 떠올랐다.

이튿날, 선배는 짐을 챙기고 방도 깨끗하게 정리한 뒤 그의 인생에서 떠나갔다.

＊

남자는 녹두탕을 뒤적이던 숟가락을 내려놓았다. 깊은 생각에 빠진 듯했다.

나는 남자의 얼굴에서 흘러내리는 두 줄기 눈물을 보고 티슈를 건넸다. 국물을 조금 더 주려고 했지만 남자는 됐다면서 손을 내저었다. 물을 마시겠느냐고 물었다. 그는 흐느낌으로 말없이 거절했다.

나는 다시 그릇을 닦기 시작했다. 울음을 멈춘 남자가 고개를 들고 소파에 기댔다. 벽면의 주마등이 다시 돌아갔다.

남자의 주마등

대학을 졸업한 뒤 그는 스포츠용품 회사 광고부에 들어갔다.

그날 그는 오전에 계약서를 검토하고 오후에는 촬영을 끝

낸 뒤 사진을 수정하고 여덟 시 남짓까지 야근한 끝에 판촉 계약 네 건을 마무리했다. 그런 다음 서류 세 건을 검토하고 동료를 도와 광고 기사를 썼다. 온종일 정신을 차리기 위해 커피를 여러 잔 마셔야 했다. 회사를 나설 때 이어폰에서 발라드도 아니고 별로 슬프지도 않은 야릇한 노래가 흘러나왔다. 그 노래를 들으면서 지하철역으로 가다가 그는 느닷없이 울음을 터뜨렸다.

그래 봐야 몇 초 울었을 뿐이지만, 덩그러니 길 한복판에 멈춰 선 순간 그는 돌연 밀물에 휩쓸리듯 슬픔에 빠졌다. 분명 목표치보다 훨씬 많은 일을 처리한 성공적인 하루였고 그다지 슬픈 노래도 아니었는데 그렇게 서러웠다.

밤빛이 너무 아름다워서 서럽고, 사람들이 너무도 활기차서 서럽고, 길모퉁이의 음식 냄새 때문에 서럽고, 가로등이 쓸쓸하지만 밝아서 서럽고, 여름 바람이 뜨거워서 서럽고, 자신이 살아 있다는 게 느껴져서 서러웠다.

✳

남자가 고개를 돌리더니 내게 물었다.
"맹파, 죽음에 대해 생각해 보신 적 있어요?"
"열심히 살아가는 사람만 죽음을 생각하지요."
나는 조용히 대답했다.
남자의 눈가가 살짝 떨리더니 또 촉촉해졌다. 견고하던 눈물샘이 완전히 터져 버린 듯했다.

"방금이 세 번째였어요. 맞아요, 세 번째."

남자는 혼잣말처럼 말하고는 고개를 끄덕이며 수를 세어 보았다.

나는 고개를 들어 생사종을 쳐다보고는 미안하다는 표정을 지었다.

"죄송합니다. 이제 문 닫을 시간이 되었거든요."

남자가 힘없이 일어났다. 내가 다가가 부축하려 하자 그가 거절했다.

나는 웃으며 입구로 안내했다.

"음식이 입에 맞았는지 모르겠습니다."

남자가 배를 문지르며 송구스럽다는 듯이 말했다.

"역시 거북하네요. 하지만 녹두탕은 정말 맛있었어요. 감사합니다."

남자는 잠시 생각하더니 또 말했다.

"그거 아세요? 갈림길을 만났을 때 사람들은 기분이 좋으면 무의식적으로 왼쪽을 선택하고, 기분이 나쁘면 오른쪽으로 간답니다."

"네? 정말 독특한 철학이군요."

나는 그를 다리까지 배웅했다.

"지금 막 생각났거든요. 마지막으로 지하철을 갈아탈 때 계단을 내려가 왼쪽으로 꺾었어야 했어요."

그는 코를 만지작거렸다. 흘러가는 강물 소리에 웃음소리가 힘없이 흩어졌다. 남자가 휘청휘청 천천히 걸어가는데 뒷모습이 살짝 위대해 보였다. 나는 멍하니 선 채 잠시 생각하다가 조용히 떠오르는 공명등을 경외의 시선으로 바라보았다.

나는 공명등이 사라지는 방향을 향해 아주 깊이 허리를 숙여 인사했다.

오늘 손님도 무척 좋은 삶을 살았다.

나는 몸에 묻은 먼지를 털고 가게로 돌아와 다음 손님을 기다렸다.

맹파의 레시피

녹두백합탕

녹두 한 알, 백합 꽃잎 한 장,
탕 한 사발, 내가 그리워하는 그녀도
나를 그리워할까?

네 번째 밤:
생강푸딩

입추가 지나고 며칠 동안 찬 바람이 불었다. 백무상은 대수롭지 않게 여겼다가 오한이 들어 사나흘 동안 배앓이를 했다.

염라대왕은 백무상을 안고 나가 내하교를 거니는 우두(牛頭)귀졸과 마두(馬頭)귀졸, 흑무상들을 멍하니 바라보곤 했다. 그렇게 나갔다 온 뒤 백무상의 배앓이가 한층 심해지는 바람에 흑무상 을이 식재료를 대신 장만하게 되었다.

나는 내가 한눈팔 때 음식을 훔쳐 먹어서 그런 줄 알았다가 백무상한테 원망의 눈초리를 받았다.

"염라대왕 몸이 너무 차가워서 감기에 걸린 거라고요."

그날부터 염라대왕은 패딩 점퍼를 입은 모히칸 머리가 되었다.

오늘 손님은 말끔하고 눈빛이 계곡물처럼 맑은 남자 대학생이었다.

"어서 오세요. 지옥주방에 오신 걸 환영합니다."

나는 미소를 지으며 공손하게 문을 열었다.

"무엇을 주문하시겠습니까? 생전 마지막 식사는 맥도널드에서 하셨고, 그 전에는 야시장에서 하셨습니다. 참고하세요."

나는 남학생을 자리로 안내한 뒤 손에 든 두툼한 자료를 넘겼다.

남학생은 머리를 숙인 채 손가락만 만지작거릴 뿐 아무 말도 하지 않았다.

"괜찮으십니까?"

한참 동안 아무런 반응이 없어서 나는 하는 수 없이 목소리를 조금 높였다.

"……아, 죄송합니다. 딴생각을 하느라고요. 아직도 얼떨떨하고 무슨 느낌인지 잘 모르겠어요. 이런 게 죽은 건가요?"

남학생이 의문에 찬 눈으로 자신의 두 손을 바라보았다.

"네."

나는 조용히 입을 다물었다. 그때 백무상이 다가와 남학생의 다리에 몸을 비볐다.

"먹고 싶은 음식은……."

남학생이 미안하다는 듯 머리를 긁적이는데 겸연쩍게 웃는 얼굴이 무척 멋졌다.

"생전에 맥도널드에서 마지막 음식을 드셨고 그 전에는 야시장에서 드셨으니 참고하세요. 무엇이든 주문할 수 있습니다. 생전에 드신 음식이라면 말이지요."

"알겠습니다."

남학생이 잠시 생각한 뒤에 또 물었다.

"지금 몇 시죠?"

나는 자료를 들춰 보았다.

"세상을 떠난 시각은 밤 열 시 반이었습니다."

"아……, 달달한 야식이 당길 시간이었군요. 생강푸딩을 주문해도 될까요?"

"그럼요."

백무상이 어느 집 마당에서 신선한 생강을 캐 왔다. 나는 늘 하던 대로 쇠숟가락으로 껍질을 긁어 깨끗하게 씻은 뒤 생강즙을 짰다. 이래서 햇생강을 쓰는 게 좋다. 생강즙은 가

제(또는 가는 체를 써도 된다)로 한 번 걸러 그릇에 담아 두었다. 영혼까지 아찔할 만큼 매운 생강즙 향내가 의식을 깨우는 신호처럼 공기를 메웠다.

신선한 우유를 끓이다 백설탕을 넣었다. 설탕의 양은 입맛에 맞게 조절하면 된다. 불을 끄고 온도가 약 70도로 내려갈 때까지 쉬지 않고 젓다가 생강즙을 담아 둔 그릇에 재빨리 부었다. 그렇게 몇 분이 지나자 생강푸딩으로 잘 굳었다.

사실 처음에는 어떻게 해도 푸딩 모양이 예쁘게 잡히지 않았다. 나중에야 세 가지 요령을 터득할 수 있었다.

첫째, 풀크림 고단백 우유로 만들어야 한다. 다른 유형은 잘 굳지 않는다.

둘째, 70도에서 80도까지 식힌 다음에 생강즙과 섞어야 제대로 굳힐 수 있다.

셋째, 생강즙은 그때그때 짜야 한다. 끓이거나 미리 준비해 둔 생강즙은 잘 굳지 않는다.

"생강푸딩을 이렇게 만드는군요."

남학생이 무척 흥미로워하며 푸딩을 바라보았다.

"숟가락 여기 있습니다."

남학생은 생강푸딩을 한 숟가락 떠서 입에 넣고 살짝 오물거리다가 내려놓았다.

"역시 생강은 못 먹겠어요."

우유의 달콤함과 생강즙의 아릿함이 혀끝에서 빠르게 섞

이며 자극적이면서도 따스한, 아주 묘한 느낌을 주었다.

"다른 간식으로 바꿔 드릴까요?"

"아니요, 아주 좋아요! 추위에 오래 떨었더니 위를 따뜻하게 데우고 싶네요."

남학생은 지켜 주지 못하는 연인을 바라보듯 목으로 넘기지 못하는 생강푸딩을 바라보았다.

"뭔가 가져가기 싫은 기억이 있습니까?"

손가락을 튕기자 귀등이 켜지고 벽면의 주마등이 저절로 돌아가면서 손님의 일생이 상영되기 시작했다.

남학생의 주마등

남학생은 대학에 들어간 지 얼마 안 되어 룸메이트의 권유로 인터넷 연애 게임을 시작해, 2년 동안 누군가의 '연인'으로 지냈다. 다른 모습이 되어 멋대로 굴어도 책임질 필요가 없다는 온라인의 환상에서 시작했는데, 어느 순간 정신을 차리고 보니 한 게이머와 연인 관계를 맺고 있었다.

상대가 살뜰하게 챙겨 주어서 그도 성심을 다했고 시간이 갈수록 깊이 빠져들었다. 상대에게 이런저런 옷을 선물하고 온갖 게임 공간을 함께 다니다 보니 매일이 즐거움의 연속이었다.

그런데 남학생이 정식으로 고백하려 할 때 상대 게이머가 종적을 감췄다. 남학생이 가능한 모든 인맥을 동원해 이유를 묻자 상대는 "그렇게 큰 타격은 아닐 거야. 추억으로 남겠지."라고 대답했다.

남학생은 실연당한 기분이 들었다. 그리고 그가 하소연하는 대상은 언제나 그녀였다. 남학생과 여학생은 고등학교 때 같은 반이었다가 과는 달라도 같은 대학에 입학한 친구 사이였다.

두 사람은 언제나 함께 야시장을 돌아다니며 저녁을 먹었다. 보통 닭튀김으로 시작해 소시지달걀철판볶음밥을 먹었다. 밥이 볶아지는 동안에는 근처에서 밀크티 두 잔을 사 왔다.

밀크티와 닭튀김, 볶음밥을 들고 꼬치집 의자에 앉아서 고기와 두부 꼬치를 골랐다. 가끔 남학생은 근처 노점에서 참치샐러드초밥과 장어초밥을 사 오기도 했다.

두 사람은 음식을 먹으면서 각자 학교에서 있었던 일들을 이야기했다.

야시장 순례는 언제나 디저트 가게에서 그는 토란커스터드푸딩을, 그녀는 생강푸딩을 주문하는 것으로 끝났다.

"뭔가 말 못 할 비밀이 있나 보지."

여학생이 우걱우걱 밥을 퍼먹었다.

"……."

남학생은 경건하게 기도를 올렸다.

"어, 너 뭐 하나?"

"네가 먹는 꼴을 보니, 미래의 네 남편을 위해 애도를 표하지 않을 수가 없어서."

"꺼져."

"그 사람, 남자가 아닐까 싶어."

"스스로 게이라고 인정하는군."

"게이라니! 아니야, 들어 봐. 나한테 QQ* 서브 계정만 알려 줘서 위챗**에도 안 뜨고, 웨이보***도 게임을 시작한 뒤에 만들었더라고. 길드 사람 아무도 만난 적이 없어. YY****에도 목소리를 남긴 적이 없고. 사기꾼 같아."

"사기꾼······."

"그래, 내 말이 너무 빨라서 네 아이큐로는 이해가 안 되지? 그러니까 말이야 길드라는 건, 게임에서 아주 많은 사람이 모여서······."

"됐어! 다 알아, 안다고! 사기꾼 같지 않을 뿐이야."

"왜?"

"여자의 직감."

그녀의 말에 남학생은 방금 입에 넣은 큼직한 장어초밥이 목에 걸리고 말았다. 그는 죽을 듯 컥컥거리며 눈을 희번덕거렸다.

---

* 텐센트의 PC 메신저 프로그램.
** 텐센트의 모바일 메신저 프로그램.
*** 시나닷컴에서 운영하는 중국 최대의 마이크로 블로그 서비스.
**** 중국 최대의 온라인 방송 플랫폼.

"진짜 못 살아! 얼른 차 마셔!"

"미안하지만 앞으로 다시는 이렇게 놀래지 말아 줘. 네 남편은 틀림없이 제 명에 못 죽을 거야. 그리고 나도 오래 살고 싶다고."

"그렇게 까불어도 오래 못 살아."

"네가 주제 파악을 잘하면 나도 이런 수준으로 까불 수 없겠지."

"……."

"왜? 머리가 또 안 돌아가?"

"……너의 그녀도 너를 참을 수가 없어서 떠났을 거야."

"말도 안 돼. 요 몇 년 동안 나를 참을 수 없다는 사람은 너 하나뿐이야."

갑자기, 아무도 언급할 수 없었던 실 가닥이 왠지 농담 속에서 툭 끊어지는 느낌이 들었다. 어색함이 밀물처럼 빠르게 밀려와 평행을 유지하던 두 사람의 가면을 찢었다. 적어도 여학생의 마음속, 말하고 싶어도 감히 말할 수 없었던 가면을 찢어 버렸다.

＊

"그러니까 그때 이미 그를 좋아했다는 뜻인가요?"

나는 조용히 그녀에게 티슈를 건넸다.

그 순간의 손님은 남학생의 주마등에 등장한 여학생이었다. 두 사람의 사망 시각이 같아서 지옥주방에 머무르는 시간도 같았기 때문이다. 다만 두 사람은 서로를 볼 수 없었다.

"저는…… 제가 그를…… 해친 것 같아요."

여학생은 우느라 제대로 말을 하지 못했다.

"그게 한스러운가요?"

여학생은 울면서 힘껏 고개를 저었다.

"저는…… 말하지 않은 게 너무 많아요."

여학생의 주마등

고등학교 1학년 첫날에 보자마자 반해 버렸다는 사실을 나는 그에게 말하지 않았다. 고등학교 3년 내내 그에게 말붙일 완벽한 기회를 찾지 못해서, 우리의 고교 시절은 말도 제대로 못 한 채 지나갔다는 사실도 말하지 않았다. 그의 대입 지원서를 훔쳐본 뒤 죽어라 공부해 같은 대학에 왔다는 사실도 말하지 않았다.

대학교 1학년. 처음으로 같이 야식을 먹으러 나간 날, 다섯 시간이나 고른 옷 뒤쪽에 간장 자국이 있다는 것을 그가 알려 줬을 때 내 평생 가장 초라하게 느껴졌다는 사실도 말하지 않았다.

겨울 방학을 맞아 헤어지던 오후, 눈송이가 그의 눈썹에 떨어졌을 때 내 얼굴이 갑자기 붉어진 이유는 생리통 때문이 아니라 내가 어떻게 할 수 없을 정도로 그를 좋아한다고 느낀 때문이라는 사실도 알려 주지 못했다.

대학교 2학년 때 그의 후배가 고백하면서 선물했다던 검은색 목도리를 훔친 일도 말하지 않았다.

토요일 오후마다 도서관에서 공부한 이유가 그저 축구하는 그에게 물을 가져다주기 위해서였다는 사실도 말하지 않았다.

시간이 흐르면서 그는 내 마음속에서 신이 아니라 가장 중요한 사람이 되었다는 사실도 알려 주지 못했다.

내가 허둥대며 뱉은 모든 막말이 그를 향한 사랑을 가리기 위해서라는 사실도 말하지 않았다.

과장스러운 내 모든 행동이 그에 대한 미련을 숨기기 위해서라는 것도 말하지 않았다. 나는 아직 그에게 말하지 못했다…….

갑자기 종적을 감춘 게이머가 사실은 나라는 것을 그에게 말하지 못했다.

그녀는 그를 짝사랑했지만 어떻게 접근해야 할지 몰랐다.

길에서 평소처럼 웃고 떠들 때마다 그녀는 자신의 행동이 대수롭지 않게 느껴지는 한편, 남자 앞에서는 살짝 연약한 척해야 한다는 생각도 들었다. 그래서 늘 갈팡질팡하며 이도 저도 아니게 행동했다.

두 사람이 3초 동안 시선을 마주할 수 있다면 서로에게 호감이 있다는 뜻이라고 들은 적이 있다. 전부 헛소리다.

두 사람은 연인처럼 웃고 떠들었지만 간질간질한 화제를 꺼내면 그는 항상 시시하게 여겼다. 그래서 그녀는 마음을 놓을 수 있었다. 그는 그녀가 여자 문제로 굳이 신경 써야 할 유형이 아니었던 것이다. 언제던가 그가 관심 있는 학교 후배를 보여 주기에 그녀도 흥미진진해하며 평했다. 문득 "그 애한테 더 관심 있어, 아니면 나한테 더 관심 있어?"라고 묻고 싶었지만 확실히 시시한 질투 같아서 잠시 생각하다가 말을 삼켰다.

그녀는 게임을 다운받은 뒤 남성 캐릭터를 선택했다. '브로맨스'를 이용해 자신에 대한 그의 감정을 알아보고 싶었다. 하지만 몇 마디 나누지 않아 그녀는 자기가 여자라는 사실을 밝혔고, 황당하게도 그와 '연인'이 되었다.

당황스럽고 두려웠다.

게임 속에서 그녀는 연애의 달콤함에 빠져들었다. 다른 한편으로는 진상이 밝혀지면 그에게 버림받을 거라는 공포에 시달렸다. 잠을 이루기 힘들고, 매일 저녁 그와 야식 먹는 일이 걱정되기 시작했다.

야식을 먹을 때마다 그는 끊임없이 그 게이머가 얼마나 둔하고 재미있는지 늘어놓으면서, 그렇게 귀여운 사람을 만나 정말 기쁘다고 말했다. 그녀는 야식을 먹으면서 그가 좋아하는 또 다른 자신에 대해 들었다.

그렇게, 그런 식으로 또 다른 자신을 질투했다.

결국 그녀는 견딜 수가 없어서 또 다른 자신을 죽여 버렸다. 나중에 그가 계정까지 버리자 그녀는 무척 마음이 아파 어떻게든 진상을 털어놓으려 했다. 하지만 그 이야기를 꺼내기만 하면 그는 완곡하게, 어차피 너는 게임을 모르니까 함부로 평가하지 말라며 대화를 접었다. 그는 그녀가 아무것도 모른다고 생각했다. 나중에는 그녀가 함께 나가자고 찾아가도 그는 별 흥미를 보이지 않았다.

어느 날, 친구들과 산에 올랐을 때 그녀는 전부 털어놓을 기회라고 생각했다. 그런데 산사태가 나는 바람에 두 사람은 돌무더기에 깔렸고, 그녀는 울기만 했다. 그녀가 기억하는 마지막 말은 그가 자기 귀에 부드럽게 속삭이던 괜찮아, 울지 마, 하는 위로였다.

마지막까지 자신의 비밀을 말하지 못한 게 그녀는 몹시 미안했다.

＊

"그녀가 상대 게이머라는 사실을 언제 알았어요?"

나는 남학생이 다 먹은 생강푸딩을 치웠다.

"게임을 시작한 지 일주일 남짓 되었을 때 벌써 알았어요."

"에?"

나는 살짝 놀랐다.

"진짜 멍청하게도 잘 숨긴 줄 알더라고요. 사실 조금만 생각하면 바로 알 수 있는데 말이에요. 우선 개나 고양이로 도배돼 있던 그 아이 웨이보에 갑자기 그 게임의 추첨 이벤트가 등장했어요. QQ도 그래요. 본 계정과 서브 계정으로 동시에 접속하더라고요. 위챗은 더 멍청해서, 모임방 프로필 사진이 우리 학교 공공건물 뒤쪽의 잔디밭인 거예요. 포토샵으로 완전히 바꿨다지만 한눈에 알아볼 수 있겠더라고요.”

남학생은 수문이 열린 것처럼 쉬지 않고 말을 쏟아 내면서 눈을 반짝반짝 빛냈다.

“그리고 길드워에서 다른 사람이 계정을 물어봤을 때 그 애가 아무 생각 없이 줬는데, 비밀번호가 제 이름 약자와 생일을 합친 거더라고요……. 그때 문득 저도 그녀를 좋아한다는 걸 알았어요.”

남학생은 피식 웃음을 터뜨렸다.

“하지만 줄곧 말하지 않았잖아요?”

“음…… 계속 암시를 주는데 걔가 죽어도 인정하지를 않는 거예요. 게임에서 수백 번 고백하고도 막상 그 애를 만나면 왠지 놀려 주고 싶고, 그 애의 고백을 직접 듣고 싶었어요.”

남학생의 눈빛이 불현듯 어두워졌다.

나는 남학생에게 차를 한 잔 따라 주었다. 남학생이 고개를 들어 나를 보았다.

“그렇게 한참이 지나도록 그 애는 아무 말도 하지 않았어

요. 늘 보통 친구처럼, 동성처럼 대했어요. 저로서는 뭔가 말
못 할 이유가 있거나…….'"

남학생은 한숨을 쉬고 나서 단숨에 차를 마셨다.

"아니면 저만의 짝사랑이라고 생각할 수밖에 없었어요.
사실 그 애는 저를 전혀 좋아하지 않고요."

남학생의 주마등

남학생은 진실을 아는 게 겁나서 여학생과의 만남을 계속
피했다. 그러다 마침내 여학생이 자기를 좋아하지 않더라도
용기를 내 고백해야겠다고 결심했다. 그는 그녀를 잃고 싶
지 않았다. 그래서 친구들에게 등산 여행을 주선해 달라고
부탁했다.

거기에서 사고가 날 줄은 생각도 못 했다. 산꼭대기에 오
르기도 전에 폭우와 산사태를 만나 두 사람은 산 중턱에서
꼼짝할 수 없었다. 남학생이 여학생을 안았을 때 그녀의 머
리카락까지 전부 떨리는 게 느껴졌다. 두 사람은 서로에게
기댄 채 지독한 추위 속에서 소리 없이 잠들었다.

＊

남학생은 지옥주방에 도착해 다리를 건너가기 직전 흑무
상이 되겠다고 결정했다.

여학생은 그가 등산을 계획했다는 장면에서 울음을 터뜨렸다.

내가 손을 흔들자 방금 흑무상이 된 남학생이 뒤에서 그녀를 부드럽게 끌어안았다.

"그러니까 내가 너를 해친 거야. 미안해."

여학생이 의아한 표정으로 고개를 돌렸다가 그를 보고는 어쩔 줄 몰라 하며 펑펑 울었다.

"미안해."

남학생은 그녀를 더 꼭 끌어안으며 그녀의 관자놀이에 입을 맞췄다.

"그럼 나는 괜히 죽은 거잖아."

그녀는 눈물이 그렁그렁한 눈으로 남학생을 바라보았다.

"맞네. 내가 내세에 갚을게."

남학생의 눈에서 따뜻한 빛이 넘실거렸다.

두 사람은 손을 잡고 나란히 다리에 올랐다.

"맞다, 너 방금 생강푸딩 먹었지?"

"응?"

"생강 안 먹잖아."

"네가……."

"세상에……."

"너…… 먹는 모습이 생각나서."

"손 놔. 너랑 손 안 잡아."

"네가 놓으면 나도 놓을게."

"……이 와중에도 나한테 잘해 줄 수 없어?"

"내가 네 남편은 제 명에 못 죽을 거라고 했잖아. 그냥 놀래 주려고 한 말인데, 정말로 이렇게 죽을 줄이야."

"……이건 또 무슨 소리야?"

"됐어, 네 머리에 뭘 기대하겠냐? 내가 기억하면 됐지."

"헉! 넌 전생에도 틀림없이 이런 식으로 날 걸고넘어졌을 거야."

"뭐?"

"다음 생에 갚는다고 해 놓고는 내 목숨까지 말아먹은 거 아니냐고."

여학생이 입을 삐죽거렸다.

"그럼 어쩌나. 이번에는 잘 준비해 봐. 내세에는 나한테서 좀 멀어지라고."

"그건 안 되지. 너한테 배상을 받아야 하니까."

"말해 봐, 어떻게 갚으라는 건지."

"네가 먼저 고백해. 그런 다음에 사귀자. 매일 맛있는 거

많이 먹고…….”

“그러다 네가 뚱보가 되면 나는 다른 사람을 사귀고.”

“너 감히!”

“음, 지금은 안 되겠네. 계속 말해 봐.”

“매일 맛있는 거…… 맛있는 음식 많이 먹고…… 생각이 안 나.”

“넌 엄청난 뚱보가 되고.”

“너 그래도!”

“그렇지만 우리는 결혼해. 다행히 아이는 나를 닮아서 똑똑하고 예쁘지.”

“……지금 생각해 보니 전생에 내가 너를 걸고넘어졌던 것 같아.”

“응, 맞아. 드디어 생각났구나.”

“어? 정말이야?”

“아니, 내 추측.”

“꺼져!”

두 사람은 그렇게 티격태격하면서 공명등으로 변해서는 하늘하늘 떠올라 다리 건너편으로 사라졌다. 나는 두 사람이 사라진 방향을 향해 아주 깊이 허리를 숙여 인사했다.

오늘 손님들도 무척 좋은 삶을 살았다.

그런 다음 몸에 묻은 먼지를 털고 가게로 돌아와 다음 손님을 기다렸다.

탁자 위에 놓인 자료가 바람에 펼쳐졌는데 두 사람이 세
상을 떠나던 순간이 기록되어 있었다. 두 사람은 부둥켜안
은 채 아무런 고통도 느끼지 않았다.

강렬한 생강즙이 부드러운 우유에 녹는 것처럼.

맹파의 레시피

생강푸딩

우유처럼 부드럽게 그는 몰래 여행을 계획한다.
생강즙처럼 알싸하게 그녀는 만남을 기다린다.
결말은 숨이 막힐 듯 달콤하면서도 포근하다.

다섯 번째 밤:
자유둔쯔

　　중추절이 되자 백무상이 월병을 먹고 싶어 했다. 염라대왕은 어디서 각각 다른 맛의 월병 20여 가지를 모아 와서는 아무 말 없이 백무상을 안아 월병 더미 위에 올려놓았다.

　연밥에 노른자를 섞은 소, 다섯 가지 견과나 단팥 소를 넣은 전통 월병을 비롯해 고기만 넣거나 자차이(榨菜)와 고기를 함께 넣은 장쑤(江蘇)식 월병, 계종버섯이 들어가거나 들어가지 않은 윈난(雲南)식 햄 월병, 색색의 아이스 월병, 슈크림 월병 등…….

　흑무상한테 손님 자료를 받아서 돌아오자, 월병 더미 위에 가로누운 백무상의 풍만한 자태가 제일 먼저 눈에 들어왔다.

"맹파, 이것 좀 드세요."

백무상이 한 입 먹은 월병을 건넸다.

"무슨 맛인데?"

"부추요."

"……."

"별로예요? 그럼 이거요."

백무상은 앞발로 신나게 월병 더미를 헤치더니 또 한 입 먹은 월병을 꺼내 건넸다.

"그건 무슨 맛인데?"

"두리안."

"……."

살벌해진 내 눈빛에 염라대왕은 아주 자연스럽게 수줍은 웃음을 지은 뒤 횡하니 사라져 버렸다.

오늘 손님은 여고생이었다. 그녀가 다리를 내려올 때 미풍이 강물에 잔잔한 물결을 일으키고, 초가을 햇살이 황금빛 노을 속에서 공기 중의 먼지를 따뜻한 기운으로 데웠다. 양 갈래로 머리를 땋은 여고생은 방금 인생이 시작된 듯 무척 홀가분한 표정이었다.

예쁘장한 얼굴 때문이 아니라 이상할 정도로 태연한 그 표정 때문에 나는 눈을 뗄 수가 없었다. 일생을 마치고 나서 그런 표정을 짓는 사람은 극히 드물었다.

강물마저 그녀의 발걸음에 맞춰 통통 경쾌하게 흘렀다.

여고생이 살짝 흥분한 상태로 문발을 걷어 올릴 때 나는 얼른 의아한 표정을 접고 공손하게 맞이했다.

"어서 오세요. 지옥주방에 오신 걸 환영합니다. 어떤 음식을 주문하시겠어요?"

망설이는 그녀의 눈빛을 보고 일단 자리부터 고르라고 안내했다. 그녀는 바 앞쪽에 앉은 뒤 물었다.

"추천해 주실 음식 있으세요?"

나는 손에 들고 있던 파일을 펼쳤다.

"생전에 마지막으로 드신 세끼는 쓰촨 요리(족발탕, 토끼고기볶음, 돼지머리구이)와 댁내 토마토우동, 자택 아래층의 볶음집 음식(부추달걀볶음, 돼지갈비튀김)입니다. 그 가운데 입맛이 당기는 음식을 선택해도 되고……."

내 말이 끝나기도 전에 여고생이 미안하다는 표정으로 나를 쳐다보았다.

"제가 마지막으로 먹은 음식이 아닌 것 같은데요."

나는 자료를 자세히 훑어보다가 성별에 남자라고 적힌 것을 보고 깜짝 놀랐다.

"죄송합니다. 흑무상과 백무상이 카운터 자료를 헷갈려서 다른 손님 것을 가져다 놓았나 봅니다. 정말 죄송합니다. 잠시만 기다려 주세요."

나는 얼른 고개를 숙여 사과했다.

여고생은 두 손을 흔들며 웃고는 호기심 어린 시선으로 내 행동을 지켜보았다. 나는 주방으로 들어가 부뚜막에서 자고 있는 백무상을 툭툭 쳤다.

"백 선생, 자료가 바뀌었잖아."

백무상이 나른하게 한쪽 눈을 뜬 뒤 파일을 물고 뒤쪽 창으로 나갔다. 잠시 뒤 하얀 발이 다른 파일을 창으로 밀어 넣었다.

"고마워."

나는 창문에서 백무상을 안아 올려 머리를 쓰다듬어 주고는 계속 자라고 부뚜막에 내려놓은 뒤 바로 돌아왔다.

"생전에 마지막으로 드신 세 끼는 깨장비빔훈툰과 깨장비빔국수, 훠궈(소고기만 깨장에 찍어 먹음)인데 이 중에서 드시고 싶은 음식이 있는지요?"

그렇게 말한 뒤 나는 주방에 깨장이 얼마나 남았는지 떠올렸다. 흑무상에게 사 오라고 시켜야 할지 고민할 때 소녀가 입을 열었다.

"죄송하지만 이미 생각해 놓은 음식이 있어요. 유둔쯔(油墩子)요."

유둔쯔? 자유둔쯔(炸油墩子)? 정말 오랜만에 들어 보는 명칭이었다. 마지막으로 주문받은 게 아마 칠팔십 년 전이었지, 희극 배우 노인이었던 것 같은데…….

순간적으로 추억에 빠졌다가 나는 얼른 고개를 끄덕였다.

"문제없습니다. 음료는 무엇을 드릴까요?"

"밀크티를 마시고 싶어요…….."

여고생이 고개를 숙인 채 조금 미안해했다.

"얼마든지요."

여고생은 구세주를 만난 듯 나를 쳐다보며 힘껏 고개를 끄덕였다.

정말 착한 아이였다. 나는 다정하게 아이를 바라보고는 무채를 썰어 자유둔쯔를 준비했다.

무채와 고수 약간, 신선한 민물새우에 소금과 백후추로 간을 해 소를 만든 뒤 질게 반죽한 밀가루를 타원형 틀에 담았다. 그 위에 소를 듬뿍 얹고는 밀가루 반죽을 또 덮은 다음 기름 솥에서 튀겼다. 불이 너무 세면 겉은 타고 속은 익지 않기 때문에 화력을 너무 키우지는 않았다. 나는 유둔쯔가 틀에서 저절로 부풀어 올라 황금색이 될 때까지 튀겼다.

"저 같은 손님이 많아요?"

"무슨 뜻인지요?"

"집에서 숨이 막힐 정도로 스트레스에 시달리다가 스스로 끝내는 경우요."

"항상 몇 명 있지요."

"대체 자살은 좋은 걸까요, 나쁜 걸까요?"

"제가 본 손님은 크게 두 부류였습니다. 충분히 살았거나 두려움에 살았거나. 충분히 살았던 사람은 별로 없었습니다. 삶의 모든 것에 만족했다는 뜻이니까요. 반면 두려움에 살았던 사람은 많았지요. 그들에게는 해탈의 기쁨이 삶의 기쁨보다 컸답니다. 행복하지 못했거든요."

"아! 집에서는 정말 너무너무 힘들었어요."

세상의 생기가 순식간에 사라져 버린 듯 갑자기 여고생의 눈빛이 어두워졌다.

"가져가기 싫은 기억은 전부 여기에 남겨 두세요."

손가락을 튕기자 귀등이 켜지고 벽면의 주마등이 저절로 돌아가면서 손님의 일생이 상영되기 시작했다.

소녀의 주마등

"손톱이 그게 뭐야?"

식탁을 다 차려 놓고도 엄마는 수저를 들지 않았다.

"수능이 끝났잖아요. 친구랑 네일 숍에 다녀왔어요."

소녀는 전전긍긍하며 대답했다.

처음 네일아트를 했을 때 엄마는 불같이 화를 내며 당장 지우라고 명령했다. 풍기 문란이나 다름없다면서, 다시는 네일아트를 하지 않겠노라 약속하라고까지 했다.

소녀는 한부모가정의 아이였다. 소녀가 어릴 때 부모가 이혼한 뒤로 엄마와 살았다. 그런데 엄마는 편집증이 너무

심해서 아무리 노력해도 잘 지내기 어려웠다. 소통 자체가 불가능했다. 갱년기 같은 문제가 아니라 본래 성격이 그래서 도무지 바뀌지를 않았다.

엄마의 차가운 표정에 김이 모락모락 오르던 식탁 위의 음식들이 빠르게 식어 갔다.

"다시는 이런 짓 안 한다고 약속했잖아?"

엄마는 화가 난 나머지 목소리마저 덜덜 떨렸다.

"알아요. 다만……."

소녀는 고개를 숙인 채 밥그릇을 내려다보았다. 참을 수 없을 만큼 배가 고팠다.

"이제 학교 수업도 다 끝났으니까 상관없을 거라고……."

순간 엄마의 목소리가 한 옥타브 높아졌다.

"하지만 약속했잖아. 당장 지워!"

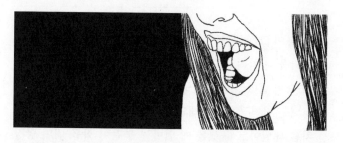

소녀는 자기 손톱에 그려진 작고 생생한 토끼를 내려다보았다. 오후 내내 그 귀여운 토끼 덕분에 기분이 좋았는데 지금은 심장을 찔린 듯 아프기만 했다.

"이건 지워지지 않아요. 매니큐어를 바른 게 아니란 말이에요…….”

소녀가 느릿느릿 대꾸했다.

“그럼 손톱을 뽑아 주마.”

엄마가 그녀의 눈을 보며 또박또박 말했다.

“왜 남들은 되는데, 그렇게 많은 사람들이 다 하는데, 나만 안 돼요?”

소녀는 슬프고 절망스러운 마음에 애원하듯 물었다.

“그렇게 많은 사람들이 마약을 하지. 그렇다고 너도 할 거니? 우리 집에서 태어난 이상 우리 집 규칙을 지켜. 나랑 모녀 관계를 끊겠다면 당장 꺼지고.”

그런 다음 엄마는 젓가락을 들었다. 대화가 끝났다는 의미였다.

그때의 식사가 어땠더라?

무슨 맛이었는지는 진작에 잊어버렸다.

소녀는 더 이상 토끼를 좋아할 수 없겠다는 생각이 들었다. 그래서 무척 가슴이 아팠다.

소녀는 지난주에 바지를 제대로 걸지 않았던 일이 떠올랐다. 엄마는 주말 아침 일곱 시에 방으로 들어와 “네가 그러고도 인간이야?” 하고 소리친 다음 문을 쾅 닫고 나갔다.

이튿날 저녁. 집에 음식이 없어서 엄마에게 전화해 무엇을 먹고 싶은지 묻자 엄마는, 네가 신경 쓸 필요 없다, 나한테도 손발이 있으니 직접 해 먹을 수 있어, 어차피 네 눈에는 이 엄마가 보이지도 않잖아, 너도 너 자신이나 챙겨, 하고 대답했다.

그날 저녁 그녀는 블로그에 글을 남겼다.

사람은 사실 두 번 태어난다. 세상에 존재하기 위해, 그리고 이 사회에서 살아남기 위해. 가정은 사회와 만나는 첫 단계로, 나중에 사회에서 어떤 상황에 놓일지는 이미 가정 환경에서 판가름 난다. 어차피 부모가 내 바람대로 나를 사랑해 주지 않을 줄이야 알고 있었지만, 나는 이제 한계에 다다랐다.

＊

"제가 정말 바보 같죠?"

소녀는 무표정하게 나를 쳐다보다가 물었다.

"그럴 리가요."

나는 조용히 대답했다.

"사실 이것저것 다 생각해 봤어요. 살아만 있으면 좋은 날이 오고, 참다 보면 언젠가는 자유로워진다는 거, 저도 알아요. 하지만 그거 아세요? 삶도 고통의 연속이고 인내도 나날이 심해지는 스트레스일 뿐이에요. 밝은 내일은 한참을 더 이어질 억눌림과는 애당초 상대가 되질 않아요."

나는 어떤 표정으로 소녀를 대해야 할지 알 수 없었다. 위로의 표정은 연민으로 변하고, 자상한 표정 또한 얼버무림으로 오해받을 것 같았다.

겨우 할 말이 생각났을 때 소녀가 또 입을 열었다.

"벗어나니까 정말이지 너무 좋아요."

소녀의 얼굴을 쓰다듬어 주고 싶었다. 너는 성숙한 애인에게 미친 듯한 사랑을 받아 본 적도, 성애의 쾌락 속에 눈물 흘려 본 적도, 작은 섬에서 두둥실 떠오르는 태양을 본 적도, 갓 태어난 아이의 쪼글쪼글한 피부를 만져 본 적도, 해변에서 금빛 노을에 눈부셔 해 본 적도, 한 사람과 평생을 함께하는 경험도 해 본 적이 없지 않느냐고 탄식하고 싶었다. 하지만 그토록 맑은 소녀의 눈에 대고 나는 아무 말도 할 수 없었다.

소녀도 생각해 봤을 것 같았다. 다만 자살하는 사람은 도피에 더 큰 비중을 둘 뿐이다.

자기 삶의 무기력함을 더는 견디기 힘들어 살아갈 희망마저 잃었을 것이다. 그렇지만 이 세상 각양각색의 사람들이 전부 살아갈 의미를 지니고 있을까? 다닥다닥 수많은 집에 촘촘하게 들어찬 사람들, 그들 한 사람 한 사람의 인생 궤적은 어떻게든 살아 낸 흔적이 아닐까?

어느 손님이 인생에서 가장 따스한 일이었다며 말해 준 게 떠올랐다. 고등학교 시절이라고 했다. 중추절에 이모 집에서 식사를 한 뒤 쓰레기를 버리러 나갔을 때, 앞 건물에서 그가 무척 좋아하는 드뷔시의 곡이 들려왔다. 그는 두근거리는 가슴으로 창문을 두드렸고, 충분한지는 몰라도 나름 공손하게 곡명을 물었다.

창문을 연 사람은 비슷한 또래의 여학생이었다. 전형적인 금테 안경을 쓴 여고생은 무척 담담하고 온화하게 악보를 건네주었다.

혼자만 슬픔에 빠진 듯했던 가을밤이었다. 그는 희미한 달빛 아래 악보를 끌어안고서 얼마나 감동했는지 눈물을 쏟을 뻔했다.

세상이 이처럼 따스하다니.

그 뒤로 그는 그 달밤을 떠올릴 때마다 거대한 행복에 둘러싸인 듯하다고 말했다. 마치 밀랍으로 지은 벌집 속에 있는 듯해서 세상의 사악함에도 털 오라기 하나 다치지 않았다며, 그토록 거대하고 흔들림 없는 사랑을 만난 덕분이었다고 말했다.

살다 보면 분명 좋은 일을 만난다.

나는 그가 나누어 준 행복에 빠져들었지만 10초도 지나지 않아 천천히 마음이 무거워졌다. 세상이 아무리 따스해도 그 정도에 불과할 것 같아서였다. 다시 살아도 좋은 일이라고는 딱 그 정도일 것이다. 문득, 식탐이 엄청난 사람도 삶이 무료하겠다는 생각이 들었다. 세상 산해진미를 전부 맛본 뒤에는 정말 먹고 싶은 음식이 더는 없을 테니까.

사람도 마찬가지다.

일단 선량함을 경험하고 나면 사람은 선량함의 기준을 높인다. 인간이 날 때부터 지닌 '비교' 기질은 사실 인격과 무관하다. 천성적으로 인성이 졸렬하기 때문에 '비교'를 통해 누구는 높이 올라가고 싶어 하고, 누구는 현재 책임자가 전임자만 못하다고 분노하며, 누구는 더 안락한 잠자리를 원할 뿐이다. 또 누구는 훨씬 크고 따스한 사랑을 바란다.

우리는 모두 사랑에 굶주려 있다. 스스로를 향한 사랑조차 사랑을 향한 우리의 갈증을 메울 수 없다.

어느 날 나는 사랑을 만나고 사랑을 깨달았다. 그때가 내일생에서 누릴 수 있는 사랑의 정점이었을 것이다. 하지만 그날 이후 나는 죽어 버렸다.

"제가 어떻게 자살했는지 아세요?"

소녀가 머쓱하게 질문했고 나는 그 순간 기억에서 빠져나왔다.

"모릅니다."

나는 고개를 저었다.

"그날 밤 엄마가 또 화를 내서 저는 울음을 터뜨렸어요. 생각하고 생각하고 또 생각했는데, 정말이지 더는 못 견디겠더라고요. 엄마한테는 미안해도 저는 진짜 한계에 다다른걸요. 그동안 제가 할 수 있는 모든 방법을 동원해 사실은 무척 상처받고 있다고 말했지만 엄마는 전혀 흔들림이 없었어요. 저로서는 죽는 수밖에 다른 방법이 없었지요. 저도 제가 바보 같다고 생각해요. 하지만 정말 너무 절망적이었어요. 그 거대한 절망이 미래에 대한 제 모든 기대를 삼켜 버렸어요."

소녀는 자유둔쯔를 또 한 입 베어 물었다. 입술에 기름이
잔뜩 묻어 반들반들 윤이 났다.

"그래서 잘 살 수가 없겠더라고요. 산다는 건 엄마와 부딪
친다는 뜻인데 엄마와 연을 끊을 수도 없고, 그래서……."

그녀는 마지막 한 입을 먹은 뒤 얼굴을 붉히며 말했다.

"뛰어내리기로 결심했어요."

나는 아무 말 없이 접시를 치웠다. 한순간 정적이 흘렀다.

"그렇지만 지금은 후회해요."

소녀가 갑자기 중얼거렸다.

내 의아한 시선에 그녀가 대답했다.

"아마 엄마를 괴롭히는 게 쉽다고 생각해서일 거예요. 엄
마를 아프게 하고 싶으면 저 자신을 아프게 하면 되거든요.
엄마는 저를 많이 사랑하고 저도 엄마 외에는 아무도 없어
요. 아마도 가장 슬픈 모녀 관계일 거예요. 왜 늘 부모는 자
식이 원하는 방식으로 자식을 사랑하지 않고, 자식도 부모
가 원하는 대로 자라지 못할까요?"

나는 어떻게 대답해야 할지 몰라 그릇만 닦았다.

"저 예뻐요?"

소녀가 문득 조용히 물었다.

"예뻐요."

나는 내 수준에서 가장 부드러운 눈빛으로 소녀의 떨림에
응했다.

"하하, 재미있는 사실을 알려 드릴게요."

소녀가 웃음기 가득한 표정으로 나를 쳐다보았다.

"제가 뛰어내리기 직전에 했던 생각은 예쁜 옷을 입어야
겠다는 거였어요. 네, 지금 이 옷이에요. 죽기 전에 하는 생
각도 참 우습죠?"

소녀는 고개를 돌려 벽에 걸린 생사종
을 바라보았다. 째깍째깍 시간을 거슬러
움직이는 생사종은 거의 0에 근접해 있었
다. 소녀는 알았다는 듯 자리에서 일어나
남은 밀크티를 단숨에 들이켜고 말했다.

"역시 플라스틱 컵에 담긴 게 더 맛있는
깃 같아요."

"설비 도입을 고려해 보지요."

나는 미소를 지으며 공손히 입구로 소
녀를 안내했다.

소녀는 경쾌하게 걸음을 옮겼다. 정말 미련이나 아쉬움이
조금도 보이지 않았다.

"그래도 하고 싶었던 일이 있어요?"

한참을 망설이다가 결국 나는 조용히 물어보았다.

소녀가 고개를 갸웃거리며 나를 보았다.

"음…… 우주 비행사가 되고 싶었어요."

"응? 의외네요. 쓸쓸할 것 같지 않아요? 달만 덩그러니 있
잖아요. 적막한 우주 말고는 곁에 아무도 없을 텐데요."

"네. 그래서 달 곁으로 가고 싶었어요. 그러면 달도 외롭지 않을 테니까요."

"나는 달에 가 봤어요."

백무상이 갑자기 월병 더미에서 고개를 내밀더니 소녀의 다리 옆으로 뛰어내렸다. 소녀는 몸을 숙여 백무상의 털을 쓰다듬으며 허락을 구하는 것처럼 나를 쳐다보았다.

"괜찮아요. 마음껏 안아도 돼요."

소녀는 좋아하며 백무상을 안아 들고는 털이 몽실몽실한 목덜미에 얼굴을 묻었다.

백무상이 소녀의 가슴에 기대며 말했다.

"이야기를 하나 해 드릴까요?"

백무상의 동화

옛날, 아주 먼 옛날. 백무상이 겨우 다섯 살 때였다. 지구를 뭉개 버리기 일보 직전으로 살이 찐 백무상과 동생은 느닷없이 달에 가 보고 싶다는 생각이 들었다.

달은 정말로 그렇게 황량할까? 상아(嫦娥)*는 정말 그렇게 아름다울까? 우리랑 함께 놀 토끼가 아주 많을까?

백무상은 동생을 등에 업고 낑낑거리며 달에 올라갔다.

---

* 달에서 산다는 중국 전설 속 인물. 항아라고도 한다.

그런데 아무것도 없었다. 일망무제로 펼쳐진 어두운 은하와 멀리 외로운 태양, 그리고 지구뿐이었다.

"돌아가자."

백무상이 등에서 잠든 동생을 흔들었다.

동생은 나른하게 몸을 돌려 백무상의 등에 드러눕더니 우주를 관찰하기 시작했다.

"너! 나와서 나랑 놀자!"

동생이 칭얼거리며 우주를 향해 말했다. 그러나 우주는 거대한 정적으로 답할 뿐이었다.

백무상이 탄식하며 동생을 업고 지구로 되돌아오려 할 때, 갑자기 검은 그림자가 휙 지나갔다. 그러더니 미처 반응할 새도 없이 완전무장한 토끼 떼가 특수 부대처럼 줄을 맞춰 그들에게 창을 겨누며 다가왔다.

맨 앞에 선 토끼의 쫑긋 솟은 귀에는 방울처럼 생긴 검은색 이어폰이 늘어져 있었다.

"우리와 함께 가 줘야겠다."

토끼 대장이 입을 열었다.

동생은 백무상 귀의 두툼한 털을 헤치며 조심스럽게 토끼 병사를 바라보았다.

백무상은 너무 놀라서 고개를 끄덕였다. 그러자 대장 귀에 늘어진 이어폰이 딸랑딸랑 흔들리더니 토끼들이 전부 창을 내려놓았다.

백무상은 너무 뚱뚱한 데다 산소까지 부족해 제대로 걸을 수가 없었다. 토끼 병사들도 백무상을 끌고 갈 수가 없자 창을 겨누며 천천히 굴러가도록 압박했다. 그렇게 백무상이 환상산까지 굴러간 뒤에야 토끼 병사들은 백무상과 동생을 포박했다. 백무상과 동생은 토끼 병사들의 인도를 받으며 정식으로 달에 들어간 셈이었다.

달 중심부가 그들의 방대한 기지였다. 지표만 남았을 뿐, 달 안쪽은 거의 휑하니 비어 있었다.

달 내부에도 토끼가 가득했다.

"끼, 키칙, 키키칙칙?"

"키칙. 키칙키칙, 키."

"키칙키칙, 키키키칙칙칙, 키?"

"키칙."

"키키칙?!"

토끼들의 각종 사투리 대화가 홍수처럼 귓가에 넘실댔다.

그런 다음 상아를 만났다.

검누런 군복을 입고 회의실에서 안경을 낀 채 서류를 들여다보던 상아가 백무상을 곁눈질로 매섭게 쏘아보았다. 백무상은 찔끔 오줌을 지릴 뻔했다.

상아는 안경을 치올리고 당근잎차를 한 모금 마신 뒤 고개를 숙여 획획 서명하고 나서 백무상을 보았다.

"백무상?"

백무상은 벌벌 떨면서 고개를 끄덕였다.

"여긴 왜 왔지?"

상아의 안경에 빛이 반사되었다.

"저희는…… 저희는 달을 보고…… 상아님을 뵙고…… 토
끼와 놀려고……."

백무상의 목소리가 갈수록 작아졌다.

상아는 찻잔을 들어 차를 한 모금 마신 뒤 당근잎을 씹었
다. 그런 다음 만년필을 가슴 앞주머니에 꽂고 늠름하게 일
어났다.

"따라와. 기지를 보여 주마."

백무상은 동생을 업은 채 뒤뚱뒤뚱 따라갔다.

옛날 옛날 상아와 옥토끼가 달에 도착하고 나서 얼마 지
나지 않아 옥토끼가 번식을 시작했다. 그런데 아차 하는 순
간 너무 많이 번식해 버리고 말았다. 천계에 들킬까 봐 상아
는 토끼 떼를 이끌고 달 안쪽으로 파 들어가며 집을 지었다.

지나친 번식으로 인한 주택 문제가 해결되자 이번에는 음
식이 새로운 문제로 떠올랐다. 상아는 오강(吳剛)*에게 황무
지 별을 개간하라고 명했다. 오강은 그곳에 당근을 잔뜩 심
었고, 사람들은 그 별을 '화성'이라 불렀다.

먹고사는 문제를 해결하고 나니 새로운 문제가 또 불거졌
다. 식당 메뉴가 지나치게 단조롭다는 거였다.

---

* 달에서 계수나무를 베는 형벌에 처해졌다는 중국 신화 속의 인물.

식당의 두툼한 메뉴판을 펼쳐 봐야 당근 요리뿐이었다. 당근조림, 당근잎볶음, 당근피절임, 당근뿌리냉채, 당근찌개, 당근꽃장, 당근줄기조림……. 시간이 흐르면서 토끼들도 질리고 말았다.

상아는 오강에게 또 다른 황무지 별을 개간하라고 명했다. 오강은 그곳에 감자를 잔뜩 심었고, 사람들은 그 별을 '토성'이라 불렀다.

그렇게 먹는 문제가 해결되고 메뉴도 풍성해졌다.

그러나 얼마 지나지 않아 달 전체를 아무리 파고 또 파도 폭발적으로 늘어나는 토끼 수를 감당하기 힘든 지경에 이르고 말았다.

"잘 맞춰 왔구나. 우리 내부 법규를 보여 주마."

상아가 토끼 한 마리를 들어 앞발을 누르고는 자기 손톱을 다듬었다.

"이 토끼는 오늘 아침에 옆집 토끼의 당근볶음을 훔쳤어."

상아는 무표정하게 안경을 밀어 올렸다.

"그래서 벌을 주려고."

그때 백무상과 동생은 환상산 하나가 조금씩 지구 방향으로 맞춰지는 것을 발견했다. 상아가 달의 환상산을 대포로 개조한 거였다. 그리고 잘못을 저지른 토끼들을 대포에 넣어 지구로 쏘아 버렸다. 그러다 보니 가끔 오해가 빚어지기도 했다.

상아는 그 재수 없는 토끼를 대포에 집어넣은 뒤 손뼉을

쳤다.

"셋, 둘, 하나, 발사!"

백무상은 눈을 동그랗게 뜨고 토끼가 넓은 밭으로 날아가는 광경을 지켜보았다.

"우아! 완전히 넋이 나갔어!"

동생은 깔깔거리며 웃었다.

그때 한 중국인이 지나가다가 토끼를 발견했다.

송나라의 한 농부가 밭을 갈 때, 밭에 있는 나무 그루터기에 토끼가 부딪히더니 목이 부러져 죽었다. 그 뒤 농부는 가래를 내려놓고 그루터기를 지키며 다시 토끼를 얻기 바랐다. 하지만 다시는 토끼를 얻지 못하고 송나라의 웃음거리가 되었다.

선왕의 정치로 지금의 백성을 다스리려는 것은 모두 그루터기 옆에서 토끼를 기다리는 것과 다를 바 없다. 이것이 바로 '수주대토(守株待兔)'의 유래다.

*

소녀가 다리 위에서 살짝 부끄러운 표정으로 웃었다. 그러고는 백무상에게 물었다.

"토끼가 너무 불쌍하네요. 모두들 마지막 순간에 이 동화를 듣나요?"

백무상이 소녀의 다리에 몸을 비볐다.

"내가 예쁘다고 생각하는 사람만 들을 수 있어요."

발밑에서 흐르는 하얀 강물의 졸졸 소리가 소녀의 깔깔거리는 웃음과 어우러졌다. 날이 점점 어두워지고, 쓸쓸하게 멀어지는 소녀의 그림자가 갈수록 얇고 흐릿해졌다. 발걸음이 얼마나 경쾌한지 금방이라도 날아갈 듯했다.

소녀가 갑자기 고개를 돌리더니 내게 소리쳤다.

"맹파! 엄마한테 말 좀 전해 주세요!"

내가 고개를 끄덕였다.

"엄마! 죄송해요! 다음 생에는 엄마한테 잘할게요!"

소녀의 그림자가 사라지자 강물도 차츰 조용해져 내하고 전체가 거대한 적막에 휩싸였다. 갑자기 집 안쪽에서 고양이 울음소리가 들려왔다. 뜻밖에도 어머니의 비통한 울음소리 비슷했다.

공명등 하나가 조용히 떠올랐다. 힘차게 타오르는 불빛이 아무런 걱정도 없는 토끼 같았다.

사람마다 자기 운명을 타고난다. 나는 공명등이 멀어지는 방향을 향해 소리 없이 깊숙이, 그리고 힘껏 허리를 숙였다.

오늘 손님도 무척 좋은 삶을 살았다.

나는 몸에 묻은 먼지를 털고 가게로 돌아와 다음 손님을 기다렸다.

≈≈≈≈ 맹파의 레시피 ≈≈≈≈

자유둔쯔

배 모양의 무채튀김을 한 입 베어 물면
김이 모락모락 올라오고,
짭조름한 바삭함에 이어
안쪽의 달콤한 소스가 두툼하게 느껴진다.
당신은 언제나, 어린 시절의 당신 그대로다.

여섯 번째 밤:
버터맥주

　　　요즘 백무상이 법정 드라마에 푹 빠
져서 염라대왕은 양복과 구두를 갖춰 입은 모히칸 머리가
되었다.

　염라대왕을 오랫동안 관찰한 결과, 이번 생에서 염라대왕
이 설정한 스타일을 알 수 있었다. 그러니까 문신도 하지 않
고 귀도 뚫지 않고 맥주 반 잔만 마셔도 만취해 어디로 사라
진다. 나쁜 취미라고는 백무상과 가게 문 앞에 나란히 앉아
담배를 피우는 것뿐이다.

　크고 작은 공 두 개처럼 둘이 나란히 앉아서 담배를 피우
는 뒷모습은 공명등 불빛 때문에 무척이나 따스해 보였다.
매번 염라대왕은 담배를 피우고 차를 마신 다음 곧장 돌아
갔지만, 오늘은 백무상이 품에서 달아난 뒤에도 종종거리며

쫓아가지 않았다.

"거의 됐어요."

염라대왕이 손가락으로 위를 가리키며 내게 말했다.

나는 컵을 닦으면서 고개를 들었다. 염라대왕이 사슴 같은 눈빛으로 나를 바라보는데, 모히칸 머리가 한 올도 흐트러짐 없이 전부 솟아 있었다. 지나칠 정도로 귀여운 모습에 문득 지난 생에 주정뱅이 노인이었던 그가 떠올라 순간적으로 내 슬픔을 잊고 피식 웃음을 터뜨렸다.

염라대왕은 내 속을 꿰뚫어 본 듯 눈을 깜빡이더니 순식간에 사라졌다.

나는 염라대왕이 놀라운 통찰력이 있거나 독심술이 가능한 게 아닐까 늘 의심스럽다. 그렇지 않고서야 어떻게 내가 호기심이 일 때마다 순식간에 사라지겠는가.

나는 고개를 숙이고 계속 컵을 닦았다. 닦아도 닦아도 끝이 없었다.

오늘 손님은 나이가 지긋한 노인이었다. 곤혹스러움 또는 아쉬움이 한 가닥 남은 표정의 노인은 은백색 머리카락이 망천하의 바람에 날리자 주름이 한층 더 깊어지는 듯했다. 노인의 태도에서 사업에 성공하고 자손이 번성했을 때의 유복함이 오롯이 드러났다.

살짝 난감한 듯 걸어오는 노인을 맞으며 나는 공손히 문을 열었다.

"어서 오세요. 지옥주방에 오신 걸 환영합니다."

"아, 안녕하세요?"

노인은 자기가 죽었다는 사실을 아직 받아들이지 못한 듯 느릿느릿 안으로 들어왔다.

"안녕하세요? 무엇을 주문하시겠습니까?"

나는 평소처럼 공손하게 물었다.

"아무거나요."

노인은 자리에 앉은 뒤 무표정하게 나를 쳐다보았다. 가면을 쓰고 있는 듯해 진심인지 거짓인지 짐작할 수가 없었다.

"마지막 세 끼는 아침에 댁에서 드신 죽(삭힌 두부와 월과를 곁들여), 점심때 댁에서 드신 토마토달걀탕과 황주, 그리고 마지막은…… 버터쿠키입니다."

나는 음식을 알려 줄 때마다 고개를 들어 노인의 반응을 살폈다. 버터쿠키를 말할 때 그의 혼탁한 두 눈에 뜨거운 눈물이 왈칵 올라오는 게 보였다.

"맹파, 내가 이렇게 죽은 거요?"

노인은 무표정하게 눈물을 흘리며 물었다.

"그렇습니다."

내가 조용히 대답했다.

"그렇군……. 좋아. 심장 문제겠지요. 그를 만나 격해져서……."

노인이 중얼거렸다.

"사인을 알고 싶으십니까? 원인은……."

내가 말을 끝내기 전에 노인이 먼저 손을 내저었다.

"늙어서 문제란 문제는 다 있었지요. 알 필요 없습니다."

그런 다음 또 다른 생각에 몰입하는지 눈빛이 다시 흐릿해졌다.

"메뉴를 결정하셨습니까? 버터쿠키를 좀 준비해 드릴까요?"

나는 참을성 있게 기다렸다.

의외로 반응이 빨리 왔다.

"감사합니다만, 제대로 만든 것 말고 예전에 잡화점에서 팔던 싸구려를 먹고 싶군요."

"알겠습니다. 음료는 어떤 것으로 드릴까요?"

"술을 주세요. 아! 손녀가 매번 무슨 버터맥주를 마신다고 떠들던데, 그게 있나요?"

갑자기 생각난 듯 노인이 말했다.

"그럼요. 버터쿠키와 버터맥주를 바로 준비해 드리겠습니다."

나는 완벽하게 부드러운 미소를 지었다.

버터쿠키는 벌써 백무상을 시켜 구입해 두었다. 손님을 접대하기 전에 손님의 생전 마지막 세끼에 따라 식재료를 준비해 놓곤 해서였다. 이런 쿠키는 사실 맛있다고 할 수 없었다. 버터쿠키라지만 버터 맛은 전혀 없는, 기껏해야 버터 맛을 형상화한 쿠키였다.

아마 나이 든 사람들이 느끼는 향수 같은 거겠지. 나는 쿠키를 접시에 담으며 생각했다. 그런데 향수라는 게 정말 의미가 있을까?

맥주잔에 럼주를 따른 뒤 작은 냄비에 맥주 한 캔과 버터 한 조각을 넣고 버터가 녹을 때까지 천천히 끓였다. 그런 다음 따뜻할 때 꿀을 적당량 넣고 럼주를 따라 둔 맥주잔에 부었다.

노인은 흥미롭게 한 입 맛보더니 "뭐가 이렇게 달죠?" 하고 말했다. 그러고는 다시는 입에 대지 않았다. 초조하고 불안하게 쿠키를 한 개 또 한 개 입에 넣으면서 거의 눈물을 쏟을 지경으로 괴로워했다.

"맹파, 가서 그 사람을 좀 봐도 될까요?"

노인이 물었다.

나는 미안한 마음으로 고개를 저으며 이미 죽었다고 말했다.

"딱 한 번도?"

나는 계속 고개를 저으며 말했다.

"쿠키를 좀 더 드릴까요?"

노인이 체념하듯 버터쿠키를 또 입에 넣는데 눈물이 투두둑 떨어졌다.

"그 사람이 나를 용서해야 하는데."

나는 살짝 어리둥절했다.

"죄송하지만 뭐라고 하셨는지요?"

"이해해 줘야 하는데. 틀림없이 이해할 거요."

노인은 치아가 좋은 편이 아니어서 별로 쫀득하지도 않은 쿠키를 입에 가득 물고 있었다. 그는 입을 벌린 채 나를 보며 히스테릭하게 울었다.

"손님 진정하세요……."

"그 사람한테 말했어! 그 세 글자를 듣고 싶어 했으니!"

노인은 비틀비틀 일어나 무작정 문 쪽으로 걸어갔다.

"대체 뭐라고 하셨는지 제게 말씀하세요……."

나는 조용히 그를 바라보면서 계속 유리컵을 닦았다.

노인은 입구까지 갔지만 이내 나갈 수 없다는 것을 깨달았다. 나는 유리컵에 지문이나 기름 자국이 남지 않았는지 빛에 비춰 가며 확인했다.

"그래서 이미 돌아가셨다고 말씀드렸잖아요. 못 나가십니다."

노인은 절망적으로 바닥에 꿇어앉아 통곡하기 시작했다. 울면서 자기 몸을 때렸다. 나는 바에서 묵묵히 지켜보았다. 흔히 발생하는 상황으로, 대부분 15분쯤 지나면 진정된다. 과연 노인도 매우 빠르게 평정을 되찾았다.

"그만 일어나셔서 의자에 앉으세요."

나는 또 다른 컵을 들고 익숙하게 닦기 시작했다.

노인은 눈을 감은 채 손을 내저었다.

"이렇게 누웁시다. 잠시만 누울게요. 조금 더 누워도 좋고."

노인은 아기처럼 둥글게 몸을 말아 바닥에 누운 뒤 눈을 똑바로 뜨고 앞을 주시했다. 마치 누가 자기 옆에 똑같이 누워 있는 듯, 그렇게 오래도록 응시하겠다는 듯.

"나는 평생 거짓말을 했다오."

고개를 들어 생사종을 힐끗 쳐다볼 때 노인의 탄식이 들렸다.

"그럴 리가요?"

아무래도 말이 길어질 눈치였다. 나는 가능하면 영업시간 안에 일을 끝마치기 위해 노인에게 다가가 따뜻한 버터맥주를 건넸다.

"입동이 지나 바닥이 몹시 찹니다. 한기가 들면 몸이 불편하실 거예요."

노인이 버터맥주를 한 모금 마시고 잠시 생각한 다음 "달군요." 하며 내려놓았다. 그러고는 자조하듯 웃었다. 웃으면서 또 눈물을 흘렸다. 노인은 버터맥주잔을 감싸 손을 덥혔다. 모든 동작이 한없이 느리고, 늘어진 손등에는 반점이 가득했다.

눈의 흰자위도 누렇게 혼탁했지만 호박색 눈동자는 시간의 굴레에 씌었다가 눈물로 모든 제약에서 풀려난 듯했다.

노인은 또 평생의 시간을 쓰고도 끝내 뭔가를 생각해 내지 못한 듯 보이기도 했다.

"어르신, 가져가기 싫은 기억이 있으십니까?"

손가락을 튕기자 귀등이 켜지고 벽면의 주마등이 저절로 돌아가면서 손님의 일생이 상영되기 시작했다.

노인의 주마등

그와 친구는 어릴 때부터 허물없이 자란 형제 같은 사이였다. 오래전 일이라 잘 기억나지는 않아도 어쨌든 두 사람은 사귀게 되었다.

그는 아무리 생각해 봐도 이해가 안 되고 부적절한 관계 같아서 그만 만나자고 말했다. 친구는 또 그의 말이라면 전부 들어주는 성격이라, 그만두자고 하자 두말없이 받아들였다. 먼저 헤어지자고 해 놓고 그는 미련을 떨치지 못해 도로 친구를 찾아갔다가 또 윤리에 어긋난 듯해 이별을 선언했다. 친구는 그가 하는 대로 내버려 두었다.

친구는 언제나 그에게 잘해 주었고 더할 나위 없이 익숙했다. 그는 친구에게 계속 이렇게 지내자고 말했고, 친구는 잠시 생각한 뒤 힘껏 고개를 끄덕이며 알았다고 했다. 그는 친구에게 좋아한다느니 하는 말은 하지 않았다. 쑥스러웠고 계집애들이나 하는 말 같아서였다. 뭐라 해도 두 사람은 좋은 형제일 뿐이었다.

친구는 늘 그의 뜻을 따랐고 불공평한 일 분배도 기꺼이
감수했다. 당시 그는 호탕하게 낯내기를 좋아했다. 친구는
그가 다른 사람들을 대접할 수 있게끔 자기 급료를 전부 내
주기까지 했다.

그때는 버터쿠키가 여유 있는 사람만 먹을 수 있는 간식
이었다. 그는 단것을 좋아하지 않으면서도 유행을 따르고
싶어 했다. 그러자 친구는 어떻게든 돈을 아껴 그에게 버터
쿠키를 사 주었다. 한두 개씩, 집에는 늘 그렇게 한두 개씩
있었지만 언제나 한두 개뿐이었다. 친구 자신은 절대 먹지
않고 그에게 남겨 주었다.

그가 결혼했을 때도 친구는 아무 말 하지 않았을 뿐만 아
니라 몰래 일을 더 해서 부조를 크게 했다. 그는 결혼했으니
더는 찾지 않겠노라고 말했지만 시간이 흐르자 또다시 친구
를 찾아갔다.

아들이 태어나자 아들이 자기를 닮지 않은 것 같다며 이
혼하겠다고 친구에게 말해 놓고 아들의 쭈글쭈글한 작은 얼
굴 앞에서는 울음을 터뜨렸다. 아들은 그와 판에 박은 듯 똑
같은 모습으로 자라났다.

아들이 열 살 때 그는 사업을 위해 다른 도시로 이사하기
로 결정한 뒤 친구에게 돌아오겠노라 거짓말을 했다. 친구
는 그저 조용히, 사랑한다는 말 한마디를 해 주면 안 되느냐
고 애원했다.

그는 한참을 망설였지만 끝내 아무 말도 하지 않았다. 어떻게 해도 입 밖으로 낼 수가 없었다. 친구는 더 이상 그를 만나려 하지 않았다. 결국 그는 수입 버터쿠키 한 상자만 친구 집에 남겨 놓고 모든 것을 정리한 뒤 친구를 떠났다.

＊

나는 조용히, 참 못된 남자라고 생각했다.

노인은 바닥에 앉아 담요를 두른 채 덜덜 떨면서 맥주잔을 쥐고 있었다. 하지만 두 눈만큼은 억누를 수 없는 사랑의 빛으로 반짝반짝 빛났다. 그 애틋하고 은밀한 사랑을 증명하듯 주마등이 아직도 서서히 돌고 있었다. 끝없는 추억에 빠졌는지 노인은 멍한 눈빛으로 한 곳을 쳐다볼 뿐, 한 마디도 하지 않았다.

내가 침묵을 깨야 할지 망설일 때 주마등이 다시 빠르게 돌아가기 시작했다.

노인의 주마등

그는 그렇게 떠나 40년을 보냈다. 40년 동안 날마다 아내의 음식을 먹으며, 분명 입에 맞지 않는데도 언제나 맛있다고 칭찬했다. 40년 동안 날마다 아내 옆에 누워 친구를 그리워하면서도 아내에게 사랑한다고 말했다.

40년 동안 해마다 아내의 생일에 값비싼 선물을 사 주었지만 친구 생일은 기억하지 못했다. 그러나 가슴이 타들어 갈 만큼 친구가 그리웠다. 친구가 잘 먹는지, 잘 입는지, 잘 자는지 알지 못하면서도.

아내가 구두를 닦아 놓으면 한 번도 친구처럼 깨끗이 닦지 못했지만, 자기가 또 친구를 떠올렸다는 생각에 정말 깨끗하다고 아내를 칭찬했다.

그는 그렇게 지나갈 수 있으려니 여겼는데 나이가 들자 마음을 숨길 수가 없었다. 잠결에 친구를 부르는 바람에 아내가 깨서는 누구냐고 물었다. 그는 예전에 함께 고생했던 형제인데 꿈에서 죽었다고 거짓말을 했다. 그를 사랑하는 아내는 여기저기 수소문한 끝에 친구의 연락처와 주소를 찾아냈다.

＊

죄업이군. 나는 마지막 컵 몇 개를 닦으며 노인의 아내를 안쓰러워했다.

노인의 고개가 점점 수그러지다가 담요에 파묻히더니 호흡 소리가 가빠졌다. 내가 하던 일을 멈추자, 노인이 거의 들리지 않을 만큼 작은 소리로 말했다.

"그는 뜻밖에도, 뜻밖에도 내내 그곳에 있었어요."

친구는 결혼하지 않아 아내도 자식도 없이, 불효자라고 손가락질 받으며 평생을 살았다. 그는 심한 죄책감 때문에 감히 연락할 수가 없었다. 그런 내막을 알 리 없는 아내는 몰래 친구에게 전화를 걸어 남편과 만나겠느냐고 물었고, 친구는 좋다면서 아내와 시간을 정했다.

그는 당황하여 친구에게 전화부터 걸었다가 수화기 너머에서 들리는 온화한 목소리에 바로 마음을 놓았다. 그리고 어제 집에서 점심을 먹은 뒤 친구를 찾아갔다.

친구네 집에 들어선 순간, 그는 꼼짝할 수가 없었다. 40년 전 그대로였다. 찻상 위치도 똑같고, 텔레비전도 옛날 브라운관 그대로이고, 라디오에서는 희곡 노랫소리가 쉼 없이 흘러나왔다.

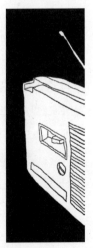

친구가 앉으라고 호탕하게 권하는데 탁자에 버터쿠키 한 접시가 놓여 있었다. 예전에 좋아했던 게 떠올라서 준비했다며, 그때는 비싸서 못 샀지만 이제는 파는 곳이 별로 없어서 구하기 힘들었다고 친구가 말했다.

그는 아무 말도 할 수 없었다. 머리가 영 돌아가지를 않아 쿠키만 먹었다. 친구는 예전처럼 그가 먹는 모습을 조용히 지켜보았다.

정신없이 먹는 그의 모습을 보면서 친구는 차를 따라 주고 이런저런 이야기를 꺼냈다. 그는 무심하게 몇 마디 응대하다가 어느 순간부터 적극적이 되었다. 두 사람은 어릴 때 장난치던 일, 세상을 등진 중학교 동창, 퇴직금, 다리 통증 등을 이야기했다. 어떤 일은 일부러 입에 담지 않았다. 그렇지만 신나게 떠들다 보니 결국에는 거기에서 막히고 말았다.

두 사람은 예전처럼 그 크지도 작지도 않은 침대에 누워 얼굴을 맞대고 눈을 마주했다. 친구가 그만 자자고 말한 뒤 눈을 감았다. 그는 친구의 잠든 모습을 보았다. 늙어 버린 얼굴과 불쌍할 정도로 성긴 머리카락, 희끗희끗한 눈썹을 보았다. 베개에서 희미하게 늙은이 냄새마저 느껴졌다.

마침내 그는 평생 처음으로 진심을 말했다. 말하고 나면 나도 편히 잘 수 있겠지, 말해야만 살았다고 할 수 있어, 말해야만 사람이라고 할 수 있어,라고 생각했기 때문에 그는 계속해서 친구의 이름을 불렀다. 아주 깊이 잠들었는지 친구의 숨소리만 돌아왔다. 그는 한 번 또 한 번 친구의 이름을 부르고, 한 번 또 한 번 친구의 숨소리에 맞춰 평생의 거짓말 뒤에 처음으로 진심을 또박또박 말했다.

사, 랑, 해.

*

노인의 버터맥주는 이미 차갑게 식어 버렸다.

"그러고 나니 여기더군요. 정말로 다시 한 번만 볼 수 없나요?"

나는 말없이 단호하게 고개를 저었다.

다리까지 배웅할 때 노인은 한 걸음도 제대로 걷지 못했다. 거의 모든 체중을 내 몸에 실은 채 힘없이 물었다.

"이게 뭐죠?"

내하교라고 대답했다.

"저건 뭔가요?"

노인이 또 물었다.

망천하라고 답했다.

"다리를 건너지 않고 강으로 뛰어들면 내세에서도 그를 기억할 수 있나요?"

노인이 정신을 가다듬고는 또 물었다.

나는 말을 할까 망설이다가 조용히 고개만 끄덕였다. 이어서 내 몸에 가해지던 무게가 천천히 사라지더니 '풍덩' 소리만 들렸다. 거품이 부서지듯 가볍게, 노인은 하얗게 출렁이는 물보라 속으로 사라졌다.

마치 아무 일도 없었던 것처럼 천지간이 한없이 고요했다. 강물만 쏴아아, 영원한 죄업을 씻어 버릴 듯 세차게 흘러갔다.

나뭇잎 하나가 수면 위에서 파문을 일으켰다. 나뭇잎이

순식간에 강물에 삼켜지고 공명등 하나가 조용히 떠오르는 게 보였다.

나는 탄식한 뒤 나뭇잎이 사라진 쪽으로 소리 없이 허리를 숙였다. 그리고 공명등이 멀어지는 방향을 향해 아주 깊이 허리 숙여 인사했다.

하지만 그는 당신의 버터쿠키에 독을 발랐답니다.

나는 몸에 묻은 먼지를 털고 가게로 돌아와 다음 손님을 기다렸다.

맹파의 레시피

1. 버터맥주

달콤한 향이 코끝을 찌르면 머리까지
뜨거워진다.
당신이 좋아했던 게 이런 맛인가, 뭐라
표현할 수 없는 취기가 오른다.
무슨 술인지 모르겠지만 눈앞에는 당신이
떠나던 모습만 어른거린다.

2. 버터쿠키

220도에서 30분 동안 구운 무늬가
한없이 정교하다.
순식간에 돌아선 당신을 잊기 위해
반평생을 보내고 마지막으로
오랜 이야기를 나눈 그날 밤에
나는 당신과 함께 떠난다.

일곱 번째 밤:
치즈버거

최근 백무상은 아몬드멸치볶음에
빠지더니 맥주를 곁들이는 재미까지 알아 툭하면 홀짝거렸
다. 염라대왕은 여전히 사흘이 멀다 하고 찾아와 백무상을
끌어안았다. 얼마 전 미국에 다녀오면서 무슨 이유에서인지
백무상에게 아주 맛없는 껌을 잔뜩 사다 주었다. 그런데 백
무상도 별로 싫어하지 않고 하루에 몇 개를 까서 천천히 씹
었다.

과거 둘 사이에 무슨 일이 있었는지는 몰라도 염라대왕은
늘 어떻게든 백무상에게 무언가를 먹이고 그 먹는 모습을
안쓰러운 눈길로 바라보았다. 염라대왕은 최선을 다해 백무
상에게 잘해 주고 백무상도 최선을 다해 염라대왕을 무시하
는 게 고스란히 느껴졌다.

"또 쓰러졌어요."

백무상이 염라대왕의 옷깃을 물어 가게 안까지 끌고 왔다.

"……."

"내 맥주를 훔쳐 먹었거든요."

백무상이 능청스럽게 자기 발을 핥고는 기분이 좋은 듯 나비를 잡으러 가게 바깥으로 달려 나갔다.

"……."

백무상이 나간 지 얼마 안 되어 염라대왕이 또 아주 자연스럽게 일어나 앉았다.

"미국에 문제가 생긴 것 같아요. 또 며칠 가 봐야 할 듯한데, 백무상이 수도꼭지에서 물 마시는 사진을 매일 보내 주실 수 있어요?"

"……."

"동영상이면 더 좋은데."

"……꺼져."

때마침 생사종이 울렸다.

오늘 손님은 고상함 속에 독기가 감도는 서른 즈음의 여성이었다. 그녀는 끝없이 펼쳐진 강가 눈밭을 열심히 걸어와 가게 문발을 젖혔다.

"안녕하세요?"

별로 특별하지 않은 목소리였지만 전체 분위기와 잘 어울리게 우아하면서 딱딱했다. 나는 미소를 지으며 공손하게 문을 열었다.

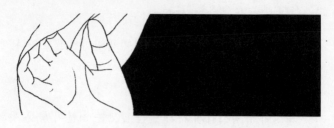

"어서 오세요. 지옥주방에 오신 걸 환영합니다."

"안녕하세요? 무엇을 주문하시겠습니까?"

내가 물었다.

"뭐든지 가능한가요?"

여자가 몸에서 눈을 떨어내고는 나를 향해 이를 드러내며 웃었다.

"뭐든지 가능합니다. 마지막으로 드신 세끼는 은어구이 정식과 보리빵, 매실장아찌를 곁들인 메밀국수이니 참고하세요."

나는 손에 든 자료를 들추며 말했다.

정말 고상하네, 틀림없이 아주 넉넉하게 살았겠군, 하고 나는 속으로 생각했다.

"음…… 저는 치즈버거가 좋겠네요."

여자는 얼마 생각하지도 않고 웃으면서 바 앞쪽 의자에 앉더니 대답했다. 프로페셔널하게 친절한 미소였지만, 피로와 흥분이 살짝 섞이고 눈가에 온갖 감정이 미묘하게 드러나 뭔가 의미심장해 보였다.

"치즈버거요? 알겠습니다. 야채는 어떻게 해 드릴까요?"

햄버거는 꽤 넓은 범주라서 사람마다 기호가 조금씩 다르다.

"빵은 천연발효빵으로 구워 주시고 슬라이스 토마토 두 개, 상추 한 장, 생양파링 두 개를 넣어 주세요. 소고기패티는 오 분만 익혀 주시고요. 바비큐 소스 뿌려 주시고 치즈는 체더치즈면 됩니다."

여자는 조금의 망설임도 없었다. 참 편한 손님이었다.

내가 유쾌하게 미소를 짓자 여자도 웃음을 지었다.

"그럼 부탁드립니다."

빵이 구워지는 동안 나는 콜라에 얼음을 넣어 건넸다.

그러자 여자가 조심스럽게 물었다.

"이게…… 차인가요?"

"아니지만 안심하고 드세요."

나는 소금과 후춧가루를 뿌린 소고기를 뒤적이며 웃었다.

여자는 고개를 끄덕이고는 손가락으로 얼음을 건드리면서 가게 내부를 둘러보았다. 어떤 손님이든 이럴 때는 어린애처럼 호기심 어린 눈빛을 띠었다. 다만 호기심은 죽고 싶은 마음과 반비례할 때가 많기 때문에 자살한 손님은 별로 놀라워하지 않았다. 그녀의 눈빛은 호기심과 냉담의 중간 정도에 있었다. 이런 손님은 흔치 않았다.

"뭔가 아쉬운 게 있으십니까?"

나는 얇게 썬 양파링을 물에 잠시 담가 두고 알맞게 구워진 빵을 꺼낸 뒤 그녀에게 물었다.

여자는 잠시 생각하다가 아주 부드러운 시선으로 나를 응시했다.

"모르겠어요. 그냥 해방된 느낌이에요."

손가락을 튕기자 귀등이 켜지고 벽면의 주마등이 저절로 돌아가면서 손님의 일생이 상영되기 시작했다.

여자의 주마등

그녀가 처음으로 맛있는 햄버거를 먹은 것은 베이징에서였다. 대학 교환 프로그램으로 베이징에 갔을 때 그곳 친구들이 해산물을 먹자며 싼리툰(三里屯)에 있는 레스토랑으로 데려갔다. 그러고는 바닐라크림백포도주홍합과 대하오렌지샐러드를 주문해 셋이서 신나게 먹었다.

식사를 마친 뒤 그들은 가게 입구에서 담배를 피웠다. 그때 한 친구가 근처에 아주 맛있는 햄버거 집이 있다면서, 베이징에서 최고라고 말했다. 그녀와 다른 친구의 눈이 마주쳤고 세 사람은 또 신나게 햄버거 가게로 향했다.

가게에 도착했을 때는 밤 아홉 시도 훌쩍 넘은 시각이었다. 그들은 아보카도바비큐블랙버거 3인분을 주문했다. 입에 넣는 순간 세상이 환해지는 듯해, 제대로 만든 햄버거는 일종의 예술이라는 생각까지 들었다.

대학 시절의 친구들은 제각기 흩어졌지만 그녀는 베이징 싼리툰의 어두운 밤, 흐릿한 불빛 아래 햄버거를 하나씩 먹던 친구들을 늘 떠올렸다. 한 명은 노래를 잘 불렀고 한 명은 살짝 마른 체형이었다. 그때는 밤이 그녀를 붙들고 늘어져도 가라앉고 싶은 마음이 들지 않았다.

두 번째로 정통 치즈버거를 먹은 곳은 광저우였다. 어려서부터 함께 자란 친한 친구가 불륜 상대와 함께 광저우로 그녀를 찾아왔다. 그들은 주장(珠江)강의 화려한 야경이 내려다보이는 리츠칼튼호텔 최고급 룸에 묵었다. 저녁때 나가기 귀찮아 룸서비스를 시키기로 하고 메뉴를 뒤적이다가 그녀는 치즈버거를 주문했다. 프렌치프라이도 곁들이고 싶었지만 친구가 꼭 샐러드를 먹어야겠다고 우기는 바람에 포기했다. 기껏 시킨 샐러드는 형편없었다.

그들은 소파에서 뒹굴뒹굴하며 몇 년 전에는 10위안짜리 만년필을 두고도 망설였지만 이제는 에르메스의 신상품조차 눈에 차지 않는다고 말했다. 햄버거를 반쯤 먹었을 때 울고 싶어졌다. 친구의 애인은 한 마디도 하지 않고 그녀들의 대화를 듣고만 있었다.

처음으로 물질생활의 변화를 느낀 게 그때일 거야, 하고 그녀는 생각했다.

그러나 삶이란 늘 뜻대로 되지 않는다고, 물질적으로는 크게 풍족해졌지만 그녀는 여전히 자신의 삶이 만족스럽지 않았다. 자기 자신이 불만족스러웠고, 현실과 그리고 미래가 불만족스러웠다. 가끔 감정이 격해질 때는 거의 폐인 수준이 되었다. 어두운 밤에 보면 자신이든 남이든 윤곽마저 차갑게 느껴졌다.

세 번째는 대학을 졸업하고 상하이로 돌아갔을 때였다. 일자리를 찾지 못해 집에만 박혀 있자 가족들이 데리고 나가 돌아다니다가, 마지막으로 유명하다고 소문난 햄버거 가게에 데려갔다.

가게는 위치가 꽤 좋은 노천 상가에 있었다. 바깥에 앉아 햄버거를 먹다가 문득 고개를 들었을 때 사설 병원 하나가 눈에 들어왔다.

집으로 돌아가는 길에 그녀는 손에 남은 버터 향을 맡으며 충동적으로, 아무런 기대도 없이 병원에 이력서를 냈다. 그저 남몰래 일종의 의식을 완수한 듯한 기분만 들었다. 뜻밖에도 한 달 뒤 면접을 받아 보라는 연락이 왔다. 싱가포르인이 운영하는 그 사설 병원은 주로 동남아 지역에서 기반을 닦고 있었다.

그녀는 면접을 본 뒤 일사천리로 3년 계약까지 맺었다. 그때는 상하이나 베트남, 브루나이 중에서 근무지를 선택할 수 있었다. 그녀는 상하이에서 벗어나기 위해 브루나이를 선택했다.

✳

"치즈버거 나왔습니다."

대화가 끊긴 틈을 이용해 나는 따뜻한 햄버거를 그녀 앞에 내놓았다.

그녀가 만족스럽게 두 손으로 햄버거를 꽉 잡자 녹아내린 치즈가 육즙과 함께 그녀의 가느다란 손가락으로 흘렀다. 하지만 그녀는 전혀 개의치 않고 한 입 크게 베어 물었다. 방금 구운 빵의 바삭함과 패티 바깥면의 눌어붙은 바삭함, 소스와 야채 사이 치즈의 부드러움은 가히 넋이 나갈 지경이었다.

"프렌치프라이도 드릴까요?"

내가 웃으며 물었다.

그녀가 고개를 끄덕였다.

"두툼하게, 소금만 뿌려서 부탁드릴게요."

그런 다음 냅킨으로 손을 닦고 콜라를 크게 한 모금 마셨다.

햄버거를 순식간에 해치운 뒤 그녀는 살짝 겸연쩍게 웃었다.

"정말 오랜만에 실컷 먹었어요."

내가 그녀에게 차가운 콜라를 채워 주었을 때 벽면의 주마등이 다시 돌아가기 시작했다.

그녀의 운명을 바꿔 놓은 네 번째 햄버거는 브루나이 병원에서 일할 때 먹었다. 브루나이는 매우 작았지만 사람들이 상상하는 것보다 훨씬 발달했고, 또 훨씬 소박했다.

반년쯤 일했을 때 그녀는 외진을 나갔다가 화재를 만났다. 몹시 비밀스러운 진료여서 당시 방에는 그녀와 여자아이 한 명만 있었다. 그녀는 아이를 꼭 안은 채 필사적으로 버텼다. 화염이 타오르는 소리에 고막이 터질 것만 같았고, 아이는 그녀 품에서 벌벌 떨며 숨도 제대로 쉬지 못했다. 나중에야 실제로는 5분 만에 구출되었다는 사실을 알았지만 그녀는 한없이 긴 죽음을 지나온 듯했다.

병원에서 정신을 차리자마자 그녀가 내뱉은 첫마디는 치즈버거를 먹고 싶다는 말이었다. 담백한 죽이나 진한 국물이 아닌, 치즈와 소고기가 든 햄버거.

괜히 세상에 꼬투리를 잡고 싶은 걸 보니 자기 병세가 꽤 심각하다는 생각이 들었다. 그런데 뜻밖에 30분도 채 안 되어 무척 표준적인 미국식 치즈버거가 도착했다.

그녀는 먹는 대신 햄버거가 천천히 식어 가도록 바라보기만 했다. 문득 자신이 아직 살아 있다는 게 느껴져 눈물이 솟아올랐다. 자신이 아직 살아 있다는 사실이 무척 실망스러웠다.

"프렌치프라이 나왔습니다."

나는 담담하게 냅킨 한 뭉치를 건넸다.

"고맙습니다."

그녀는 환하게 웃으며 냅킨을 받았다. 울 생각은 추호도 없는 듯했다.

그녀는 프렌치프라이 하나를 먹고 손가락에 붙은 소금까지 빨아 먹은 뒤 벽면의 주마등을 계속 보았다.

여자의 주마등

다섯 번째이자 마지막 햄버거는 브루나이에서 상하이로 돌아온 뒤에 먹었다.

화상을 치료하는 동안 상태가 심각하지는 않아도 여러 차례 수술을 받아야 했다. 마지막은 아주 작은 흉터를 제거하는 수술이었는데, 그날은 무슨 이유에서인지 해서는 안 될 것 같은 걱정이 들었다. 뭔가 일이 터질 듯한 아주 불길한 예감이었다.

그날 저녁, 그녀는 아버지가 갑작스러운 림프종 악화로 돌아가셨다는 소식을 들었다. 상처가 아물려면 보름 정도 지나야 했기 때문에 그녀는 아버지 장례에 참석할 수 없었다. 화상 흉터가 가득한 몸으로 아버지 무덤을 찾았을 때는 벌써 아버지가 세상을 떠난 지 한 달이 지난 뒤였다.

사실 마음만 먹었으면 어떻게든 상하이로 돌아와 장례를 치를 수 있었다. 상하이 병원의 친구에게 연락도 해 둔 상태였다. 그러나 그녀는 아버지가 이미 세상에 없다는 사실을 받아들일 수가 없었다. 브루나이에 하루 더 머무르면 아버지도 하루 더 살아 계실 것만 같았다.

아버지의 차가운 무덤 앞에서 그녀는 아무 감정도 일지 않았다. 울고 싶지도 않았다. 마음이 텅 비어 버린 듯한 느낌뿐이었다. 충분히 쉬고 나서 상하이로 근무지를 옮겨 달라고 신청했다. 한 달도 안 돼 계약 기간이 끝났고, 그녀는 사직을 선택했다.

사직한 날 그녀는 예전에 갔던 아래층 햄버거 가게에서 아버지와 자기 몫으로 두 개를 주문했다.

하나를 다 먹었을 때 이미 눈물범벅이었고, 다시 하나를 먹었을 때는 토할 지경이 되었다. 그녀는 정말로 토했다. 큰 소리로 울면서 토했다.

그렇게 난리를 피우자 점원이 경비를 불러 그녀를 끌어냈다. 그녀는 끌려 나가면서도 눈물을 거두지 못했다. 누가 뭐라고 말했지만 들리지도 않았다. 토할 때 눈물이 나는 건 자연스러운 생리 반응이라고 속으로 끊임없이 중얼거릴 뿐이었다.

그것이 그녀가 마지막으로 먹은 치즈버거였다.

✳

"지금 햄버거가 진짜 마지막이죠."

내가 웃으며 말했다.

"아, 그렇군요. 지금이네요."

그녀는 차가운 콜라를 단숨에 들이컨 뒤 시원하게 트림을 했다.

"음식이 입에 맞으셨는지요?"

내가 콜라를 다시 따라 주려 하자 그녀가 손을 내저었다.

"진짜 훌륭했어요."

그녀가 환하게 웃었다. 속에서 우러나는 진짜 웃음이었다.

"왜 자살했는지 안 물어보세요?"

"충분히 생각한 뒤의 결과겠지요."

나는 물기 가득한 그녀의 눈을 바라보며 답했다.

순간 눈빛이 흔들렸지만 그녀는 이내 웃으며 몸을 일으켰다.

"정말 시원시원하시네요."

나는 공손하게 가게 입구까지 그녀를 배웅했다. 그녀는

새하얀 눈 속에서 고개를 끄덕인 뒤 몸을 돌려 다리에 올라서서는 일말의 망설임도 없이 곧장 걸어가 사라졌다. 매서운 바람 속에서 따뜻한 버터 향이 풍기더니 공명등 하나가 조용히 떠올랐다.

사람마다 타고난 운명이 다른 법이다. 나는 공명등이 멀어지는 방향을 향해 소리 없이 아주 깊이, 힘껏 허리 숙여 인사했다.

오늘 손님도 무척 좋은 삶을 살았다.

나는 몸에 묻은 먼지를 털고 가게로 돌아와 다음 손님을 기다렸다.

치즈버거

두툼한 치즈를 소고기패티에 얹으면
뜨거운 기운에 녹아내린다.
짭조름한 패티와 아삭아삭한 생양파,
그리고 아보카도 반 개까지.
맛있는 음식은 더할 나위 없이 간단할 때가 많다.

여덟 번째 밤:
박하소고기쌀국수

　　염라대왕이 미국에서 돌아오지 않
아 간식을 얻어먹을 곳이 없자 백무상은 매일 기운 없이 축
늘어져 있었다. 때는 어느덧 늦가을로 접어들었고 백무상은
한층 더 게을러졌다. 나도 한가로움을 만끽했다. 흔들의자
를 가게 입구에 내놓고 매일 오스스한 가을바람 속에서 백
무상을 쓰다듬으며 눈을 감은 채 건너편 수풀의 속삭임을
들었다. 말할 필요도 없이 가을밤은 시리도록 추웠다.

　그런 시간이 사흘 가까이 이어졌다. 흑무상들도 조용히 휴
가를 즐기며 아무 일도 하지 않았다. 다들 삼삼오오 모여서
망천하 기슭을 돌아다니는 바람에 강가가 야시장처럼 떠들
썩해졌다. 죽은 영혼들이 그렇게 막다른 공간에 거듭해서 모
이는 이유는 여전히 그리움을 간직한 사람들이기 때문이었

다. 그 모습이 서글플 정도로 아름다웠다.

　나흘째 되었을 때, 망천하에서 정말로 야시장이 열렸다. 백무상이 야시장에서 찾았다며 흥분해서는 '어떤 흑무상이 준 어느 망자의 생전 사진'을 물고 뛰어와서는 "멋져!" 하고 소리쳤다. 멀리서 염라대왕의 심장이 찢어지는 소리가 들리는 것만 같았다.

　닷새째 날 판관이 아무 말 없이 안경을 밀어 올리고는 흑무상 정예 팀에게 백무상이 좋아하는 간식을 사 오라고 시켰다. 그런 조치에 나는 의아하지 않을 수 없었다. 백무상은 인간의 영혼을 품은 동물로, 흑무상과 달리 인간의 형상을 잃었을 뿐만 아니라 윤회로 다시 태어날 수 없어 영원히 저승에 머물러야 하는 존재였다. 백무상이 많지 않은 이유도 그 때문이었다.

　다시 말하자면 백무상도 사람이라는 뜻이다. 그리고 간식은 사람을 위로할 수 없다. 그러나 안타깝게도 바로 1초 뒤에 생사종이 울려 백무상에 대한 내 신뢰는 산산조각 났다. 백무상은 산더미 같은 간식에 완전히 정복당했다.

　오늘 손님은 젊은 남자였다. 학생과 사회인의 중간쯤으로, 유치하고 속된 기질을 동시에 지니고 있었다. 가장 일반적인 손님처럼 경악과 의심, 의아함, 그리고 살짝 경외의 호기심을 드러냈다. 나는 공손하게 문을 열며 맞이했다.

　"어서 오십시오. 지옥주방에 오신 걸 환영합니다."

"안녕하세요? 무엇을 주문하시겠습니까?"

"여기서 주문도 할 수 있나요? 저는 사람들이 우르르 떼로 몰려와 탕을 한 사발씩 마신 뒤에 떠나는 줄 알았어요."

나는 눈을 내리깔고 웃으며 자료를 들춰 보았다.

"마지막으로 드신 음식은 박하소고기쌀국수, 으깬 감자, 헤이싼둬(黑三剁)*이니 참고하세요."

"그럼 그 세 가지를 주세요. 라오간마(老幹媽)볶음밥도 먹고 싶은데……. 잠시 생각 좀 해 볼게요."

청년은 고개를 갸웃거리며 고민했다.

"결정하면 알려 주세요."

벽에 걸린 생사종이 째깍째깍 흘러갔다.

"뭔가 가져가기 싫은 기억이 있으십니까?"

나는 차를 한 잔 건네며 물었다.

손가락을 튕기자 귀등이 켜지고 벽면의 주마등이 돌아가면서 손님의 일생이 저절로 상영되기 시작했다.

청년의 주마등

공업 도시에서 성장한 청년은 원래 소설가를 꿈꾸었지

---

* 다진 돼지고기, 순무 등으로 만드는 윈난 요리.

172

만 결국에는 데이터 조사원이 되었다. 일 년 내내 여러 도시를 돌아다녔는데, 그날 아침에는 티베트 음식을 먹었다. 증기빵과 고추감자볶음, 나이자(奶渣)*, 육포볶음, 쑤유차(酥油茶)**였다. 짭조름한 쑤유차는 향긋했지만 식사에 곁들이니 국을 마시는 기분이었다. 한 잔을 마신 뒤 살짝 질려서 달콤한 쑤유차를 다시 주문했다.

오후에 마을을 돌며 조사하던 중, 뇌가 진작에 쇠퇴해 정상적인 소통이 불가능한 노인을 만났다. 누가 말을 걸든 간에 노인은 어린애처럼 "웅웅." 하는 대답만 했다.

촌장 말로는 본래 마을 최고의 지성인으로 선생님이었다고 했다. 글씨를 아주 잘 써서 사람들이 볼펜을 쓰기 시작한 뒤에도 노인은 여전히 붓으로 작은 해서체를 썼다며, 매년 명절 때나 마을 사람들에게 좋은 일이 생길 때면 정성껏 초청장과 안내장을 썼다고 알려 주었다.

청년은 노인을 바라보고 노인도 청년을 바라보았다. 노인 입가에는 늙은 아내가 방금 먹여 준 음식 찌꺼기가 묻어 있었다. 청년은 생각할수록 마음이 짠했다. 노인이 부끄러운 모습을 들킨 듯 겸연쩍게 웃는데 이가 하나도 없었다.

저녁때 청년은 숙소 베란다에서 팀장과 담배를 피웠다.

"뭐 아쉬운 거 없어?"

---

* 크바르크, 응유 치즈.
** 소나 양의 젖에서 얻은 유지방에 소금 따위를 넣어 만든 차로 장족과 몽골족이 애용한다.

팀장이 물었다.

"어떤 게 아쉬운 건데요?"

"후회되는 일."

청년이 눈을 가느다랗게 떴다.

"예를 들면요? 좋은 회사에 면접 보러 갔을 때 왜 인턴 경험을 좀 더 쌓지 않았을까 후회하고, 치과에서 눈물 나게 아픈 스케일링을 받을 때는 왜 매일 깨끗하게 칫솔질하지 않았을까, 중요한 자리에 늦었을 때는 왜 날마다 밤을 새웠을까, 애인과 헤어졌을 때는 왜 그렇게 멋대로 굴었을까, 원하는 결과에 도달하지 못한 순간에는 왜 미리 노력하지 않았을까 후회하는 거요? 그런데 왜 후회하고, 또 후회해야 할까요?"

청년은 차를 한 잔 마신 뒤 또 말했다.

"그렇게 많은 관문을 왜 하나하나 모두 넘어야 할까요? 대체 왜 끝까지 살아야 하죠? 한 과정을 끝내는 게 무슨 의미죠? 멋진 결과가 확실히 보장되나요? 아니요, 평범하죠. 무척 만족스럽겠지만요. 그런데 만족하면 충분한 걸까요? 말씀해 보세요. 좋은 학교에 들어가면 그다음은요? 좋은 회사에 들어가고 나면요? 좋은 짝을 찾은 다음은요? 아이를 낳은 다음은요? 거쳐야 할 관문이 너무 많아요. 저는 거기에 전부 뛰어들고 싶지 않아요. 더 좋은 풍경도 보고 싶지 않고요. 더 좋은 사람도 만나고 싶지 않아요. 이른바 행복과 즐거움 모두 저는 필요 없어요."

팀장이 담뱃불을 비벼 껐다.

"지금 필요하지 않을 뿐이야."

청년은 우습다는 표정으로 팀장을 바라보았다.

"그래서요? 미지의 즐거움을 위해 지금의 행복을 포기해야 한다는 말씀이세요? 저는 아무것도 하지 않으면 행복할 것 같아요. 매일 제 생활 속에 푹 파묻힌 채, 큰 산을 넘으려 고 기를 쓸 필요 없이요. 그러면 안 되나요?"

팀장도 웃었다.

"그럼 주변 친구들이 떵떵거리며 살아도 불평하지 말고 남들 월급이 많아도 부러워하지 말아야지. 남의 결혼식에 가서 진심으로 축하해 주고, 아이에게 최고의 성장 환경을 줄 수 없다고 자책해도 안 되고."

청년은 이해할 수 없다는 표정으로 팀장을 바라보았다. 그런 상황이 발생할 리 없다는 듯한 표정이었다.

"나는 전부 겪었어. 그래서 정말로 잘 알아."

팀장이 조용히 말했다.

청년의 표정이 심각해졌다.

"그럼 팀장님도 아셔야 해요. 저도 잘나가는 친구가 있고 좋은 일자리가 있고 사랑하는 사람도 있고 아이를 갖는 기쁨도 잘 알아요. 다만 지금 필요하지 않을 뿐이에요."

밤하늘에 별이 총총하게 빛났다.

팀장은 한숨을 내쉬며 말했다.

"하지만 현실이 그래. 남들은 전부 앞으로 나아간다고. 어느 누구도 자네를 위해 멈춰 주지 않아. 자네가 친구들 화제에서 동떨어지면 친구들은 자네의 문제를 알려 주지 않을걸세. 회사에서 계속 성과를 내지 못하면 살얼음판을 걷듯 위태위태해질 거고. 아내와 이른바 의무만 남으면 아내는 다른 사람에게서 장점을 찾을 거야. 사회는 그렇다네. 하물며 지금 세상은 정보가 넘쳐 나는 시대잖아. 현대인들은 언제나 어제보다 더 노력해야만 남한테 짓밟히지 않을 수 있다고."

청년은 생각에 잠겼다.

무엇을 생각할까? 팀장 말이 맞다고? 아니면 어떻게 팀장을 설득할지?

억울함은 필연적으로 자존심과 연결된다. 이른바 억울함이란 스스로의 존엄이 떨어졌다고 느끼기 때문에 불만스러운 감정이다. 또한 아주 쉽게 억울해하는 사람들은 자존심도 쉽게 상한다. 가벼운 자극에 자존감을 멀리 내던지는 사람은 아주 약할 수밖에 없다.

팀장이 청년의 표정을 살피며 계속 말을 이었다.

"그리고 결혼이야말로 정말 무서운 일이지. 일이나 이상

176

은 안 가질 수도 있어. 그렇지만 자네 주변의 동년배들이 결혼해서 자립하고 자식을 낳으면 자네에게 엄청난 진동이 전달될 거야. 남들은 이차 방정식을 푸는데 자네만 구구단을 외우면서 잘난 체하다가 불현듯 자신이 버려졌다는 것을 깨닫게 될 거라고."

그가 의미심장한 눈빛으로 바라보았다.

팀장이 완곡하게 또 말했다.

"인간은 어울려 사는 동물이야. 대세를 따르지 않으려면 엄청난 용기가 필요하지. 남의 시선에 무관심할 수도 있어. 남은 무시하면 되니까. 하지만 자네가 인정하는 친구들의 시선에는 무관심할 수 없을 걸세. 자네가 진짜 친구라고 믿는 사람들이 전부 자네보다 빠르고 멀리 가 버리면 자네는 후회할 거야."

"그러니까 대세에 편승하기 위해서 대세를 따르라는 건데, 정말 웃기지 않나요? 저는 현재의 제 행복을 지키고 싶을 뿐이에요. 그냥 혼자 살면서 아무 노력도 하기 싫은 것뿐이라고요. 이게 잘못인가요?"

청년은 코웃음을 쳤다.

"물론 잘못은 아니지. 하지만 이 잔혹한 사회는 자연스럽게 자네를 도태시킬 걸세. 자네가 사회에 아무 공헌도 하지 않으면 사회는 자네를 필요로 하지 않아. 살면서 가족이나 친구, 상사, 아내의 비위를 맞추지 않을 수는 있지만 사회를 따르지 않을 수는 없어. 사회는 자네가 살아가는 법칙이기 때문에 사회의 그늘에서 벗어나면 살아갈 수 없다는 거야."

팀장이 말했다.

"그건 삶이 아니라 생존이죠."

청년이 고개를 저었다.

"원래가 그래. 자네가 너무 순진한 거지. 젊을 때 패기만만했던 그 많은 사람들이 왜 학교를 떠난 뒤에는 묵묵히 평범함을 감내하는지 아나? 순진함에서 벗어나면 시간이 흐를수록 마음이 빨리 지치거든. 일찌감치 알아챈 사람일수록 피로감을 많이 드러내지. 그런 사람들은 꿈을 잃은 게 아니라 움직일 수 없는 거야."

팀장이 말했다.

"우리는……."

팀장이 자신과 청년을 가리키며 말을 이었다.

"자네도 내 글을 읽어 봤지? 우리는 모두 스스로에게 재능이 있다고 생각해. 세간에서 말하는 고생에 의미가 있다고 생각하지 않을 뿐이지."

그는 고개를 끄덕였다.

팀장이 잠시 생각한 뒤 말했다.

"그런데 재능이 어중간한 사람이 살 길은 어느 날 갑자기 '젠장, 이 정도면 됐어.'라고 느끼는 거야. 길에는 끝이 없고 행복한 일은 손가락으로 꼽을 만큼 적으니까. 현명한 사람처럼 포기하라고. 노력과 성과는 정비례하지 않기 때문에 최후의 승리는 대부분 용감한 사람에게 돌아가지."

"제 재능은 어중간한 수준이 아니에요. 용기를 지녀야 할 때 기회를 꽉 잡을 겁니다."

청년은 살짝 억울한 표정을 지었다.

"갑작스러운 용기는 용기가 아니라 죽음 직전의 허세와 같아. 진정한 용기는 꾸준함과 스스로를 직시하는 성실함이야. 우리는 성실한 사람이 아니고."

"그건 열정을 품은 사람만 가능하죠. 저는 열정을 품을 대상이 없어서 못 해요."

"그래서 자네는 어중간한 재능으로 그치길 원치 않는 어중간한 재능의 사람일 뿐이라고."

"열정의 대상이 없는 게 제 잘못인가요?"

"계속 견지하지 못하는 게 자네 잘못이야."

청년은 아무 말도 하지 않았다.

＊

"팀장이 쓴 소설은 정말 별로였어요."

청년은 비웃듯 고개를 저었다.

"무엇을 주문할지 결정하셨습니까?"

"박하소고기쌀국수요. 역시 그걸 먹고 싶네요."

"알겠습니다."

박하는 새싹만 잘라 깨끗하게 씻고, 소고기는 결대로 얇게 저며 그릇에 담아 두었다. 그러고는 작은 땡고추를 깨끗이 씻어 박하와 함께 다졌다. 뜨거운 기름에 다진 마늘을 볶아서 향을 내고 저민 소고기를 잘 볶은 다음 연간장을 살짝 넣었다. 이어서 박하와 고추를 넣고 골고루 볶다가 소금으로 적당히 간을 했다.

국물은 미리 푹 고아 둔, 소기름 특유의 황금색이 도는 소뼈 육수를 썼다.

마지막으로, 익힌 쌀국수를 그릇에 넣고 볶아 둔 박하와 소고기를 올려 완성했다.

청년의 주마등

올해 베이징과 윈난 일을 마치고 광저우로 간 뒤 청년은 기분이 무척 가라앉았다. 광저우에서 한 달도 안 쉬고 하얼빈으로 돌아왔을 때는 오랫동안 써 왔던 침대에서 눈을 뜨고도 자기가 어디에 있는지 알지 못했다. 최근 몇 년 동안 전국 곳곳을 돌아다니느라 피곤에 절어 침대로 곤두박질칠 때가 많았고, 그럴 때면 머릿속으로 '대체 집이라는 게 어디지?'라는 의문이 들었다.

이후 저점에서 벗어난 그는 긍정적인 사람이 되리라, 오랫동안 몸속을 맴도는 부평초 같은 느낌도 차츰 지워 버리리라 맹세했다.

"어떻게 해야 안정적이 될 수 있을까?"

청년은 스스로에게 물었다.

"사실 성숙함이란 어린애의 망상에서 비롯된 산물이야. 예전에 어떤 사람이 되겠다고 꿈꾸었던 모습을 하나도 이루지 못했으니까."

그는 또 스스로에게 대답했다.

청년은 영원히 발표하지 않을 소설을 완성한 뒤 베란다에서 담배를 피우다 그렇게 '성숙'의 특질을 깨달았다. 그러자 '가족 부양'이라는 욕망이 따라왔다.

정초에 어머니는 유방암 진단을 받은 뒤 그에게 경제적인 부담을 주지 않겠다고 말했지만, 그는 어쩔 수 없이 책임감을 느꼈다. 돈을 벌고 싶고, 더 뛰어난 사람이 되고 싶고, 집에서 할 수 있는 모든 노력을 다 하고 싶었다. 그러고 나자 꿈이라는 말은 욕망의 그럴싸한 대체어로만 느껴졌다.

사람이 살아야 하는 이유는 그저 사는 게 즐겁다고 느끼기 때문일 수 있다. 자신의 생활이 즐겁다고 인정할 수 없으면, 또 자기 능력으로 스스로를 행복하게 만들 수 없다면 확실히 포기하는 편이 더 낫다. 근본적으로 말해, 살려는 욕망은 행복해지고 싶다는 욕망을 전제로 존재한다.

한때 청년은 많은 명성을 얻어야만 인생이 행복할 수 있다고 생각했다. 그는 상을 타고 명문대에 들어가고 좋은 회사에 들어가려 노력했고, 그런 다음 한껏 오른 성취감으로 기쁨을 누릴 수 있었다. 나중에 많은 것을 달성한 뒤 그는 그런 기쁨이 얼마나 순간적인지, 달성하고 난 뒤의 나날은 또 얼마나 공허한지, 피라미드의 정상은 끝이 보이지 않으며 정상까지 올라가려면 또 발바닥에 피를 묻혀야 한다는 사실을 깨달았다. 얼마나 부질없는지. 그때 그가 인정한 성공은 조금의 흔들림도 없는 즐거움이었다. 안일함도 용기의 다른 표현일 수 있다는 생각이 처음으로 들었다.

최근에는 결혼의 의미를 생각하는 중이었다.

결혼은 순전히 기층 사회의 균형을 유지하는 일종의 제약적 도구로, 고등한 인간에게는 혼인이라는 무료한 제도가 결코 필요하지 않다. 오랜 연애는 결혼 아니면 이별로 결말이 난다. 그렇다면 결혼이란 여전히 떠들썩함을 갈망하는 작은 새 두 마리가 서로를 새장에 가둔 뒤 그게 사랑의 증거라고 속이는 것에 불과하다.

9년, 10년이 지나도록 마모되지 않는 사랑이 어디 있겠는가. 결혼은 애인을 가족으로 만들고 두근거림을 식사 후의 설거지, 청소, 아침 입 냄새의 생활로 바꾸어 놓는다. 사람은 애당초 오랫동안 서로를 의지하며 지낼 수 없는 존재인데, 굳이 '충절'이라는 본래부터 허상에 불과한 개념으로 스스로의 행복을 표창할 필요가 있을까.

결혼은 충분히 질리도록 놀고 난 뒤 사교의 동력을 대충 가정 교육의 정력으로 바꾸는 것이다. 이른바 '사랑의 결실'도 사회적 동물이 자손을 퍼뜨리려는 일종의 본능에 불과하다. 인류가 자손을 퍼뜨리지 않으면 결혼의 의미는 완전히 제로가 된다. 천년만년 함께하겠다는 마음은 제멋대로 굴고 싶을 때 외롭지 않으려는 자구책일 뿐이다.

✳

"저는 때때로 생각이 너무 많아요."

청년은 허겁지겁 쌀국수를 먹으면서 말했다.

"하지만 그런 게 당신이라는 사람을 구성하지요."

"저는 항상 스스로를 비하하는 것으로 삶의 만족감을 얻었던 것 같아요."

나는 청년에게 물을 한 잔 따라 주고 아무 말 없이 웃기만 했다.

"어떻게 생각하세요? 어떻게 살아야 가치 있다고 할 수 있을까요?"

나는 잠시 생각한 뒤 "한 과정을 끝마치면 살아 냈다고 할 수 있겠죠."라고만 대답했다.

청년의 주마등이 계속 돌아갔다.

청년의 주마등

크리스마스이브에 톈허(天河)체육관에서 열린 천이쉰(陳奕迅) 콘서트를 보러 갔다. 산꼭대기에 앉은 탓에 사람은 아주 작게 보였지만, 목소리는 뜻밖에도 크게 잘 들렸다. 청년은 만 명에 육박한 작고 반짝이는 점 같은 청중과 노천극장의 차가운 바람을 맞으며 목청껏 합창했다.

천이쉰은 쉬지 않고 광둥어로 청중을 자극했다.

"누가 끌어 내리기 전에는 여기서 물러설 수 없어요! 아, 여러분이 피곤한가요?"

그러면 청중도 고개를 저으며 소리쳤다.

"안 피곤해요!"

순간 청년은 뭔가 잘못됐다는 생각이 들었다. 자신이 어쩌다가 크리스마스이브에 광둥어로 소리치게 되었을까? 아무리 봐도 자신의 인생 계획에 없었던 일이고, 아무리 생각해도 과거에 상상했던 모습이 아니었다. 그때는 어떤 회사에 들어가고 어떻게 연애를 하고 어떻게 동료를 사귈지 등을 주로 생각했다. 지금 이런 모습이 아니라.

정말로 뭔가가 잘못됐다.

얼마 전에 옛 친구의 생일이라 축하 메시지를 보냈더니 상대가 "제가 휴대폰을 바꿔서 예전 번호가 모두 날아갔는데, 누구신지?"라는 답장을 보내왔다. 잠시 생각하다가 자

184

기 이름을 보냈지만 더는 답신이 없었다.

예전의 자신이라면 '무슨 일이 있나?' '얘랑 무슨 오해가 있었나?' 등등을 계속 고민하다가 조심스럽게 인사를 건네고 이도 저도 아닌 어중간한 결과에 한층 서운해졌을 것이다. 지금은 그저 '바쁜가 보네.' '연락처를 새로 만들려면 귀찮겠다.'라고 생각한 뒤 자기 일에 집중할 뿐이다. 아쉽지 않아, 그럴 리 없어,라고 말하면서 더 이상 쓸데없는 미련을 남기려 하지 않는다.

다시 연락할 수 있으면 인연이고 할 수 없어도 인연이다. 어긋나는 것도 인연이다.

청년은 블로그를 돌아다니다가 인생의 목표를 찾는 방법에 관한 글을 하나 발견했다. 아주 간단했다. 한 시간 동안 백지 첫 줄에 "너는 무엇을 위해 살고 있니?"라고 적은 뒤 눈물이 날 때까지 하나씩 적어 내려가라고 했다. 블로그 주인은 25분 동안 106개를 적고 울었고, 다른 실험자는 한 시간 동안 153개를 적었다고 했다.

청년은 자신만만하게 시도했다가 한 시간 45분 뒤에 포기하고 말았다. 82개를 쓰자 '멘탈 붕괴' 직전에 이르렀지만 울고 싶은 마음은 전혀 생기지 않았다. 한쪽으로 밀어 둔 다음, 새해 휴가 때나 출장 갔을 때 다시 해 보기로 결심했다.

그때 청년이 조금이나마 흔들렸던 욕망은 스물일곱 번째의 '글을 쓰고 글을 쓰고 글을 쓰기 위해서'라는 것뿐이었

다. 그 마음은 살짝 절망에 가까웠다. '죽고 싶지 않아서'를
제외하고 스스로를 감동시킬 만한 생존 이유는 정말 찾을
수가 없었다.

그래서 청년은 자기 자신에게 매섭게 물었다. 이렇게 많
은 꿈을 품고도 왜 사는지 모른다는 거야?

글쓰기, 레스토랑 개업, 미슐랭, 오스카 각본상, 혼혈아
셋, 세계 여행, 부모님께 효도, 친구와의 우정……. 그 어떤
것도 신념이 확고하다고 여겨 온 자신을 흔들지 못했다.

그 뒤로 청년은 걸핏하면 악몽에 시달렸다. 잇새로 견디
기 힘들 정도의 바람이 새어 들어와 윗잇몸 오른쪽을 히스
테릭하게 강타하면 이가 전부 떨어지고 까맣게 썩은 잇몸
이 확연하게 드러났다. 또 새벽에 친구와 산꼭대기에 있는
회사로 나가 아침을 먹으려는데 아내가 만삭의 몸으로 가게
밖에 서 있었다. 한창 식사하던 손님들이 멸시와 악의에 찬
눈으로 그를 쏘아보았다. 그의 음식은 다진고기달걀찜, 오
리알과 고기를 넣은 쭝쯔(粽子)*, 흰죽이었다.

이제 청년은 저녁 운동 때 트랙 두 바퀴를 돌고 나서 "끝까
지 뛰지 않으면 이번 생에 오스카 각본상은 못 받아! 끝까지
뛰지 않았으니까 자격이 없어."라는 저주로 종점까지 뛰게
끔 스스로를 자극하지 않았다. 마음속으로 '그만 뛸래, 더는

* 단오에 먹는 중국 특유의 찹쌀떡.

안 하고 싶어.'라는 말만 분명하게 떠오를 뿐이었다. 그것이 야말로 비참했다.

대학 다닐 때 온갖 감정에 휘말렸던 청년은 어느 순간 정이라는 게 정말 얄팍하고 빠져들긴 쉬워도 벗어나긴 힘든 것임을 깨달았다. '구해도 얻을 수 없는 지경'까지는 아니지만 인간관계는 '말실수, 사죄, 화해'의 끊임없는 순환 같았다.

무슨 악보 같기도 했다. 좋을 때는 세상을 환하게 밝히다가도 실망하면 잔잔한 음 하나만으로 심장을 부숴 버릴 수 있었다. 끊임없이 순환하는 노래를 멈추고 싶을 때면 언제든 멈출 수 있었지만 빨리 멈출수록 초조함이 심해졌다.

대학에서 처음 사귄 사람들은 이미 곳곳으로 흩어졌다. 누구는 일본으로 건너가고 누구는 고위 공무원이 되고 누구는 아예 자취를 감추었다. 또 벌써 아이를 낳은 사람도 있고 학교에 남아 연구하는 사람, 여전히 평범하게 사는 사람도 있었다.

그들을 보면서 청년은 문득 자기가 사람 사귀는 방법을 모른다고 의심하게 되었다. 사회의 뿌리 깊은 암투라든가 너죽고 나 살자는 식의 치열한 경쟁, 속을 알 수 없는 떠들썩한 술자리 같은 건 전부 그의 관심 밖에 있었다. 그런 기본적이고 매끄러운 처세술을 전혀 모른 채 지나치게 순진하게 살아왔다는 사실을 청년은 불현듯 깨달았다. 성실하고 가혹하게 남을 사랑하고, 위선적이고 부드럽게 자신을 증오했다.

생각하다 보니 갑자기 자신을 지탱하는 것은 자기 혼자뿐인 듯했다. 신앙도 없고, 짝사랑하는 사람이나 물건도 없고, 만 번을 무한 반복해 듣고 싶은 노래도 없고, 마음을 뒤집어 놓을 수 있는 말도 찾을 수 없었다.

'성공'이라는 쾌감에 의지해 지금까지 걸어왔지만 남들의 부러움을 사기 위한 그런 노력은 한 번의 타격도 견디지 못할 만큼 약했다. 대범하면 미친놈처럼 용감할 수 있고 호탕하면 나서길 좋아하며 승부욕이 강하면 오만 방자할 수 있다. 무엇이든 반짝이는 면과 질식할 듯 암울한 면이 공존하는 법이다.

아무리 원해도 얻을 수 없다. 아무리 원해도 다른 사람의 사랑과 존중을 얻을 수가 없다.

'불합격한 명문대는 웃음기 없이 지나가자.'

청년이 오늘 밤 제일 감동한 노래 가사였다.

그는 지금도 자기가 왜 갑자기 권태로워졌는지 알 수 없었다. 자신의 권태가 차분함인지 게으름인지, 타협인지 지체인지도 시종일관 알 수 없었다. 하고 싶은 일이 무척 많았지만, 하나의 열정적인 이유는 수많은 현실적인 이유에 밀려 소멸해 버렸다.

그래서 뭔가 하고 싶은 단 하나의 이유만 있어도 천만 병사의 공격에 장군으로 맞서고, 밀려오는 물줄기에 흙으로 맞서는 용기를 발휘할 수 없었다. 또 용기와 치기도 분명히 구분하지 못하고 열정과 열혈의 균형도 제대로 맞출 수 없었다.

청년은 심장이 방울방울 물기를 잃다가 노인처럼 쭈글쭈
글해지는 것만 같았다. 잘 보살피고 싶어도 더는 심장에 다
가가 함께 감동을 느낄 방법이 없었다.

청년은 자신이 되고 싶지 않았던 사람이 되었지만, 그렇
다고 자신이 되고 싶었던 사람으로 성장한 이들이 부럽지도
않았다. 그저 가끔씩, 정말 얼마나, 얼마나 많이 근접했던가,
탄식할 뿐이었다.

어릴 때는 자신이 한없이 용감하다고 생각해 누가 사고를
치면 앞뒤 따지지 않고 나서서 대신 죄를 뒤집어쓰기도 하
고, 펄펄 끓는 기름에 화상을 입어 칼로 상처를 긁어낼 때도
얼굴색 하나 바꾸지 않았으며, 욕실의 바퀴벌레도 휴지로
잡아 쓰레기통에 던져 넣을 수 있었다…….

그렇지만 시간이 흐르면서 자신의 두려움을 겸허히 받아
들이게 되었다. 혈기 왕성하던 시절 오기에서 비롯된 용기
는 이미 바람에 모래알로 부서지고 새까만 벽으로 굳어졌
다. 청년은 이제 열정적으로 마음의 문을 열지 못하고 자신
과 다른 점을 날카롭게 비평할 수 없었다. 더 이상은 감히 요
란하고 경박하게 스스로를 용납할 수도 없었다.

청년은 너무 많은 아쉬움을 삼키고 너무 많은 희망을 놓
쳤다. 두려움 덕분에 청년은 무정한 것들이야말로 영원하다
는 사실을 깨달았다.

맛있는 요리, 장엄한 풍경, 예쁜 반지. 감정이 없을 때 그

것들의 아름다움은 심오하다. 어떤 상황에서도 음식이 맛있고 경치가 정겨우며 반지가 정교하다는 사실은 변함이 없다. 하지만 거기에 감정을 넣으면 의미가 달라진다. 너무 좋아해서 여러 번 먹으면 음식은 처음 맛보았을 때의 희열을 잃고, 감탄을 자아내 관광객이 몰리면 경치는 희로애락을 초월하는 아름다움을 잃으며, 기억이 담겨 독특한 색채를 띠면 반지는 처음의 순수한 의미를 놓치게 된다.

사랑하는 사람과 헤어지면 두려움도 사라지는 법이라고, 청년은 문득 물질주의자와 배금주의자들의 심리를 이해할 수 있었다. 감정이란 너무도 불안정해서, 최선을 다하면 자신의 가치를 잃고 최선을 다하지 않으면 자기 생명의 가치를 찾을 수 없지만, 물질과 무정함만은 영원히 흔들리지 않는다.

그래서 추억은 영원하다고 말할 수 있다.

＊

청년은 밤빛이 가장 짙을 때 다리에 올랐다.

귀문(鬼門)이 이미 열려 저승 전체에 금방이라도 비바람이

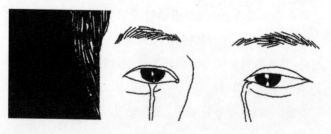

휘몰아칠 듯했다. 살짝 겁이 났는지 청년의 눈에 눈물이 아른거렸다.

"두려워할 것 없어요."

나는 청년의 어깨를 두드리며 말했다.

두 줄기 눈물이 청년의 눈에서 천천히 흘러내렸다.

"두려워하지 마요. 당신은 아주 좋은 삶을 살았답니다."

나는 다시 한번 말했다.

청년이 천천히 다리를 걸어가기 시작했다. 그러다 눈 깜짝할 사이에 숲의 어둠 속으로 사라지고 이어서 공명등이 서서히 떠올랐다.

나는 그 따스한 빛을 향해 깊이 허리 숙여 인사했다. 오늘 손님은 내가 제일 좋아하는 소설가였다.

나는 몸에 묻은 먼지를 털고 가게로 돌아와 다음 손님을 기다렸다.

박하소고기쌀국수

박하의 알싸함은 내가 사랑했던
모든 추억을 한데 모으고
육수 속 소고기는 아무리 힘들어도
내게는 당신이 있음을 알려 준다.
당신이 만든 쌀국수야말로
내게는 가장 맛있는 음식이다.

아홉 번째 밤:
다판지

        오늘 손님은 마흔이 조금 안 된 남자였다. 활기 넘치는 짧은 머리에 키가 크지는 않아도 꽤 건장해 보였다. 멀리서 걸어오며 그는 무척 어리둥절한 눈빛으로 나를 훑어보았다. 다리 밑에서 하얀 강물이 졸졸 흐르다가 어느 순간 신성한 분위기로 바뀌었다.

"어서 오세요. 지옥주방에 오신 걸 환영합니다."

나는 미소를 지으며 공손하게 문을 열었다.

"무엇을 주문하시겠습니까?"

내가 물었다.

"저…… 어떤 음식이 있는데요?"

남자가 나를 보며 되물었다.

"생전에 드신 음식이라면 무엇이든 주문하실 수 있습니

다. 예컨대 손님이 마지막으로 드신 세끼는…….”

나는 들고 있던 자료를 들추며 대답했다.

남자가 잠시 생각하다가 고개를 저어서 나는 자료를 덮고 말했다.

“무엇이든 드시고 싶은 음식을 주문하실 수 있습니다. 생각만 하시면 만들어 드릴 수 있습니다.”

조금 뒤 남자가 말했다.

“그럼 다판지(大盤鷄)*를 먹고 싶습니다. 산초를 넣어서 아리고 매운 걸로요. 바이피멘(白皮麵)**까지 곁들여서요. 국물도 아주 맛있어서 일단 먹기 시작하면 멈출 수 없고, 다 먹고 나서 국수를 더하고 싶은 그런…… 그런 닭 요리를 해 주실 수 있을까요?”

“문제없습니다. 더 드시고 싶은 음식은 없습니까?”

“유샹빙(油香餠)***요!”

그는 뭔가가 떠오른 듯 다시 한 번 외쳤다.

“유샹빙!”

“얼마든지요. 그런데 어떤 맛을 좋아하시는지요?”

머릿속으로 수십 가지 다양한 맛의 조리법이 떠올랐다. 유샹빙은 자료에 있었기 때문에 미리 반죽을 준비해 놓았지

* 닭볶음.
** 넓적하고 얇은 국수.
*** 기름에 튀긴 일종의 전병.

만 어떤 소를 넣고 싶어 할지는 알 수 없었다. 난루(南乳)*
맛? 당근과 양고기 맛? 아니면 미나리와 소고기 맛?

"달달한 것으로요. 겉은 바삭하게 튀기고 안은 약간 쫄깃
쫄깃한, 처음 먹을 때는 아무 느낌도 없지만 씹을수록 달콤
한 거요."

그는 살짝 요란스럽게 설명했다. 일이 쉬워졌다.

남자는 자리에 앉아서도 나를 보는 대신 호기심 가득한
시선으로 사방을 둘러본 뒤 귀퉁이 쪽을 가리켰다.

"여기는 술집으로 꾸며도 괜찮겠어요. 저기에 마이크를
두면 노래도 부를 수 있겠고요."

나는 살며시 웃고는 차가운 물을 한 잔 따라 준 다음 요리
를 하러 돌아섰다.

다판지를 제대로 하려면 세 가지가 좋아야 한다. 닭과 산
초, 그리고 무엇보다 솥.

나는 육질이 연하고 기름기가 적은 자연 방사 닭을 한 마
리 잡았다. 깨끗하게 씻어 토막 낸 다음 내장을 따로 남겨 두
고(나중에 백무상에게 닭내장볶음을 만들어 줄 생각으로) 살짝 데
쳐서 핏물을 제거했다. 감자는 크게 깍둑 썰고, 초록 피망과
붉은 피망은 결을 따라 세로로 썬 다음에 다시 가로로 썰었
다. 그러고는 커다란 솥을 꺼내 센 불로 달군 다음 기름을 넣
고 산초 가루와 마늘 조각, 생강 편을 한 움큼씩 넣어 향이

---

* 붉은 누룩을 발효시켜 만든 삭힌 두부.

올라올 때까지 볶다가 닭을 넣고 수분이 완전히 날아갈 때까지 볶아서 그릇에 담아 놓았다.

이어서 새로 산 무쇠 법랑 냄비를 달군 다음 기름을 붓고 얼음 모양의 설탕 몇 조각을 약한 불에서 갈색 빛이 돌 때까지 천천히 끓이다가 볶아 둔 닭고기를 넣었다. 닭고기 표면에 캐러멜이 골고루 입혀졌을 때 반쯤 다진 태양초를 넣고 한꺼번에 볶았다. 태양초를 많이 넣어야 다판지의 풍미를 제대로 살릴 수 있다. 고추를 충분히 넣지 않으면 단순한 감자닭볶음에 불과하다.

고추 향이 충분히 우러났을 때 간장으로 간을 한 뒤 감자를 넣고 골고루 익혔다. 마지막으로 닭고기에 찰랑찰랑할 만큼 물을 붓고는 뚜껑을 덮고 센 불에서 5분 동안 끓인 다음 불을 약하게 줄여 마무리했다. 술을 마실 줄 알면 물 대신 술을 넣는 것도 좋다. 맛이 훨씬 진해진다.

다판지를 마무리하는 동안 숙성시킨 밀가루 반죽을 1~2밀리미터로 얇게 민 다음 손가락 두 개 너비로 잘라 끓는 물에 넣었다. 그리고 완전히 익었을 때 건져서 찬물에 담갔다. 이

러면 밀가루를 씹을 때 훨씬 쫄깃해진다.

보글보글 끓는 소리와 혼이 나갈 듯한 향기가 한데 어우러졌다. 남자의 시선은 벌써 솥에 딱 붙어 있었다. 다판지를 약한 불에서 잠시 뜸 들인 뒤 파란 피망과 붉은 피망을 넣고 골고루 볶은 다음 뚜껑을 연 채 계속 약한 불에 두었다. 그러고 나서 커다란 사기 접시를 꺼내 바이피멘을 깔고 불을 끈 다음 다판지를 바이피멘 위에 부었다. 원래는 깨나 고수, 파로 장식을 하려 했는데 남자가 벌써 똑바로 앉아 음식을 기다리고 있었다.

닭고기는 부드럽고 감자는 포슬포슬하며 피망은 아삭하고 국물은 산초 향이 강했다. 캐러멜 국물에 잠긴 바이피멘은 무척 탱탱해 보이고 코를 찌르는 매운 향에 침이 절로 고였다.

"많이 드세요."

나는 뼈를 발라낼 접시와 젓가락을 내주면서 차가운 물도 가득 부어 주었다.

남자는 고개를 숙인 채 먹기 시작하더니 얼마 지나지 않아 매콤한 다판지를 전부 먹어 치웠다.

마침 유샹빙도 다 튀겨졌다. 황금색 둥근 전병에 얇게 깨를 입혀 중간의 동그란 구멍 주위가 가장 바삭했다. 전병을 쪼개자 보송하면서 부드러운 유백색 공간이 드러났다. 한 입 베어 물자 겉은 바삭하면서 안은 부드러운 식감과 함께

깨와 설탕의 향이 짙은 달걀 향으로 바뀌었다.

"뭔가 가져가기 싫은 기억이 있으십니까?"

손가락을 튕기자 귀등이 켜지고 벽면의 주마등이 저절로 돌아가면서 손님의 일생이 상영되기 시작했다.

남자의 주마등

남자는 시내에서 무척 힘겹게 고등학교를 다녔다. 수업이 없을 때면 낡은 가전제품이나 폐철을 주워 돈을 벌었다. 오로지 돈을 벌어야 한다는 생각밖에 없었다.

예전에 시골 마을에 있을 때는 몰랐는데 어렵사리 도시 고등학교에 진학했더니 완전히 다른 세계가 펼쳐졌다. 룸메이트는 포크 송을 좋아해 오늘은 누구 카세트테이프를 샀느니, 내일은 영국에서 건너온 레코드판을 사러 간다느니, 연줄로 어마어마하게 비싼 기타를 샀다느니 하며 매일 기숙사에서 떠들어 댔다. 남자가 들어 보니 룸메이트는 가수를 줄줄이 꿰고 그들에게 완전히 빠지다 못해 거의 숭배하는 지경이었다.

그런데 이해할 수 없는 것은 포크 송을 좋아하는 룸메이트의 집안 형편이 자기와 별로 다르지 않다는 점이었다. 둘 다 농촌 출신인데, 어디서 그렇게 많은 돈이 나와 포크 송을 좋아한단 말인가?

나중에 알고 보니 룸메이트는 온갖 방법으로 부모한테 돈을 받아 내고 있었다. 오늘은 성(省)에서 열리는 생물 시험에 참여해야 한다, 내일은 수입 영어 교과서를 사야 한다는 식으로……. 결국 룸메이트가 '시와 저 멀리'를 좇는 동안 그의 부모는 부들거리며 허리를 숙인 채 옥수수를 베고 있었다.

　남자는 용납할 수 없었다. 청바지를 새로 또 구입한 룸메이트를 보면서 남자는 그 한도 끝도 없는 허영의 삶을 부러워하는 한편, 반평생을 고생한 부모에게 자기 허영심에까지 돈을 쓰라는 건 역시 옳지 않다고 생각했다.

　그렇다면 출구는 어디에 있단 말인가?

　"어떻게 부모님께 그럴 수 있어?"

　룸메이트와 친해진 뒤 남자는 의분을 참지 못해 비난한 적이 있었다.

　"그럼 내 부모님을 내 자원이라고 할 수 없다는 말이야?"

　룸메이트가 반문했다.

　우리는 종종 남의 생활 방식을 자신과 비교하거나 비난하지 않는 사람이 되기를 바란다. 하지만 그 이치를 맨 마지막에야 이해하는 경우가 많다. 이야기의 초반에는 모두들 갈피를 잡지 못한다.

　많은 아이들이 부모의 사랑을 이용해 또래들 사이에서 젊음을 흥청거리며 낭비하고, 어떤 아이들은 원래 가정 형편이 좋아서 금전적으로 압박을 받지 않는다. 나머지는 형편도 넉넉지 못할뿐더러 부모의 아낌없는 사랑도 받지 못하는

아이들이다. 그들은 아무리 얄팍한 허영심이라도 부모한테 기대하기 어렵다.

남자는 바로 그런 아이였다. 하지만 그도 '시와 저 멀리'를 꿈꾸고 싶었다.

이른바 행복이란 무엇인가? 손에 쥐고 싶은 인생은 또 어떤 모습인가?

사실 남자가 꿈꾸는 '시와 저 멀리'의 본질은 안에서든 밖에서든 궁색하지 않은 인생이라고 말할 수 있었다.

돈, 남을 부러워하지 않을 정도의 돈이 있는 게 행복한 인생일 거야.

남자는 고등학교 1학년 여름 방학의 어느 밤에 룸메이트의 서툰 기타 소리를 들으며 속으로 조용히 맹세했다.

✳

"아주 신기한 벽이네요. 저 시계도 그렇고요."

남자가 가게에서 거꾸로 가는 시계를 발견했다.

나는 웃으며 고개를 끄덕였다.

"목이 간질간질한데 저기서 노래를 좀 해도 될까요?"

남자가 싱글거리며 물었다.

"그건 안 되겠는데요. 하지만 저는 손님 노래를 무척 좋아합니다."

나는 미안한 얼굴로 대답했다.

"유상빙이 정말 맛있네요."

남자가 이쑤시개로 이를 쑤시며 말했다.

남자가 소매로 입을 닦기에 나는 얼른 냅킨을 건네고 차가운 물도 더 따라 주었다.

그런 다음 우리 둘은 침묵에 빠졌다. 남자는 계속해서 맛있게 유상빙을 먹고, 나는 조용히 조리대의 기름때와 솥을 닦았다.

문득 이런 분위기가 어색했는지 남자가 웃으면서 입을 열었다.

"아까 다판지도 정말 맛있었습니다. 예전에 제가 맛봤던 최고는 아내가 만든 서였어요. 사실 그 밖의 다른 것들은 재료가 충분치 않았지요. 밖에서 먹으면 집에서처럼 재료를 많이 넣지 않잖아요."

"감사합니다. 몇 개 더 드시겠어요?"

나는 솥에 참기름을 붓고 유상빙을 또 튀겼다.

"하나만요. 배가 많이 부르네요. 혹시 떠날 때 몇 개 가져 갈 수 있을까요?"

"그럼요. 그런데 가져가기 싫은 기억이 또 있으십니까?"

남자의 주마등

대학에 들어간 뒤 남자는 돈을 벌기 위해 중고 가전 매매

업을 시작했다.

한여름에 어떤 노인이 냉장고를 팔겠다고 연락해 왔다. 냉장고는 꽤 큰 거래여서 남자는 소식을 듣자마자 아침 일찍 가지러 갔다. 힘들게 십 리 길을 날라다 팔았을 때는 피곤해 죽을 지경이었지만 무척 기뻤다. 큰돈을 번 기분이었다.

돌아오는 길에 스스로에게 주는 상으로 아이스바를 사 먹으려다가 자기가 받은 돈이 전부 위조지폐라는 사실을 알아챘다. 구매자를 찾아 되돌아갔지만 이미 자취를 감춘 뒤였다. 남자는 애가 타서 눈물이 나올 것 같았다. 뜨거운 태양 아래 한 시간도 넘게 기다렸지만 아무도 돌아오지 않았다. 남자는 하는 수 없이 땡볕 아래 십 리를 걸어 기숙사로 돌아왔다.

돌아왔더니 냉장고를 판 노인의 자식이 기숙사에서 기다리고 있었다. 노인이 아무것도 몰라서 그랬다며, 냉장고를 팔지 않을 거니까 돌려달라고 했다. 남자가 노인이 가져가라고 한 데다 벌써 팔았다고 말하자 그 사람은 물어내라고, 얼마에 팔았든 전부 내놓으라고 했다.

남자는 그 사람이 일을 크게 벌일까 봐 그동안 모아 두었던 돈을 전부 내놓았다. 하지만 그 사람은 부족하다고 했고 남자는 정말로 더는 없다고 말했다. 그 사람은 사감을 찾아가 남자가 사기를 쳤다고 소란을 피웠다. 사감은 학과 주임을 찾아갔고, 그 사람은 학과 주임에게도 난리를 피우며 남자를 퇴학시키라고 요구했다.

남자는 부끄러운 나머지 쥐구멍에라도 숨고 싶었다. '가난'이라는 콤플렉스가 뇌리에 깊이 새겨졌다.

가난한 사람은 미래도 없구나.

학과 주임이 남자에게 식사를 했느냐고 물었다. 남자는 몇 번 고개를 젓고 나서 말했다.

"신경 쓰지 마십시오. 이 일은 전부 제 잘못입니다."

학과 주임은 남자가 아무 말도 하지 않는 것을 보고는 대신 돈을 내서 사태를 정리한 뒤, 고집스럽게 남자를 자기 집으로 데려가 밥을 먹였다.

남자는 학과 주임 집에서 처음으로 유상빙을 먹어 보았다. 심지어 사모, 학과 주임의 아내분이 직접 튀겨 주었다.

남자는 사모가 유상빙뿐만 아니라 소고기달걀탕까지 내준 일을 아주 또렷하게 기억했다. 평생 먹어 본 것 중 가장 맛있는 탕이어서였다.

남자는 정말 가난해서 평소에 기름기 하나 없는 야채찐빵만 먹을 수 있었다. 이렇게 맛있는 음식은 애당초 먹어 본 적이 없어서 무척 놀라고 말았다. 자기가 그때까지 먹었던 모든 것이 어떻게 음식이라고 불리나 싶었다.

이 탕과 전병이야말로 사람이 먹는 음식인 것을!

탕은 물처럼 맑았지만 입 안에 넣는 순간 소고기 향이 가득 퍼지고, 달걀도 얼마나 부드러운지 혀에 닿자마자 녹아내리는 듯했다.

사모가 음식을 준비하는 동안 학과 주임은 태어난 지 얼마 안 된 아기를 재우고 있었다. 남자는 스승의 부드러운 목소리를 들으며 자기도 천천히 안정되는 것을 느꼈다. 그 소고기달걀탕이 가져다준 편안한 행복감은 자신은 물론 가족의 목숨까지 모두 내놓는다 해도 바꿀 수 없을 것 같았다.

그때 남자는 이게 이른바 만족감이구나 생각했다. 이보다 더 따뜻한 장면은 있을 수 없고, 이 탕보다 더 맛있는 음식은 없을 것 같았다.

남자는 보물을 들듯 탕 그릇을 들고 입을 열었다가 자기도 모르게 한입에 반 그릇이나 들이켜고 말았다. 너무 사치스럽군. 남자가 자신에게 말했다. 천천히 먹어야지. 평생 먹을 수 있다면 정말 좋을 텐데. 그러면 평생 매분 매초 행복할 텐데.

그러면서 남자는 유상빙을 찢어 탕에 찍어 먹었다. 여전히 너무 사치스럽게 느껴졌다. 그렇게 생각하며 탕을 마시다가 남자는 문득 '전부 좋아질 거야.'라는 음성을 들은 것만 같았다. 다음 순간 남자는 조금 살 것 같아졌다. 옹알거리는 아이의 웃음소리를 들으며 다시 탕을 한 모금 마시자 또 조금 기운이 나는 듯해 또 한 모금, 또 한 모금을 마셨다…….

마지막 한 모금을 넘기자 바닥이 보였다. 얼마나 안타까운지 식탁에서 아이처럼 울음을 터뜨리고 말았다. 겨우 아기를 재운 학과 주임이 다가와 남자를 위로하며 사모에게 한 그릇 더 주라고 말했다.

그날 남자는 전병 여덟 개와 탕 다섯 그릇을 먹었다. 먹으면서 울었다. 탕 한 모금, 유상빙 한 입씩 쉬지 않고 먹고 쉬지 않고 울었다. 학과 주임과 사모는 남자를 보며 웃었다. 사모의 웃음이 하도 자상해서, 남자는 방금 그친 눈물을 사모의 얼굴을 보자마자 또 터뜨리고 말았다.

사모가 조금 더 먹으라고 계속 권하고 나중에는 집에 가져가라며 유상빙을 여러 개 싸 주었다. 떠날 때 학과 주임이 남자의 머리를 쓰다듬으며 말했다.

"뭐가 그리 대수라고? 앞으로 갈 길이 한참이야."

＊

다리까지 배웅할 때 남자가 몸을 뒤지면서 유감스럽게 말했다.

"제 아기 사진을 보여 드리고 싶은데 휴대폰이 없네요."

"틀림없이 귀여울 거예요."

내가 고개를 끄덕였다.

"그럼요! 저희 아이는 정말로 엄청 귀여워요! 큰애는 벌써 수를 셀 줄 알고, 작은애는 이제 걸음마를 뗐지요……."

남자가 자랑스럽게 웃었다.

"손님의 아이들과 아내분이 남은 생을 잘 보내시기를 바랍니다."

나는 고개를 끄덕이며 축복했다.

"그럴 거예요."

남자는 무척 부드러운 어투로 대답했다.

"사람은 왜 사는 걸까요? 자신을 위해서요? 오로지 자신만을 위해 살면 얼마나 무료할까요. 역시 사랑하는 사람을 위해 살아야 해요. 사랑하는 사람을 만나고 나면 성실하게 인생을 받아들이게 되지요. 돈이 많고 적고는 따뜻한 가정 앞에서 아무 가치가 없어요."

남자는 나를 한 번 안아 준 다음 돌아서서 다리에 올랐다. 남자가 있는 쪽으로 허리를 숙이려고 할 때 하얀 강물에서 맑은 바람이 일어 내 손에 있던 자료를 바닥에 흩어 버렸다. 종이를 한 장씩 줍다가 나는 "사인 : 급브레이크로 맞은편에서 오던 트럭과 충돌. 도로 대각선에 있던 초등학생 여섯 명 구조"라고 적힌 줄에 살짝 정신이 팔렸다. 고개를 다시 들었을 때 남자는 벌써 의연하게 다리 건너편까지 걸어가고 있었다.

강물이 이렇게 조용히 흐른 적은 처음이었다. 남자를 방해하지 않으려는 듯했다. 바람에 스치는 풀도 남자의 노래에 맞춰 급하지도 느리지도 않게 조용히 흔들렸다. 남자는 그렇게 큰 소리로 노래를 흥얼거리며 끝까지 걸어갔다. 대숲의 그림자 속에서 그의 뒷모습이 위대해 보였다.

다시 눈 깜짝할 사이에 남자는 숲속 까만 가장자리로 사라지고, 유샹빙 봉지만이 외롭게 바닥에 남았다. 공명등이 천천히 떠올랐다.

가져갈 수 있다면 얼마나 좋을까.

나는 유샹빙 봉지를 향해 깊이, 아주 깊이 허리 숙여 인사

했다.

　오늘 손님은 존경받을 만한 삶을 살았다.

　나는 몸에 묻은 먼지를 털고 가게로 돌아와 다음 손님을 기다렸다.

맹파의 레시피

1. 다판지

첫 입에는 닭고기를 먹는다.
매콤함과 부드러움이 닭고기에 대한
최고의 찬사 같다.
두 번째는 야채를 먹는다.
포슬포슬한 감자와 아삭한 피망으로
매운 기를 없애야 다시 먹을 수 있다.
세 번째는 국수를 먹는다.
진한 국물과 쫄깃한 면발에 매콤함과
짭조름함이 공존한다.
아차 하는 순간 큰 접시가 듬성듬성해지고
다시 한 접시를 찾게 된다.

2. 유샹빙

과일에도, 고추기름에도, 죽에도 어울리고
고기볶음, 야채볶음, 달걀볶음과도
어울리며 신맛, 단맛, 쓴맛, 매운맛
어디에나 어울린다.
인생의 온갖 맛과 어울리기 때문에 맛있다.

3. 소고기달걀탕

맑은 국물 한 숟가락에 소 한 마리가 농축된
듯하다. 잘 풀어진 달걀은 부드러움과
매끄러움이 압권이다.
기름기 하나, 소고기 한 점 없지만
풍미의 극치가 무엇인지 알려 준다.

열 번째 밤:
칭톈

아주 오래전에 꿈을 꾸었다. 길을
건너려고 서 있을 때 신호등 아래서 어떤 사람이 행인을 찻
길로 밀려고 하는데, 아무리 밀어도 손이 사람들 몸을 통과
해 버리는 꿈이었다.

그녀는 귀신이었다.

꿈에서 나는 진짜 귀신을 처음 본다고 생각했다. 그녀는
내가 자기를 봤다는 것을 알고는 한사코 내 쪽으로 걸어왔
다. 내 옆에 찰싹 붙어서 신호등을 기다리고, 나를 따라서 육
교를 올라왔다. 그녀는 끊임없이 내게 말을 붙였고 나는 내
정신이 이상하다고만 생각했다. 설마 맹파 일로 스트레스를
많이 받나?

"저기 운동화 신은 사람 좀 봐."

그녀가 갑자기 혼잣말처럼 말했다.

신체적 본능에 따라 나는 내 앞에서 걸어가는 남학생을 훔쳐보았다.

"옆에 있는 두 사람 모두 저 사람의 귀신이야."

그녀가 계속 말했다.

남학생 왼쪽에는 단정한 안경을 쓰고 열심히 걸어가는 남자가 있고, 오른쪽에는 이어폰을 꽂은 채 한가롭게 장을 봐서 집으로 돌아가는 듯한 통통한 주부가 있었다.

"모든 사람의 재능과 나태함은 사실 몸에 숨은 귀신이지. 왼쪽은 저 남자의 재능 귀신이고 오른쪽은 나태 귀신이라고."

나는 내 몸이 점점 차가워지는 게 느껴져 아무것도 보려하지 않고 똑바로 앞만 주시했다. 하지만 그녀의 목소리는 내 의지와 상관없이 고막을 파고들었다.

"세상에 그렇게 많은 사람이 어디 있겠어. 상당수가 사실은 남의 귀신이라고. 당신은 스스로 사람 같아, 아니면 남의 귀신 같아?"

그녀는 나를 가볍게 밀었다.

내가 잠에서 깨어났을 때 흑무상 병이 지옥 온천석을 잔뜩 가져다 방을 덥히고 있었다.

"겨울이잖아요. 맹파도 몸을 챙겨야지요."

나는 고개를 끄덕였고 백무상은 내 이불을 파고들었다.

오늘 손님은 올해가 자기 띠인 아가씨였다. 키가 작고 단

발머리를 한 아가씨는 외까풀 눈에 생기
가 하나도 없었다. 그녀는 초조한 표정
으로 강을 따라 가게 입구까지 걸어왔다.

"어서 오세요. 지옥주방에 오신 걸 환
영합니다."

나는 미소를 지으며 공손하게 문을 열
었다.

"……."

아가씨는 곁눈으로 나를 힐끗 쳐다보
았다.

"안녕하세요? 무엇을 주문하시겠습
니까?"

나는 손에 든 자료를 들춰 보았다. 음식에 아무런 흥미도
없고 특별히 좋아하는 맛도 없었다. '맹파'라는 직업으로 보
면 가장 골치 아픈 손님이었다.

"주문하라고? 맛있는 건 무슨."

그녀는 중얼중얼 혼잣말을 하더니 또 자기 감정에 빠져
말했다.

"다들 어떻게 생각하는지 모르겠네. 휴대폰을 볼 수 없나?
휴대폰을 봐야 하는데……."

나는 자료를 덮고 아가씨를 바라보았다. 아주 오랫동안
이를 제대로 닦지 않았는지 치아 사이에 누런 찌꺼기가 가
득했다.

"맞다, 컴퓨터. 컴퓨터를 원해요……. 제 컴퓨터를 가져다주세요."

아가씨가 그제야 내 존재를 알아차렸다는 듯 고개를 들어 나를 가리키며 말했다.

"죄송하지만 불가능합니다."

나는 부드럽게 대꾸했다.

"네? 왜요?"

"이미 다른 세계에 계시니까요."

"그래도 어쨌든 볼 수 있잖아요? 블로그를 좀 보고 싶을 뿐이에요. 휴대폰만 주면 된다고요."

"죄송하지만 불가능합니다."

"……."

그녀는 계속해서 곁눈으로 나를 흘겨보았다.

"안녕하세요? 무엇을 주문하시겠습니까?"

나는 다시 한 번 물었다.

그녀가 경멸하듯 웃고는 시선을 돌린 뒤 내 말이 안 들리는 척했다.

"그럼 말입니다, 마침 어제가 청명절이라 칭퇀(青團)*이 조금 남았습니다. 상관없다면 맛을 좀 보시겠습니까?"

그녀는 여전히 아무 말도 하지 않았지만 나는 동의라고 받아들였다.

---

* 주로 청명절에 먹는 쑥찹쌀떡.

"뭔가 가져가기 싫은 기억이 있습니까?"

마침내 성가시다는 듯 아가씨가 눈동자를 내게로 돌렸다. 벽면의 주마등이 저절로 돌아가기 시작했다.

아가씨의 주마등

그녀는 2선 도시에서 태어났다. 장사하느라 정신없이 바쁜 부모는 그녀를 도시에서 손꼽히는 사립 초등학교에 보냈지만, 그녀의 생활에는 전혀 관심이 없었다.

학교에서 그녀는 투명인간 같았다. 모두들 공기 대하듯 그녀의 존재를 무시할 뿐, 누구 하나 관심을 기울이지 않았다. 그러니 그녀를 칭찬하는 사람은 더더욱 찾아볼 수 없었다.

그녀가 처음 붓을 만진 것은 초등학교 미술 시간이었다. 방임형인 일반 초등학교와 달리 사립 교육 기관은 예술 교육에 신경을 많이 썼다. 선생님이 그림을 그리라고 하자 다른 친구들은 고양이나 개, 토끼를 그렸지만 그녀는 몇 획만으로 코끼리를 그려 냈다. 친구들의 비뚤비뚤한 그림과 비교할 때 그녀의 첫 작품은 벌써 훌륭한 수준이었다.

"코끼리예요! 선생님! 애가 코끼리를 그렸어요!"

친구들이 신대륙을 발견한 것처럼 우르르 몰려들었다.

"그림을 잘 그리는구나. 다른 친구들은 아직 코끼리를 못 그리는데!"

선생님이 그녀의 머리를 부드럽게 쓰다듬었다.

"진짜 대단하다!"

다른 친구들도 부러워하는 목소리로 그녀를 칭찬했다.

그 숭배의 눈빛과 마주한 순간 그녀는 갑자기 형언할 수 없는 행복감을 느꼈다. 칭찬이 플래시 빛처럼 그녀의 몸을 비추자 무시받던 작은 영혼이 드디어 빛과 열을 내뿜기 시작했다. 그날부터 그녀는 자기 그림에 대한 남들의 칭찬 속에서 살았다.

갑작스러운 즐거움에 빠져들고 그 일을 조용히 음미했다. 남의 칭찬을 받는다는 건 정말 아름다운 일이구나.

중학교에 간 뒤 그녀는 미술반에 들어갔다가 모두 실력이 비슷하다는 사실을 깨달았다. 자신은 결코 군계일학 같은 존재가 아니었다. 그녀 혼자에게만 집중되었던 플래시가 모두에게 골고루 퍼져 있었다. 자신에 대한 부모님의 무관심이 떠오르고, 예전에 교실에서 투명인간이었던 자기 모습이 떠올랐다. 문득 불안해졌다.

잘하는 게 없으면 칭찬을 받을 수 없어. 그런 걸 잃을 수는 없다고. 다시 옛날로 돌아가서 무시당하며 살기 싫어. 그림은 내가 칭찬받을 수 있는 유일한 길이야. 남들보다 훨씬 잘 그려야만 시선을 다시 내게로 집중시킬 수 있어.

그녀는 매일 그림을 그리고 갈수록 많이 그렸다. 마침 학교에서 미술 대회가 열렸는데, 모두들 설렁설렁 그릴 때 그녀는 구아슈로 정성껏 멋진 수채화를 그렸다. 연필로 초안을 잡고 만년필로 윤곽을 그린 뒤 구아슈로 조금씩 골고루 색을 입혀 나갔다. 그러기 위해 그녀는 새 만년필과 구아슈 물감을 샀고, 사흘 밤 동안 숙제도 내동댕이친 채 가족들에게 된통 욕을 먹어 가며 작품을 그렸다. 그림을 완성한 순간 그녀는 밀물처럼 몰려드는 칭찬에 휩싸이는 듯했다.

예상대로 그녀는 일등을 했고, 그녀의 그림은 표구되어 학교 복도에 걸렸다.

"우아, 너 진짜 잘 그리는구나!"

쉬는 시간이 되자 다른 반 아이들까지 몰려와 그녀의 그림을 둘러쌌다.

"아니야."

그녀는 드디어 자기가 원하던 칭찬을 받아 웃음을 감출 수 없었다.

한동안 학교 유명 인사가 되었고, 다들 그녀를 반에서 '그림을 엄청 잘 그리는 여학생'이라고 알았다. 성격이 조금 괴팍한 그녀에게 말을 거는 사람도 차츰 생겨났다.

"저기, 나한테 그림 그려 줄 수 있어?"

아무래도 시작은 그림을 그려 달라는 요구였다. 그런데 그녀는 전문가가 아니었다. 참고할 대상이 없는 상황에서는 몇 가지 구도와 움직임밖에 못 그렸다. 게다가 배색과 분위기가 늘 비슷하다 보니 며칠 지나지 않아 아이들은 그녀의 단조로운 그림에 흥미를 잃었다.

"걔도 그렇더라. 별로 못 그려!"

유언비어가 퍼지면서 그녀는 엄청난 공포, 모두들 자신을 향한 열정을 잃고 더 이상 자신을 치켜세우지 않으리라는 공포에 빠졌다.

어떻게 하면 좋을까? 어떻게 해야 더 잘 그릴 수 있을까? 어떻게 해야 모두가 나를 계속 바라봐 줄까?

그때 다른 반 남학생이 무슨 바람이 불었는지 그림을 얻으러 찾아왔다.

"저기, 네가 그림 잘 그리는 애지?"

그녀는 눈 하나 깜빡이지 않고 똑바로 남학생을 바라보았다. 꽤 사나워 보였다.

"어…… 그러니까, 집에서 가져온 칭퇀이야. 마침 청명절이잖아. 아주 맛있어. 전통 떡집에서 샀거든. 그러니까…… 요지는 말이야, 그림을 한 장 그려 줬으면 해서."

남학생이 놀란 표정으로 주머니에서 칭퇀 하나를 꺼내 전혀 악의가 없음을 나타냈다.

그녀는 반지르르한 칭퇀이 상징하는 호의를 보며 남학생의 요청을 받아들였다.

그날 집으로 돌아와 스케치북을 펼친 뒤 그녀는 생각에 잠겼다. 아주 잘 그려서 칭찬이 주는 안정감을 되찾아야 해.

그러나 웬일인지 아무리 애를 써도 남학생이 설명한 동작을 비슷하게 그릴 수가 없었다. 확실히 그림 실력은 하룻밤만에 늘 수 없었다. 10여 분을 그리다가 그녀는 속수무책으로 붓을 내려놓았다. 책상 위에 놓인 칭퇀이 여전히 별로인

자기 실력을 비웃는 듯하고, 어느새 종이 한쪽에 기름 자국
이 배어 있었다. 그녀는 종이로 칭환을 대충 싸서 일말의 망
설임도 없이 쓰레기통에 던져 버렸다.

그녀는 소리 없이 자리로 돌아왔다. 이미 칭찬의 황홀경
에 중독돼 버려 그녀는 빼곡히 둘러싸였던 그 순간을 떠올
리지 않는 때가 없었다. 물에 빠진 사람이 산소를 갈구하듯
사람들의 관심을 애타게 찾았다. 그녀는 옆에 있던 미술 잡
지를 뒤적이다가 주저 없이 베끼기 시작했다.

이튿날, 그녀의 작품은 모든 아이들의 환호를 받았을 뿐
만 아니라 새로운 예약으로 이어졌다. 그녀는 되살아났다.
예전의 불안도 완전히 사라지고 다시 모든 이의 시선 한가
운데로 돌아와 따뜻한 요람 속에 누운 것만 같았다. 그녀는
만족스럽게 실눈을 떴다.

✳

"안녕하세요. 여기 단팥칭환입니다."

"안 먹어요."

"그럼 드시고 싶은 다른 음식이 있습니까?"

"먹기 싫다니까요. 못 알아들어요? 내가 원하는 건 휴대
폰, 휴대폰이라고!"

그녀가 짜증을 부렸다.

끓는 물에 신선한 쑥을 데쳐 물과 함께 빻은 다음, 잘 쪄서

식힌 찹쌀에 넣고 조금씩 치대며 반죽했다. 이렇게 하면 떡의 형태를 오래 유지하긴 힘들어도 확실히 부드럽고 쫄깃해진다. 팥은 껍질을 벗겨 밤새 물에 불렸다가 라드유와 흑설탕을 넣고 뭉근하게 끓였다.

김이 모락모락 나는 칭퇀은 소금물과 쑥이 섞인 비릿한 향, 그리고 팥앙금의 달달함으로 끊임없이 콧구멍을 찌르기 때문에 누구든 그 향기를 맡으면 입이 근질근질해지는 법이다. 하지만 그녀는 거들떠보지도 않았다.

"칭퇀이 뭐가 맛있다고? 매년 정신병자처럼 우르르 몰려나가 무슨 중요한 일을 하는 것처럼 사 대지만 사실 맛있지도 않잖아?"

아가씨가 단숨에 중얼거렸다.

"그렇지만 손님 자료에는 예전에 칭퇀을 좋아했다고 나옵니다."

아가씨가 사나운 눈초리로 나를 쏘아보았다.

"이 맛이 싫다면 다른 맛도 있습니다."

나는 교묘하게 그녀의 시선을 피했다.

"그래 봐야 이상한 거겠죠. 칭퇀은 원래가 구역질 나니까."

그녀의 표정에 혐오감이 고스란히 드러났다.

"돼지고기와 죽순 소입니다."

내가 대답했다.

아가씨는 할 말을 잃고 멍해졌다. 그녀가 정신을 차리기도 전에 벽면의 주마등이 저절로 돌아가기 시작했다.

미술 고등학교에 진학한 뒤 그녀는 반에서 가장 인기 없는 학생으로 되돌아갔다. 이마에 가득한 여드름을 가리느라 앞머리를 잔뜩 기르고 누구와 눈이 마주치든 뚫어져라 보는 탓에, 무리를 지은 여학생들은 뒤에서 "저따위로 생겨서 예술 할 생각을 하다니." "어쨌든 아주 예술적으로 생겼잖아⋯⋯." 하며 그녀를 비웃었다.

모사 실력이 갈수록 정교해져도 미술 학도만 모인 학교에서 우수한 그림으로 칭찬받는 일은 애당초 하늘의 별 따기에 가까웠고, 그런 일이 있다 해도 그녀와는 거리가 멀었다.

그녀는 다른 방법을 모색했다. 물이 부족한 물고기처럼 다시 한번 남들의 시선 속에서 빛날 수 있기만 바랐다.

언제부터인지 그녀는 반에서 가장 인기 있는 여학생과 똑같은 화구를 사들였다. 처음에는 수입 테레빈유, 다음에는 유화용 나이프, 그다음에는 황동 필통⋯⋯. 조마조마해하며 자신의 모방 행위가 들키지 않기를 바라는 한편, 아이들이 자신의 새 용품을 알아봐 주기를 간절히 원했다.

아, 모두에게 둘러싸이던 순간은 정말 너무나도 아름다웠다.

"와, 새 구아슈 붓이네! 한번 써 봐도 돼?"

"저기, 너 엄청 구하기 힘든 갈색 있지? 한번 보여 줄래?"

그녀는 자신만의 희열 속으로 만족스럽게 빠져들었고 옛날의 영광을 되찾은 기분이 들었다.

그 뒤 그녀는 은밀하게 그 여학생의 그림자가 되었다. 사생 시간에 여학생이 호숫가에 다가가면 그녀도 호숫가로 뛰어가고, 스케치 시간에 여학생이 강남의 물가 마을을 선택하면 그녀도 어촌을 골랐다…….

여학생 패거리는 전부 그녀를 기분 나쁘게 대했지만 그녀는 전혀 개의치 않았다. 새 물건을 꺼낼 때 모두 자기 주변으로 모여들어 부러움의 찬사를 내뱉기만 한다면 그녀는 살아갈 의미가 충분하다고 생각했다.

어느 날 방과 후 화장실 청소 당번일 때, 그녀는 우연히 화장실에서 그 여학생과 친구의 대화를 듣게 되었다.

"애, 너희 집은 올 청명절에도 칭퇀 먹어?"

"먹지. 우리 집은 늘 짠맛으로 먹어."

여학생이 큰 소리로 대답했다.

"짠맛? 칭퇀에 짠맛도 있어?"

"몰랐어? 우리 집 칭퇀에는 돼지고기와 죽순이 들어가거든! 구시가지에 가야만 살 수 있어. 항상 순식간에 동나고."

여학생은 나오다가 그녀와 마주치자 비웃는 표정으로 물었다.

"야, 너희 집은 어떤 칭퇀 먹니?"

"말할 것도 없이 돼지고기와 죽순 소겠지."

그녀가 입을 열기도 전에 여학생의 친구가 끼어들었다.

두 사람은 악의가 가득한 표정으로 한바탕 웃은 뒤 거들 먹거리며 그녀를 보았다.

"맞아. 정말로 항상 돼지고기와 죽순 소를 먹어."

그녀는 무표정하게 손에 든 대걸레를 움직였다.

여학생 둘은 멍해졌다. 그녀가 너무 진지하고 자연스럽게 대답하는 바람에 정말로 우연의 일치인지 아닌지 종잡을 수가 없었다.

"어디서 거짓말이야! 정신 나갔구나."

여학생이 살짝 긴장해 말했다.

기세등등한 두 사람 앞에서 사실 그녀의 속마음은 혼란의 도가니였고 심장이 튀어나올 것만 같았다. 하지만 그녀는 최대한 차가운 표정으로 죽어라 두 여학생을 노려보았다.

"인정 안 하는 거야? 계속 나를 따라 하지 않았느냐고?"

여학생은 엄청 화를 냈다.

"맞아! 이 옷에도 직접 그렸지? 지난주에 얘가 옷에다 그림 그리는 걸 보고 너도 그린 거잖아?"

여학생 친구가 그녀의 교복 속 티셔츠를 잡아당겼다.

"이 꽃은 오래전에 그린 거야."

그녀는 얼른 한마디 내뱉었다. 저들에게 긴장한 걸 들킬 수는 없어, 절대로…….

"웃기시네! 그럼 페트병을 꽃 모양으로 잘라서 물통으로 쓴 건?"

여학생의 목소리가 커졌다.

"많이들 그러잖아."

그녀는 거의 무너지기 직전이었지만 최대한 목소리가 떨리지 않게 억눌렀다.

"그럼 수입 물감은? 색깔만 다르면 모방이 아니라고 생각했니? 게다가 짝퉁이라니, 남을 따라 해도 자존심을 좀 지켜야 되지 않아?"

여학생의 친구가 발로 그녀의 신발을 힘껏 밟아 비틀었다.

"나는 네가 나를 따라 한다고 생각했어. 네 옷과 물통 모두 나를 따라 한 거잖아."

그녀는 아픈 기색 하나 없이 최대한 무관심한 표정을 지었다.

"너 정말 정신병자야?"

여학생이 약이 바짝 오른 표정으로 그녀를 바라보았다.

"내가 보기엔 너야말로 제정신이 아닌 것 같은데? 물건도 내가 골랐고 옷도 내가 그렸어. 너랑 똑같다고 내가 너를 따라 했다니? 그럼 세상에 똑같은 물건을 산 사람들은 전부 너를 따라 한 거겠네?"

그녀는 심장이 폭발할 것만 같았다. 쿵쾅거리는 심장 박동이 귀에서까지 느껴졌다.

기세, 내 기세를 유지해야 돼.

요란한 심장 박동 속에서 그녀는 스스로를 일깨웠다.

여학생은 말이 안 통하는 무뢰한이라고 생각하며 얼굴을 붉혔다.

"그럼 분명하게 따져 보자. 네 테레빈유와 나이프, 필통. 나를 따라 산 거지? 사생 시간에 나랑 똑같이 호숫가에 앉고 스케치 시간에 나처럼 다리와 강물을 선택한 거, 매일 아침 사현(沙縣)식 훈툰(餛飩)을 가져와 학교에서 먹는 것 전부 나를 따라 한 거 아니냐고!"

"그래? 넌 그렇다고 생각해?"

그녀는 대걸레질을 멈추고 아주 음울한 눈빛으로 여학생을 보았다.

여학생은 순간 말문이 막히면서 얼굴이 새빨개졌다.

"미쳤구나! 뻔뻔하긴!"

여학생 친구가 여학생을 끌고 화장실을 나가다가 고개를 돌려 소리쳤다.

이겼다. 그녀가 스스로에게 말했다.

그녀의 심장이 갑자기 조용해졌다.

천천히, 천천히 대걸레를 빨고 나자 음울한 눈빛이 차츰 사라지고 마침내 상을 받은 어릿광대처럼 승리의 미소가 서서히 그녀의 얼굴에 피어올랐다. 그녀는 승전보를 들고 돌아오는 전사처럼 환한 얼굴로 대걸레를 들고 화장실을 나왔다.

이렇게 기운이 넘치기는 처음이었다.

자신의 죽순 알레르기를 아무도 모르는 것처럼.

＊

"주문하신 돼지고기죽순청퇀입니다."

"주문 안 했다고요!"

아가씨가 표독스럽게 말했다.

"제일 익숙한 맛일 텐데 안 드시겠어요?"

아가씨는 접시를 내 쪽으로 밀고는 꼼짝 않고 앉아 계속 사나운 눈빛으로 나를 노려보았다.

"매일 이런 걸 보면 재미있어요? 남의 단점을 파고 상처를 들추고 놀리면 좋아요?"

"그럴 리가요. 죽순과 돼지고기 모두 옌두셴(腌篤鮮) 속 재료라 아주 맛있답니다."

나는 눈을 내리깐 채 컵을 닦았다.

"나랑 뭔 상관이람."

"옌두셴을 오후 내내 끓였어요. 말린 두부도 넣었고요. 정말 안 먹어 볼래요?"

나는 아랑곳하지 않고 컵을 닦으며 말했다.

신선한 돼지 뒷발을 깨끗이 씻어 토막 낸 뒤 생강 편과 함께 찬물에 넣어 한소끔 끓였다가 다시 몇 분을 더 삶은 다음 건져서 깨끗하게 헹궜다. 봄 죽순은 어슷어슷 썰어 똑같은 방법으로 삶아 떫은맛을 없애고 소금에 절인 삼겹살도 도막 도막 썰었다. 족발과 죽순, 삼겹살의 비율은 1:1:1로 했다.

커다란 솥에 식재료를 모두 넣고 네 배의 물을 부은 뒤 뚜껑을 덮은 채로 센 불에서 30분을 끓인 다음 불을 줄여 세 시간 동안 뭉근하게 고았다. 건두부를 좋아하면 마지막에 첨

가해 30분을 더 끓이면 된다.

옌두셴을 먹을 때면 족발의 기름기가 입술에 묻고 죽순의
달달함이 천천히 퍼져 나간다. 그러고 나서 짭조름한 고기
의 정수가 배어든 진하고 뜨거운 국물을 한 모금 넘기면 강
남* 봄날의 특유한 온화함이 혀끝으로 밀려온다.

마지막으로 옌두셴의 족발과 죽순, 삼겹살을 건져 잘게
다진 뒤 얼려 두었던 육수와 골고루 섞어 소를 만들고 쑥찹
쌀떡에 넣어 5분 동안 쪄서 돼지고기죽순칭퇀을 완성했다.

"정말 유감이군요. 진짜 맛있는 칭퇀인데 말이죠."

내가 말했다.

아가씨가 경멸하는 표정으로 나를 보았다.

나는 온화하게 웃기만 했다.

아가씨는 아무 말도 하지 않았다.

아가씨의 주마등

대학을 졸업한 뒤 어느 날, 그녀는 하룻밤 사이에 유명 인
사가 되었다.

오랫동안 일자리를 찾지 못한 그녀는 밤마다 SNS에 그림
을 올리고 '좋아요'를 기다렸다. 그날은 무명 외국 화가의 작

---

* 중국 양쯔강의 남쪽 지역을 이르는 말.

품을 베꼈다. 꽤 인기 있는 영화의 팬아트 작품이었는데, 그녀는 호평 일색의 구도와 배색이 참고할 만하다고 생각했다. 그림을 완성했을 때는 그런 칭찬도 그녀의 마음으로 따라오는 듯했다.

그녀는 자신의 모작을 국내 네트워크에 올렸는데, 놀랍게도 리트윗 수가 순식간에 백 단위를 넘어갔다. 수백 개의 댓글을 하나하나 읽어 본 그녀는 감격스러운 마음으로 잠자리에 들었다. 눈을 뜬 뒤에도 행복한 꿈속에 있는 듯했다. 하룻밤 사이에 리트윗이 네 자릿수를 넘어섰을 뿐만 아니라 여전히 고공 행진 중이었다.

댓글은 경탄으로 가득했다.

'세상에, 진짜 아름답네요!'

'어떻게 지금까지 당신을 몰랐을까요?'

'이 구도! 이 배색! 이 빛깔!'

'오오오, 님은 이미 제 마음속 전설이에요.'

'와, 실력 짱이네요!'

'엄마가 화면이 왜 흐릿해졌냐고 물으셨어요.'

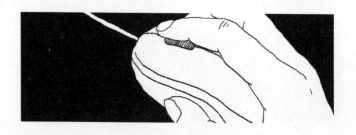

마우스를 클릭하는 그녀의 손이 덜덜 떨렸다. 심지어 쪽
지로 그림 청탁까지 들어왔다. 이렇게 전문적인 인정을 받
는 건 난생처음이었다. 그녀는 완전히 행복에 젖어 지금까
지 겪었던 모든 불행에서 벗어나는 기분이었다.

세상에, 모두들 나를 보고 있어.

결국 그림의 리트윗이 수만 회에 이르고 '좋아요'를 수없
이 받으며 팔로워가 엄청나게 늘었다. 그녀는 식사도 거른
채 그저 바보처럼 웃으며 댓글을 읽고 또 읽고, 계속해서 읽
었다. 그래피티 분야에서 "그림 비율이 정말 훌륭하니 모두
에게 가르쳐 주시면 좋겠어요."라는 강의 요청까지 받았다.
그렇게 그녀는 자신이 바라고 바라던 후광을 얻었다.

그 뒤 1년 동안 수많은 청탁을 받아 수많은 작품을 그리면
서 어느새 일군의 충성 팬까지 두게 되었다. 60퍼센트는 모
사로, 40퍼센트는 실력으로 그녀는 전문 삽화가가 되었다.
일주일에 그림 하나만 그리면 자신의 모든 수요를 기본적으
로 충족할 수 있었다. 부모님 뜻대로 공무원이 되지는 않았
지만, 그녀의 즐거운 생활에 부모님은 더 이상 아무 말도 하
지 않았다.

"밥 먹어. 그런데 도대체 얼마나 오랫동안 머리를 안 감은
거냐?"

온종일 집에만 있는 그녀를 불러 놓고 어머니는 봉두난발
에다 꼬질꼬질한 그녀 몰골에 잔소리를 했다.

"마감 맞추느라고."

그녀는 고개를 숙인 채 휴대폰을 훑었다. 방금 습작 하나를 올렸더니 10분도 안 돼서 백 개 가까운 댓글이 달렸다.

"아무리 바빠도 좀 씻어야지, 제발 좀. 아빠가 하실 말씀이 있대."

어머니가 닦달했다.

아버지는 차를 바꿀 생각이라며 딸의 의견을 듣고 싶어 했다.

"괜찮네요. 근데 왜 저한테 물어봐요?"

그녀의 눈길은 끊임없이 올라오는 새 댓글을 훑느라 액정 화면에서 떨어질 줄 몰랐다.

"이 차는 나중에 너한테 물려주려고. 어때?"

아버지가 그녀에게 닭다리 하나를 집어 주었다.

"저한테요?"

그녀가 마침내 고개를 들었다.

"집을 살 만한 돈은 없어서 새 차를 사려는 거야. 너도 알다시피 아빠의 예전 차는 너무 낡아서 더 이상……."

어머니가 부추달걀볶음을 집어 주었다.

"그럼 두 분이 결정하면 되지, 왜 저한테 물어요?"

그녀가 눈살을 찌푸리며 말했다.

"운전면허 따라고!"

"내가 시간이 어디 있어? 매일매일 그림 그리느라 얼마나 바쁜데."

그녀가 사납게 아버지를 바라보았다.

"시간이 없어도 배워. 공무원 시험은 물 건너갔지만 다른 생활 기술은 어쨌든 좀 배워야지!"

그녀는 젓가락을 내던지고 방으로 들어갔다. 댓글을 훑는데 "님, 제가 팔로우한 지 딱 일 년이 됐거든요. 님의 그림을 볼 때마다 감동이에요. 님은 제가 제일 좋아하는 화가예요!"라는 글이 있었다. 그녀의 표정이 온화해지고 웃음으로 바뀌었다.

그녀는 사이트를 열고 새로운 청탁 요구에 맞춰 모방할 만한 모델을 찾기 시작했다. 늘 그랬듯이.

최신 화보집이 출간된 뒤 어떤 사람이 표절 의혹을 제기하며 대조도를 만들었다. 처음 인기를 얻었던 그림부터 최근 출판된 작품까지 모두 30여 장이었다.

'이것도 확실히 표절 아닌가?'

'그림마다 남의 그림자가 들어 있다니……'

'정말 사람들이 검색하지 않을 줄 알았나?'

'걔를 좋아한 사람은 전부 눈이 삐었군, 세상에!'

'이건 표절이 아니야. 복제지.'

'헤어스타일조차 바꾸지 않았다니, 어떻게 이렇게 게으를 수 있지?'

'진작부터 털어 보고 싶었어. 파헤쳐 줄 사람 없나?'

비난과 조소가 밀물처럼 쇄도해 그녀를 완전히 무너뜨

렸다.

그녀는 절망에 빠졌다. 앞으로 나를 칭찬해 줄 사람이 있을까? 아무도 좋아해 주지 않으면 나는 어떻게 살아갈까?

표절의 편리함에 너무 많이 의존했기 때문에 그녀는 사실 오랜 시간 살얼음판을 걷는 듯했다. 들킬까 봐 두려웠지만 엄청난 환호는 거대한 플래시 같아서, 빛의 한가운데에 있는 그녀는 이미 자기 모습을 전혀 볼 수 없었다.

그러니까 이번에는 정말 끝인가?

그녀는 생각할수록 절망스럽고 애당초 왜 제대로 은폐하지 않았는지 후회가 됐다. 그렇게 나태하지 않았더라면, 헤어스타일도 바꾸고 옷 무늬도 바꿨더라면…… 지금 들키지 않았을지도 모르는데.

모니터에서는 그녀를 비난하는 글이 계속 리트윗되고 있었다. 절망의 구렁텅이에 빠진 뒤 그녀는 갑자기 또 화가 나기도 했다. 왜 너희는 이런 것만 보는데? 왜 그 그림을 바탕으로 내가 더 훌륭하게 만든 부분은 안 보는데?

세상에 똑같은 구도가 얼마나 많은데 왜 나더러 표절이래? 똑같은 배색이 얼마나 많은데 왜? 내가 우연히 그럴 수는 없나? 뭣 때문에 나한테만 그러는데?

나는 가장 기본적인 부분만 빌렸을 뿐, 나머지는 전부 나 스스로 그렸거든? 나도 노력했다고. 나는 자료를 참고할 필요가 없나? 소재를 모을 필요가 없나? 선별할 필요가 없느냐고?

모니터를 마주한 채 그녀는 어릿광대처럼 울다가 웃고, 웃다가 울기를 반복했다. 그러다가는 또 자신을 표절이라고 욕하는 모니터 속 네티즌들을 사납게 노려보았다. 그녀는 하나하나 클릭해 그들 홈페이지에 들어가 보았다. 얼마나 엉망인지! 얼마나 구역질 나고 교양 없는지! 얼마나 품위 없는지!

이런 주제에 감히 나를 욕해? 흥!

컴퓨터 모니터에 비친 그녀의 얼굴은 이미 일그러질 대로 일그러져 있었다.

그때 출판사에서 전화가 와 긴장할 것 없다고, 회사에서 댓글 알바를 고용해 반격할 거라고 했다. 조금 마음이 놓였다.

그렇지만 인터넷상의 표현은 현실보다 훨씬 잔인했다. 화면 가득 그녀의 자존심을 긁어 대는 글이 넘쳐났다.

다행히 얼마 지나지 않아 회사에서 고용한 알바생들이 힘을 발휘했다. 여론이 더는 한쪽으로 기울지 않았고 팬들도 점점 위로의 목소리를 냈다.

'저는 표절 같지 않아요. 싫은 사람은 안 보면 되지!'

'어린 아가씨가 열심히 그려서 올리는데 좀 너그러울 수 없을까?'

'누구나 모사부터 시작하지 않나. 남의 일이라고 너무 쉽게 말하네!'

'왜 욕하지? 격려해 줘야 더 좋은 작품을 그릴 수 있지 않을까?'

'얼마나 많은 프로그램과 영화가 표절을 하는데, 그건 잘만 돈 내고 보면서. 솔직히 좋으면 그만이지.'

'제멋대로 표절이라고 지적한 인간이야말로 이상한 인간이지!'

그날 밤 수많은 위로가 쏟아졌지만 그녀의 절망을 없애주지는 못했다. 그녀는 여전히 견디기 힘들었다.

좀비처럼 컴퓨터로 가서 습관적으로 그림을 그렸다. 오랫동안 그림을 그려 왔지만 이렇게 통쾌하게 그리기는 처음이었다. 맨 처음 코끼리를 그렸을 때의 자유로운 느낌을 되찾은 듯했다. 안정적인 모사를 추구하는 대신 자신만의 실력으로 오로지 자신만을 위한 작품을 그렸다.

아무 기대도 없이 그림을 인터넷에 올렸을 때 어머니가 방으로 들어왔다.

"아직도 안 자?"

"왜요?"

"너 운전면허 나왔잖아…….."

"……내일 성묘 가는 거 알아요. 새 차로 제가 모시고 갈게요."

"알면서도 안 잤어? 지금이 몇 신데!"

"알았어요. 지금 자요."

그녀는 어머니를 꺾을 수도 없고, 사실 많이 피곤하기도 했다.

새로고침을 눌렀는데도 아무 반응이 보이지 않자 그녀는 의기소침하게 컴퓨터를 껐다.

이튿날, 그녀는 아침 일찍 일어나 좋은 마음으로 운전대를 잡고 부모님과 성묫길에 나섰다.

"운전에만 집중해. 휴대폰 보지 말고."

아버지가 옆에서 긴장한 목소리로 주의를 주었다.

"알아요."

그녀는 기분 좋게 휴대폰을 내려놓고 핸들을 잡았다. 아침에 일어나 보니 놀랍게도 밤새 그림이 천 회 이상 리트윗되었다. 휴대폰이 웅웅 울릴 때마다 웃음을 참을 수가 없었다. 이번에는 온통 칭찬이었다.

"어제 한참을 줄 서서 사 온 칭퇀이야. 말린 두부와 쑥부쟁이가 들었는데 맛있지?"

어머니가 입에 넣어 주며 말했다.

"괜찮네요."

그녀는 별 생각 없이 먹으면서 내비게이션을 보았다. 사실 마음은 온통 댓글에 쏠려 있었다.

마침내 빨간 신호등에 걸리자 그녀는 득달같이 휴대폰을 들었다.

'이게 진짜 실력이지! 표절이라고 한 인간들 쪽팔린 줄 알아!'

'새로운 경지의 아름다움이네요! 님, 결혼해 줘요!'

'그 역겨운 인간들은? 왜 보이지 않지?'

'정말 대단한 실력이에요!'

'유난히 영혼이 실린 듯해요…….'

'진짜 대단해요! 짱!'

그녀는 환하게 웃었다. 오늘이 살면서 가장 아름다운 날 같았다.

"파란불이다."

아버지가 불만스럽게 그녀를 바라보았다.

그녀가 휴대폰을 내려놓고 모퉁이를 막 돌았을 때 휴대폰이 또 웅웅 울려 댔다. 가슴이 간질간질해 운전에 집중할 수가 없어서 그녀는 한 손으로 댓글을 보았다.

"휴대폰 보지 말라고 했잖아!"

아버지가 살짝 화를 냈다.

"보세요. 길이 이렇게 휑한데 무슨 사람이 있다고."

그녀는 웃으며 대꾸하고는 초보 같지 않은 능숙함으로 기어를 바꾸었다. 아버지도 더는 아무 말 없이 어머니가 건네주는 칭톈을 크게 한 입 깨물었다.

'흙탕물 부어 대던 사람들이 전부 사라졌네!'

'깡통 계정 알바생이었나 봄. 어쩐지!'

'저는 님을 평생 따라다닐 테니 안심하고 올리세요!'

그녀는 고개를 들고 길을 살핀 뒤 다시 댓글을 읽었다.

'정말 너무너무 너무 멋져요!'

'제가 본 그림 중 최고예요.'

모두들 아직도 나를 봐 주고 좋아해 주는구나.

정말 잘됐다. 하나하나 댓글을 훑는 동안 그녀의 가슴이 따뜻하게 부풀어 올랐다.

'잘들 보라고, 이것도 표절한 거잖아?'

뭐?

그녀가 다 읽기도 전에 아버지의 비명이 들렸다.

"꺾어!"

뭐?

그녀는 반응할 수 없었다.

꺾으라고?

아닌데.

표절이라니? 표절이 아니라고! 이번에는 정말로 내가 그렸어!

그녀가 무의식적으로 고개를 들었을 때는 이미 대형 트럭이 바로 눈앞에 있었다.

쾅!

✳

"두부쑥부쟁이칭퇀입니다."

"안 먹어요."

아가씨는 고집스럽게 입에 대지 않았다.

"이대로 보내 드리면 제가 직무를 유기한 셈이 됩니다. 정말 드시고 싶은 음식이 없습니까?"

"팔백 번은 말했겠네요. 없어요, 없어, 없다고요. 휴대폰이나 달라고요!"

나는 고개를 들어 시계를 보았다. 벌써 시간이 다 되었다.

그녀를 가게 밖으로 안내했을 때 다리 건너편에서 기다리는 우두귀졸과 마두귀졸이 보였다. 조용히 흐르는 망천하와 살랑대는 강바람 때문에 벌써 초여름으로 들어섰나 하는 착각이 들었다. 바닥에 가득한 꽃잎은 빗물에 촉촉해진 석판에 달라붙어 움직이지 않았다. 우두귀졸과 마두귀졸의 무서운 얼굴에 대비돼서인지 하얀 강가의 봄 경치는 한층 기이하고 아름다워 보였다.

"저게 뭐죠?"

아가씨가 조금 긴장해서 물었다.

"우두귀졸과 마두귀졸입니다."

내가 부드러운 목소리로 대답했다.

"저들이 왜 왔나요?"

그녀의 목소리는 이미 부자연스럽게 날카로웠다.

"손님을 데려가려고요."

나는 조용히 그녀가 다리에 오르기를 기다렸다.

"저들이 나를 어디로 데려가는데요?"

아가씨가 내 소매를 붙잡았다.

"염라대왕한테요. 생사장이 손님에게 죄가 있다고 판결했거든요. 이번에는 윤회가 불가능합니다."

그때 우두귀졸과 마두귀졸이 다가와 그녀의 팔을 하나씩

잡고는 다리 건너편으로 끌고 갔다.

"나한테 무슨 죄가 있어? 내가 무슨 죄가 있어? 말해 봐! 젠장, 내가 무슨 죄를 지었냐고!"

아가씨가 놀라서 두 다리를 미친 듯이 버둥거리며 소리쳤다.

다리 맞은편 안개 속에서 판관이 아름다운 신처럼 모습을 드러냈다. 거대한 낫을 끌며 아가씨에게 다가오는 그에게서는 평소의 온화한 모습을 전혀 찾아볼 수 없었다.

판관은 아무 표정 없이 참수를 끝냈다.

이번에는 공명등이 떠오르는 대신 빠르게 강바닥으로 가라앉았다. 나는 강바닥에서 버둥대는 빛을 보며 조용히 고개를 저었다.

남의 것을 도용하는 행위는 죄다. 알면서도 고치지 않는 행위는 죄를 거듭 짓는 것이다.

나는 몸에 묻은 먼지를 털고 가게로 돌아와 다음 손님을 기다렸다.

맹파의 레시피

1. 단팥칭탄

부드러운 팥앙금이 4월의 보슬비처럼
사르르 혀끝에서 녹아내리며
옛 친구에 대한 가장 오래된 기억으로
변한다.

2. 돼지고기죽순칭탄

연한 돼지고기와 아삭한 죽순의 어울림이
초봄의 어느 오후 당신이 만들어 준 탕과
닮았다.
이미 성인이 된 나를 당신은 알아볼 수
있을까?

3. 두부쑥부쟁이칭탄

쑥부쟁이 특유의 비릿한 흙과 풀 냄새가
얼마나 향긋한지.
당신이 떠난 뒤 나는 더 이상 먹지 않는다.
냄새만 맡아도 눈물이 떨어질까 봐.

열한 번째 밤:
탕수갈비

       드디어 염라대왕이 미국에서 돌아
왔다. 전국 각지의 판관들을 소집해 밤새 보고를 받던 염라
대왕은 끝까지 다 듣기도 전에 내친김에 분기 총결산까지
현장에서 제출하라고 요구했다. 그런 다음 내가 염라대왕을
만났는데, 예전보다 훨씬 원기 왕성해 보였다.
  "글쎄, 미국 지하 업무 담당자는 나처럼 재미있는 인물이
아니더라고요."
  염라대왕이 수줍은 표정으로 웃었다.
  "……."
  "그리고 이번 세대에 '계약'한 그쪽 사람은 당신보다 독하
고 상대하기 힘들더군요."
  염라대왕의 눈빛에 경의가 가득했다.

"내가 어디가 독하고 상대하기 힘들다는 건지요?"

나는 손에 든 차를 골고루 나눴다.

"당신은 역사상 최초로 '계약서'를 태운 사람이잖아요? 내가 당신 이름을 말하면 저들이 모두 나를 숭배할 텐데. 나는 당신 이름에 기대어 천하를 돌아다니고. 그 불태운 얘기가 나와서 말인데……."

"……봐요."

나는 백무상이 야시장에서 찾아낸 '어떤 흑무상이 준 어느 망자의 생전 사진'을 꺼냈다.

"아, 이 사람 나도 알아요. 그가 왜요?"

염라대왕의 눈빛이 진지해졌다.

"백무상이 잘생겼다고 하더군요."

사진이 순식간에 불타올랐다. 염라대왕은 그 뒤로 다시는 태운다는 말을 입에 담지 않았다.

이틀 뒤 백무상이 불쌍한 모습으로 찾아와 꼬리 위쪽의 털이 염라대왕의 눈빛에 그슬렸다고 말했다.

"상관하지 마. 손님 오셨네."

나는 백무상을 안고 배를 문질러 주었다.

오늘 손님은 모자였다. 아들이 엄마 뒤를 따라왔다. 같은 순간에 죽어 나란히 내려오는 일은 흔치 않았지만, 사람은 누구나 혼자 떠나야 하기 때문에 그들은 서로의 존재를 알 수 없었다.

"어서 오세요. 지옥주방에 오신 걸 환영합니다."

나는 미소를 지으며 공손하게 문을 열었다.

"안녕하세요?"

두 사람이 똑같이 대답했다.

나는 그들을 자리로 안내한 뒤 자료를 펼쳤다.

"무엇을 주문하시겠습니까? 생전에 마지막으로 드신 음식은 가지냉채, 술지게미갈치, 갓볶음, 탕수갈비, 치킨두부롤, 룽징새우살볶음, 삼겹살오징어볶음, 맥주오리볶음, 귤피가자미찜, 무말랭이달걀지짐, 마늘애배추볶음, 버섯겨자볶음, 야자당귀오골계탕, 계화당지짐떡입니다. 이 중에서 드시고 싶은 요리를 선택하셔도 됩니다."

나는 날짜를 다시 확인해 봤지만 확실히 설날이 아니었다. 자료상으로는 모자 둘이 집에서 먹은 보통의 저녁 식사였다. 설마…… 한 상 차려서?

나는 백무상과 눈이 마주쳤다. 백무상이 요리 재료를 구석구석 체크하기 위해 쌩하니 부엌으로 향했다. 그런데 살이 너무 쪄서인지 자기 발에 걸려 곤두박질치고 말았다. 나는 얼른 다가가 백무상을 안아 들었다. 더 무거워진 느낌이었다.

"……탕수갈비로 할게요. 감사합니다."

모자 둘이 동시에 입을 열었다. 말투까지 완전히 똑같았다.

신선한 갈비를 토막 내 생강 몇 조각과 함께 끓는 물에 넣

고 거품이 올라올 때까지 끓였다. 그러고는 불을 끄고 물을
따라 버린 뒤 깨끗한 물로 다시 한번 거품을 씻어 내고는 물
기를 뺐다.

볶음팬에 기름을 두르고 설탕을 보통 볶음보다 넉넉하게
넣었다. 약한 불에서 시곗바늘 방향으로 설탕이 완전히 녹
을 때까지 볶다가 천천히 끓였다. 그러다 빛깔이 캐러멜색
으로 변하고 기포가 올라올 때 갈비를 부었다. 갈비에 색이
골고루 입혀질 때까지 볶은 다음 연간장과 발효식초로 맛을
냈다. 그러고는 갈비가 자작하게 잠길 정도로 물을 부은 뒤
센 불로 10분에서 15분 끓인 다음, 불을 줄이고 뚜껑을 덮어
40분 정도 푹 익혔다.

새콤달콤하고 짭조름한 향이 천천히 주방을 메우고, 볶음
팬에서 가끔씩 보글보글 소리가 났다. 백무상은 나른하게
코를 골고, 엄마와 아들은 정신이 나간 듯 멍한 표정으로 내
가 요리하는 모습을 바라보았다.

나는 탕수갈비를 조리는 동안 모자에게 줄 쌀밥을 안쳤
다. 볶음팬에서 지직 소리가 날 때 뚜껑을 열자 기름기가 전
부 밀려 나온 게 보였다. 살살 골고루 뒤집었더니 검붉은색
으로 농축된 갈비가 모습을 드러냈다. 소스가 걸쭉하게 고
기를 감싸고 기름에서는 군침을 돋우는 캐러멜 향이 풍겼다.

냄새를 따라 엄마와 아들 모두 정신을 차리는 듯했다. 나
는 갈비를 하나씩 꺼내 접시에 담은 뒤 통깨와 파를 뿌렸다.
쌀밥도 다 됐다. 한 알 한 알 모두 반질반질 투명하고 탱글탱

글 찰기 있어 보였다.

"많이 드세요."

모자는 뭔가 걱정거리가 있어 보였지만, 동시에 파를 건
어 내고 똑같이 탕수갈비 하나씩을 집었다.

아들의 주마등

그는 나면서부터 발육이 부진해 단 한 번도 친구들과 화
장실에 간 적이 없었다. 반에서 한 아이가 그에게 '쥐뿔'이라
는 별명을 붙였을 때는 모두들 그를 놀리며 재미있어했다.
교과서에 '쥐'나 '뿔', 또는 그의 이름과 같은 글자만 나와도
모두들 일부러 다시 읽곤 했다. 맨 앞줄에 앉은 그는 아이들
이 뒤에서 웃음 참는 소리를 전부 들을 수 있었다.

그때마다 참아라, 참아, 참다가 터뜨리는 게 제일 좋아,
그러면 아무도 내 얼굴이 빨개진 걸 모를 테니까, 하고 생각
했다.

매일매일이 절망스러웠다. 그녀만 아니었으면.

그녀는 그가 학교에 계속 나오도록 이끌어 주는 유일한
동력이었다. 중학교에 입학한 첫날, 그는 반에서 제일 예쁜
여학생에게 한눈에 반했다. 그녀와 같은 교실에서 같은 공
기를 마신다는 생각만 하면 심장이 빠르게 콩닥거렸다. 언
젠가 반 아이들이 지독한 농담을 퍼부었을 때도 그녀만큼은

부드러운 눈길로 그를 바라봐 주었다. 그는 얼굴이 순간적으로 타 버리는 줄 알았다. 그렇게 심장이 철렁 내려앉는 느낌을 누가 이해할 수 있을까?

그녀는 악마들 속에 앉아 있는 천사처럼 머리카락 한 올한 올, 눈썹 한 가닥 한 가닥이 모두 반짝거렸다.

아, 생각할수록 그는 그녀를 정말 좋아하는 것 같았다.

하지만 그녀를 좋아하는 남학생이 아주 많다는 사실을 그는 알고 있었다. 그러니 생식기조차 제대로 자라지 못한 그가 어떻게 그녀를 좋아할 수 있겠는가? 그는 멀리서 지켜보는 것만으로 만족했다.

나는 평생 이렇게 짝사랑할 거야. 아무도 모르게. 절대 들키지 않고.

어느 날 오후 자습 시간에 그는 여학생 무리가 이쪽을 보면서 웃는 듯한 느낌을 받았다. 분명 또 못된 장난을 치려는 게 확실했다. 아니나 다를까 제일 멍청한 말괄량이가 뭔가를 그의 가방으로 넣었고, 다음 순간 반 전체가 웃음바다로 변했다. 담임 선생님이 다가와 가방을 흔들자 빨간 물감 범벅의 생리대가 떨어졌다. 남학생들은 전부 흥분해서 괴성을 지르고 여학생들도 웃으며 악의에 가득 찬 눈빛으로 그를 바라보았다.

그는 온몸이 덜덜 떨리고 아무것도 눈에 들어오지 않았다.

너희가 뭔데 나한테 이래? 왜 나야?

그는 거의 미칠 것만 같았다. 반 아이들 앞에서 크게 소리치고 싶었다. 그렇지만 주먹을 꽉 쥐며 반응해서는 안 된다고 스스로를 억눌렀다. 예전 경험에 따르면 그가 어떻게 반응하든 더 큰 웃음만 자아낼 뿐이기 때문이었다.

담임 선생님이 불같이 화를 내며 생리대를 내동댕이칠 때 그는 갑자기 그걸 가지고 싶다는 생각이 들었다. 처음으로 그녀와 연관된 물건이어서였다. 그녀의 공책을 만져 보거나 그녀 우산의 빗방울이 묻게끔 자기 우산을 그녀 우산 옆에 놓는 것보다 훨씬 특별하고 실질적일 듯했다.

방과 후에 선생님이 한 사람씩 사과하라고 여자아이들에게 시켰지만 아이들은 전혀 진심이 아니었기 때문에 대충 몇 마디 얼버무리기만 했다. 그런데 그녀까지 사과하러 올 줄은 꿈에도 몰랐다. 그는 그런 첫 대화를 도저히 받아들일 수 없었다. 그건 자신이 꿈꿔 왔던 상황과 너무도 달랐다.

그녀가 사과할 때 그는 절망감에 울음이 터져 나올 것만 같았다. 마음속으로 이건 내가 생각했던 게 아니야! 달라, 완전히 다르다고! 하고 소리쳤다.

나의 천사, 나의 여신, 내 희망의 빛이 50센티미터도 안 되는 곳에 있다니. 그녀의 콧김이 느껴지고 목에서 흘러내리는 땀방울마저 느껴졌다. 하지만 그는 계속 고개를 숙인 채 그녀의 손가락만 바라보았다. 유난히 작은 손톱이 무척 귀여워 보였다.

그는 생각할수록 마음이 아프고 견딜 수가 없어서 책상에 엎드려 울음을 터뜨렸다. 그런데 뜻밖에도 그녀는 그냥 가지 않았다. 세상에서 순식간에 사라져 버리고 싶던 바로 그 순간, 그녀가 다가와서 눈이 빨개진 그의 등을 두드리며 말했다.

"쥐뿔, 오늘 일은 미안해. 대신 내일 내가 음식을 좀 해 줄게."

믿을 수 있겠는가?

그는 도무지 머리가 돌아가지를 않았다. 모든 게 너무 갑작스러워서 반응이 아예 불가능했다. 그녀는 그가 싫다는 줄 알았는지 "꼭 받아 줘야 돼."라고 말하고는 집으로 돌아갔다.

정말 너무 귀여워, 귀여워 죽겠어, 세상에 그녀보다 더 좋은 여자는 없을 거야.

그날부터 그녀는 며칠 간격으로 자기가 만든 음식을 그에게 가져다주었다. 왜냐고 늘 묻고 싶었지만 그녀의 얼굴을 보면 감히 물어볼 수가 없었다. 묻는다고 무슨 소용이 있겠는가? 어떻게 더 많은 것을 바라겠는가? 흐물흐물하게 태운 배추볶음으로 시작해 달지도 짜지도 않은 토마토달걀볶음, 거의 익지 않은 꽃양배추볶음, 아무 맛도 없는 새우까지 먹었지만 그에게는 맛없는 요리가 하나도 없었다.

그러던 어느 날 탕수갈비를 가져왔는데, 갑자기 무슨 비법이라도 깨달았는지 그 거무스름한 탕수갈비가 마법처럼 맛있었다. 그때부터 탕수갈비는 그가 가장 좋아하는 음식이 되었다.

어느 날 그녀가 무척 진지하게 어떤 음식이 제일 맛있냐고 물어, 그는 전부 다 맛있지만 제일 좋아하는 건 역시 탕수갈비라고 대답했다.

"쥐뿔, 고마워."

그녀가 유난히 예쁘게 웃으며 말했다.

그는 밤새 그 웃음을 떠올리고 또 떠올렸다. 이튿날 아침에는 처음으로 등굣길이 즐거웠다. 엄마도 그렇게 싫지 않았고, 아이들의 비웃음도 그다지 귀에 거슬리지 않았다. 오늘은 무슨 음식이려나? 그는 흥분에 들떠 온종일 기다렸다. 그녀가 평소보다 많이 웃는 것도 느껴졌다. 드디어 수업이 끝났다. 그러나 그녀는 그를 찾아오지 않았다.

자기를 지나쳐 곧장 교실 문을 나서는 그녀를 불러 세울 용기가 없어서 그는 조용히 복도까지 따라갔다. 그녀가 위층의 남학생을 부르는 게 보였다. 믿을 수 없게도 그녀는 남학생에게 그가 한 번도 본 적 없는 애매한 웃음을 지으며 너무나 익숙한 보온 도시락을 꺼냈다. 그녀는 입술을 한 번 핥고 나서 도시락을 남학생 손에 쥐여 주었다.

왜? 왜 그러는데? 왜 내가 아니지? 설마 내가 비정상이라서? 엄마가 나를 이렇게 낳지 않았다면 이럴 리 없겠지…….

그녀가 웃었다. 그런데 이번에는 악마 같았다.

"내가 만든 탕수갈비야. 오랫동안 연습했으니까 맛을 좀 봐 주면 좋겠어."

아들의 신체 문제 때문에 그녀는 늘 죄책감에 시달렸다.
아이는 자랄수록 그녀에게 횡포를 부리는 정도가 심해졌다.
그녀는 감히 아이를 정면으로 바라볼 수조차 없었다. 요구
를 들어주지 않으면 가차 없이 주먹과 발이 날아왔다. 그녀
가 매일 저녁 무엇을 먹겠냐고 물을 때마다 아이는 온갖 이
상한 요구를 했다. 그러고는 채소볶음이 아삭하지 않다고
화를 내고, 돼지고기에서 비린내가 좀 난다고 화를 내고, 탕
건더기가 제대로 익지 않았다고 화내고…… 때렸다. 그녀는
아이한테 맞는 게 겁나고 아이가 화내는 게 겁나고 아이 요
구를 들어주지 못하는 게 겁났다. 하루하루가 악몽이었다.

어느 날 갑자기 아들이 탕수갈비를 먹고 싶다고 말했을
때 그녀는 또 다른 방법으로 자신을 괴롭히려나 보다고 생
각했다. 확실히 탕수갈비는 조리법이 다양해서 정확히 물어
봐야 했다. 그런데 놀랍게도 아들은 그녀가 여러 번 물어보
는데도 짜증을 내지 않았을뿐더러 그냥 마음대로 만들라고
까지 했다. 그녀는 조마조마한 심정으로 탕수갈비를 만들었
다. 평소라면 식사 때 최소 세 번은 성질을 부리는 아이가 이
번에는 조용히 다 먹었다.

드디어 그녀는 악몽에서 벗어날 해답을 찾아냈다. 아들이
탕수갈비를 특별히 좋아한다는 거였다. 예전에는 그저 분풀

이를 하느라 온갖 요구를 했지만 이번 탕수갈비는 순수하게 좋아한다는 게 느껴졌다. 그날부터 식탁에 탕수갈비만 있으면 식사 시간이 평온하게 지나갔다. 물론 아들은 여전히 다른 음식에 꼬투리를 잡았지만 탕수갈비에는 아무 불평도 하지 않았다. 탕수갈비만 있으면 성질을 부리지 않았고, 기분이 아무리 나빠도 곧 다시 좋아졌다.

그러나 좋은 날은 오래가지 않았다. 어느 날 아들이 돌아왔을 때 그녀는 아이의 기분이 몹시 나쁘다는 사실을 알아챘다. 방문을 두드리며 무슨 일이냐고 묻자 아들은 꺼지라고 답했다.

그녀는 아이가 또 때릴까 봐 겁이 나서 얼른 밖으로 나가 탕수갈비 재료를 사 왔다. 그런데 식탁에서 음식을 보자마자 아이는 온몸을 부들부들 떨며 화를 냈다. 탕수갈비도 효험을 잃었다. 아들은 미친 듯이 물건을 부수기 시작했다. 그녀는 바닥에 꿇어앉아 제발 멈추라고 빌었다. 아무리 생각해도 아들이 왜 화를 내는지 알 수 없었다. 가자미찜이 덜 조려졌는지 생선 눈알에 탄력이 없던데, 그걸 봤겠지? 그래서 또 핑계 김에 화를 내나 보네. 나는 제대로 하는 일이 하나도 없구나, 생선 한 마리도 못 찌다니……

히스테릭하게 물건을 부수던 아들은 주방으로 뛰어가 물건을 닥치는 대로 집어 던졌고, 주방 물건을 다 부순 뒤에는 거실 물건을 부수기 시작했다. 거실 유리장을 완전히 박살 내고 선반을 내동댕이치고 탁자를 던지고 의자를 부쉈다.

밥그릇과 젓가락을 천장으로 던져 전등까지 깨 버렸다.

그녀는 너무 놀라고 새로운 악몽이 시작되는 듯해 그대로
바닥에 허물어져 울었다. 아들은 전보다 훨씬 심하게 성질
을 부렸다. 그녀는 울면서 아들에게 애원했다. 앞으로는 생
선찜에 신경을 더 쓸 테니 엄마를 용서해 줘, 엄마가 잘못했
어, 미안해…….

✳

"상처가 아직도 아프세요?"

내가 조용히 물었다.

"네?"

그녀는 밥을 삼킨 뒤 잘 들으려는 듯 몸을 기울였다.

"아들한테 맞아서 생긴 상처들요. 아직 아물지 않은 것도
있던데요."

"아이가 없으니까 아무것도 모르시는 거예요."

그녀는 손으로 상처를 가리면서도 한참 동안 내게서 시선
을 거두지 않았다.

"계화당지짐떡……."

내가 말했다.

"왜요?"

"네?"

그녀가 경계하는 눈빛으로 나를 보았다.

"하나 드릴까요?"

그녀의 대답을 기다리지 않고 나는 코팅 프라이팬을 꺼내 떡을 지졌다.

지짐떡은 모양이 다양하다. 예전에 어떤 손님은 비단잉어 모양을 원했는데 내가 보기에 그건 색소 덩어리에 불과했다. 이번에 만드는 건 가장 간단한 계화 맛이었다.

나는 팬을 달군 뒤 솔로 기름을 살짝 걷어 내고 약한 불에 납작한 떡을 올려놓았다. 그런 다음 한쪽 면이 노릇노릇 바삭해질 때까지 지지다가 뒤집었다. 떡은 벌써 부드럽고 쫄깃했다. 여기에 흑설탕 소스를 입히는 사람도 있지만, 그러면 떡 자체의 단맛을 느끼기 어렵다. 역시 겉면이 바삭바삭한 게 제일 맛있으니 간단한 게 최고다.

"천천히 드세요."

나는 계화당지짐떡을 내놓으면서 두 사람의 접시도 새로 바꿔 주었다.

아들은 조금도 주저하지 않고 젓가락을 움직였지만 엄마는 오래도록 입에 대지 않았다.

아들의 주마등

___

엄마는 계화당지짐떡을 유난히 싫어했다.

친척들 말에 따르면 아빠는 정상이고, 그의 선천적 생식기 발육 부진은 전부 엄마 유전자가 나쁜 탓이었다. 그래서

인지 어려서부터 그가 무슨 요구를 하든 엄마는 거절하는 법이 없었다. 물론 단순히 그 때문만은 아니었을 것이다. 분명 엄마 조건이 나쁘니까 아빠도 이혼을 요구했을 터였다. 또 어느 정도는 엄마가 아빠에게 매달리기 위해 자신을 필요로 한다는 생각도 들었다.

초등학교 시절, 모형 자동차가 선풍적인 인기를 끌었을 때 그는 학급 대장과 경주하기로 약속했다. 경주에서 지는 사람이 말괄량이의 치마를 들추기로 했는데, 엄마는 그가 원하는 한정판 모델을 사 주지 않았다. 그때 그가 뭐라고 말하기도 전에 엄마는 울음을 터뜨리더니 갑자기 미친 사람처럼 무릎을 꿇고 그를 끌어안으며 용서를 빌었다. 그의 기억으로는 그때부터 엄마가 그의 손을 끌어다 엄마 자신을 때렸고, 그럴 때마다 손이 아팠다.

엄마는 우는 것밖에 할 줄 몰랐다. 정말 쓰레기 같았다.

엄마는 내가 화장실에 못 가는 비참함을 알까? 여학생에게 한 번도 말을 걸지 못했다는 사실을 알까? 학교에서 아이들이 나를 어떤 시선으로 보는지 알까? 그가 원한 것은 건강한 몸이었다. 엄마만 아니었으면 그의 인생은 이렇게 되지 않았을 것이다.

무슨 일이 생길 때마다 엄마는 무릎을 꿇고 울었다. 근본이 이기적이고 비천한 인간이었다. 아빠가 왜 엄마와 결혼했는지 모르겠지만 결국 다른 여자를 찾아간 것도 당연했다. 엄마 때문에 아이들 앞에서 고개를 들 수 없으니 엄마는 당연히 그를 위해 무엇이든 해야 했다. 모두 엄마가 그에게 진 빚이었다.

언젠가 외가에서 식사를 할 때 외할아버지가 지짐떡을 해 주었다. 맛있게 먹은 그는 집으로 돌아와 엄마에게 해 달라고 말했다. 그러자 엄마는 갑자기 울음을 터뜨리더니 털썩 무릎을 꿇고 자신을 때려 달라고, 그건 못 해 주니까 원망하지 말라고 애원했다. 그는 정말 참을 수가 없었다. 정신병자가 아니고서야, 고작 지짐떡일 뿐인데, 생선 요리도 고기 요리도 다 하는 사람이 왜 못 한다는 건가?

그런데 그는 재미있는 사실을 발견했다. 원래 그가 요구하면 엄마는 다 들어주었지만 지짐떡 얘기를 꺼내면 훨씬 민감하게 반응하는 거였다. 엄마에게 '지짐떡'이란 절대 해서는 안 되는 금기어 같았다. 비장의 무기를 발견한 셈이었다. 학교 남자애에게 게임 카드를 사 줄 돈이 없을 때, 시험을 망쳐 아빠에게 성적을 말할 수 없을 때는 지짐떡 얘기만 꺼내면 됐다…….

엄마는 그의 노예 같았다. '지짐떡'이라는 단어만 있으면 그는 언제 어디서나 엄마를 무너뜨릴 수 있었다. 이 얼마나 재미있는 일인가?

예전에 그녀는 계화당지짐떡을 무척 좋아했다.

그녀는 가정 형편이 넉넉지 못해서 설날이나 되어야 생선과 고기, 지짐떡을 먹을 수 있었다. 요리를 잘하고 그녀를 무척 사랑한 아버지는 늘 그녀에게 제일 많은 몫을 챙겨 주었다. 집안일은 전부 어머니가 했다. 그녀는 손이 굼떠서 뭐든 잘 못했기 때문에 행주를 집어 본 적도, 부엌에 들어간 적도 없었다. 또 부모님도 딸이란 곱게 키워야 한다고, 예뻐야 나중에 시집을 잘 간다고 믿었다. 과연 그녀는 운이 아주 좋아서 남편과 결혼할 수 있었다.

결혼한 뒤에는 한층 더 여유로웠다. 결혼 전에도 집안일은 해 본 적이 없지만, 결혼한 뒤에도 도우미가 모두 대신해 주었다. 결혼하고 한 해쯤 지나자 아이가 생겼다. 아기가 태어난 뒤에는 집안 식구들 모두 더할 나위 없이 행복했다.

시부모님은 원래 그녀를 탐탁지 않아 했다. 그녀도 시부모가 속으로는 남편이 더 좋은 조건의 여자를 찾을 수 있었다고 생각하는 걸 알고 있었다. 하지만 그녀가 아들을 낳자 시부모의 태도가 180도 달라져서, 그녀를 무척 살뜰하게 챙겨 주었다. 아이가 태어난 뒤 그녀는 드디어 정식 가족이 되었다고 느꼈다. 그렇게 하루하루가 즐겁게 흘러가고, 아이는 어느새 세 살이 되었다.

그날은 설 직전이라 도우미 아줌마가 고향으로 설을 쇠러 내려가고 없었다. 저녁때는 남편도 친척들에게 선물을 전하러 나갔는데, 갑자기 그녀는 지짐떡이 먹고 싶어졌다. 그녀는 아이를 거실에서 놀게 한 뒤 직접 만들어 먹으려고 혼자 부엌으로 갔다.

그때 그녀는 요리를 전혀 할 줄 몰랐다. 가만히 떠올려 보니 지짐떡은 겉면이 모두 바삭바삭하니까 튀겼을 것 같았다. 그래서 작은 냄비에 기름을 가득 붓고 한참을 끓였다. 어떻게 튀기는지도 몰랐기 때문에 그냥 떡을 하나씩 냄비에 넣었다. 불이 너무 셌는지 아니면 다른 이유인지 몰라도 떡이 한데 뭉쳐 끈적끈적해졌다. 그녀는 불을 끄고 젓가락으로 떼어 내려 했지만 아무리 해도 소용이 없었다. 그러다가 손에 힘을 잘못 주어 냄비가 바닥으로 떨어졌다. 다행히 재빨리 피한 덕분에 그녀 몸에는 기름 한 방울 튀지 않았다. 안도의 한숨을 내쉬며 부엌을 치우려 할 때, 아이의 날카로운 비명과 울음소리가 들려왔다.

그제야 그녀는 아이가 부엌에 있는 걸 발견했다. 옷은 입었지만 바지를 내리고 있어서 기름에 벌겋게 덴 고추에 수포가 올라오고 있었다. 그녀는 더 생각할 것도 없이 곧장 아이를 안아 들고 응급실로 뛰어갔다. 병원에 들어가니 온통 환자뿐, 의사는 보이지를 않았다.

그녀는 목 놓아 울었다. 의사 선생님, 제 아들을 살려 주세요, 제발 저희 아이 좀 구해 주세요……. 미친 사람처럼 이리

저리 뛰어다니다가 드디어 간호사를 발견한 그녀는 아이를 간호사에게 안겨 주었다. 간호사가 뭐라고 했지만 전혀 들리지 않았다. 그저 죽어라 간호사의 옷을 붙잡고 서럽게 울기만 했다. 그녀의 머릿속에는 누구라도 좋으니 제발 아들을 살려 주세요……, 라는 생각밖에 없었다. 언제인지 몰라도 그녀는 울다가 정신을 잃었고, 또 어떻게 된 일인지 몰라도 깨어나 보니 병상이었다.

남편이 침대 옆에서 차가운 얼굴로 말했다. 아이가 화장실에서 볼일을 다 봤는데 엉덩이를 닦을 수가 없어서 당신을 불렀대. 그런데 아무 대답이 없어서 바지를 내린 채 부엌으로 갔고.

그때 의사가 들어와 말했다. 아이는 괜찮습니다. 다행히 옷 때문에 다른 곳은 멀쩡합니다. 아니었으면 온몸에 기름이 튀었을 겁니다. 다만 그곳은…….

의사가 심각한 얼굴로 그녀와 남편을 바라보았다.

"아이 생식기는 심한 화상 탓에 기능을 잃었습니다."

그녀는 병상에서 넋이 빠졌고 남편은 옆에서 멍하니 있다가 그녀에게 따귀를 날렸다. 그녀는 머릿속이 하얘졌다가 곧이어 엄청난 공포에 휩싸였다. 공포, 완벽한 공포였다.

어떻게 하지? 어떻게 아들을 보나? 무슨 얼굴로 남편을 봐? 아들은 어떡하지?

한 번의 잘못이 그녀 인생의 궤적을 완전히 바꿔 버렸다. 이런 일이 벌어지리라고는 상상조차 해 본 적이 없었다. 그

녀는 이미 용서받을 수 없는 죄인이었다. 무엇으로 속죄해
야 할까? 생각할수록 절망스러웠다. 그러다가 갑자기……
오줌을 지리고 말았다.

그날부터 그녀의 삶은 우물 바닥에 떨어진 듯했다. 아무
리 애를 써도 우물에서 빠져나갈 수가 없었다.

✳

"음식이 입에 맞으셨는지요?"

나는 그들에게 물을 따라 주었다.

"보통이었어요. 그런 맛이죠, 뭐."

엄마는 아무 말도 하지 않고, 아들만 중얼중얼 대답했다.
그런 다음 물었다.

"제가 죽은 건가요?"

나는 고개를 끄덕였다.

"왜요? 어떻게요?"

아들은 정말로 곤혹스러워했다.

"다시 생각해 보시겠어요?"

오늘은 그의 인생에서 가장 행복한 날이었다.

아침에 남학생 우두머리가 그의 영어 시험 답안지를 베끼기 위해 일부러 다가와서 다음 주에 같이 농구하겠느냐고 물었다. 그 애와 말한 덕분인지 오전 국어 시간 내내 반 아이들 누구도 그를 괴롭히지 않았다. 이어진 수학 시간에는 쪽지 시험을 봤는데, 마지막의 가장 어려운 문제를 세 가지 방법으로 풀어냈기 때문에 높은 점수를 받을 수 있을 듯했다.

점심때는 방송부에서 그가 좋아하는 노래를 틀어 주었고, 교실에도 소란을 피우는 끔찍한 애들이 없었다. 오후에 선생님은 질질 끌지 않고 빠르게 종례를 마쳤으며, 그는 숙제마저 점심시간과 쉬는 시간에 전부 끝냈기 때문에 걸리는 게 하나도 없었다.

집으로 돌아오는 길에는 말괄량이 계집애가 그에게 달려와 편지를 쥐여 주고는 도망치듯 달려갔다. 연애편지였다! 생전 처음 연애편지를 받았다! 그 애를 전혀 좋아하지 않았지만 기분이 꽤 좋았다. 그는 길가에 선 채로 편지를 세 번이나 읽었다. 뜻밖에도 글씨가 무척 예뻤다.

편지를 잘 챙겨 집으로 돌아오다가 자기가 하는 게임의 새 외형과 장비가 출시된 것을 알았다. 아주 세련되고 멋있었다. 집에 가자마자 엄마한테 돈을 달라고 해서 게임 머니를 충전해야겠다고 마음먹었다.

집으로 들어가니 엄마가 음식을 잔뜩 만들고 있었다. 엄마가 음식을 많이 한다는 건 기분이 안 좋다는 의미였지만 그는 엄마의 기분에 신경 쓸 생각이 없었다. 지짐떡, 지짐떡, 지짐떡 하고 외치자 곧바로 돈이 쥐어졌다.

돈을 받자마자 곧장 게임에 접속해서 외형과 장비를 구입하고 자신이 길드 내 첫 구매자임을 세 번이나 확인했다. 조금 있으면 다른 사람들 눈이 벌게질 터였다. 곧이어 엄마가 밥을 먹으라고 불렀다. 저녁을 먹다가 보니…… 그는 어느새 이곳에 와 있었다.

☕

엄마의 주마등

오늘은 그녀 인생 최악의 날이었다.

아침에 남편과 함께 아이의 검사 기록을 보러 갔더니 의사가 생식 불능이라고 확진을 내렸다. 지난 몇 년 동안 온갖 방법을 다 써 봤다. 그녀는 더 이상 눈물조차 나오지 않았다. 그런 다음 남편이 할 얘기가 있다고 해서 자리에 앉고 보니, 남편은 젊은 여자와 함께였다.

남편의 바람이야 어제오늘 일이 아니었다. 예전에 이혼을 요구했을 때 죽어도 안 된다고 하자 남편은 그녀를 멍이 들도록 심하게 때렸다. 그래도 그녀는 절대 이혼할 수 없다고 버텼다. 혼자서는 아이를 돌볼 수 없다는 사실을 잘 알아서였다. 아이를 위해서라면 무엇이든 참을 수 있었다.

그동안 몇 번이나 무마했던 이혼 요구를 이번에는 받아들이지 않을 수 없었다. 공공장소에서 소란을 벌일 작정까지 했을 때 시부모가 어린 아기를 안고 들어왔다. 남편은 이 여자와 이미 아들을 낳았으니 한 가족으로 살 수 있게 해 달라고 말했다. 그녀는 자리에서 일어났다. 가정을 원한다고? 나랑은 가정이 아니야? 우리 애는 당신 아들이 아니냐고?

그녀가 소리치자 그들의 아들이 울기 시작했다. 그들의 아들이 울자 시어머니가 따귀를 날리며 전부 그녀 잘못이라고 욕했다. 그녀가 재수 없어서 그들 집안을 말아먹는다고 욕하고, 그녀가 그들 집안을 이용한다고 욕하고, 가난하다고 욕하고, 팔자가 드세다고 욕하고, 남편과 상극이라고 욕하고…….

시어머니의 욕은 귓등으로 흘려보냈지만 남편의 "변호사 부를까?"라는 물음에는 귀를 기울이지 않을 수 없었다. 그녀는 낯선 사람을 보듯 남편을 바라보았다.

"변호사를 선임하면 빈털터리로 나가야 될 거야. 시간문제일 뿐이니까 알아서 해."

그렇게 말할 때 남편은 젊은 여자와 깍지를 끼고 생판 남 같은 표정으로 그녀의 맞은편에 앉아 있었다.

갑자기 모든 게 끝났다는 생각이 들었다. 그녀는 이혼 합의서에 서명한 뒤 좀비처럼 집으로 돌아왔다. 집이 휑했다.

남편은 벌써 자기 물건을 옮겨 가 버렸다. 가슴이 꽉 막히고 온 세상이 산산조각 난 듯했다. 그녀는 누구에게 의지해야 할지 몰라서 친정엄마에게 전화를 걸었다. 엄마는 한참 동안 그녀의 울음을 듣고 또 한참 동안 위로해 주었다.

마음이 조금 따스해졌을 때 엄마가 그녀에게 말했다. 외삼촌이 가게를 내려고 하는데, 남편한테 돈을 좀 달라고 할 수 있니? 그녀는 정말 미칠 것 같아서 소리를 질렀다. 내가 방금 이혼했다고 했잖아!

생각지도 못하게 엄마가 대놓고 욕을 했다. 이혼하면서 돈도 챙길 줄 몰라? 너한테 위자료를 못 준대? 시집 잘 보내려고 키워 놨더니, 뭐? 어릴 때도 변변치 못하더니 커서도 똑같구나.

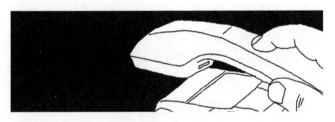

그녀는 중간에 전화를 끊어 버렸다. 줄곧 머리 위에서 흔들거리던 도끼가 마침내 떨어진 것처럼 더는 숨을 쉴 수가 없었다. 모든 것이 무너져 내려 세상에 아무것도 남지 않은 것만 같았……. 시계를 보니 아이 학교가 파할 시간이라 억지로 몸을 일으켜 장을 보고 식사를 준비했다.

그래, 그녀는 스스로에게 말했다. 아직 아이가 있잖아. 오늘부터는 아들과 둘이서 살아가는 수밖에 없어. 아들을 위해 요리를 배웠듯 아들을 위해 살아갈 수 있을 거야.

아들은 돌아오자마자 돈을 달라고 했다. 그녀는 자신의 경제 상태를 정확히 몰라서 며칠만 기다리라고 말했다. 그랬더니 아들이 지짐떡을 먹고 싶다고 말했다.

지짐떡! 또 지짐떡이라니!

그 죽일 놈의 지짐떡이 완벽했던 그녀의 삶을 이따위로 망쳐 놓았다!

너는 왜 이렇게 나를 괴롭히니?

순간 화가 치솟아 그녀는 처음으로 고개를 들고 아들의 얼굴을 똑바로 바라보았다. 오랫동안 감히 바라보지 못해서 아들이 그렇게 도발적이고 경멸이 가득한 시선으로 보는 줄 전혀 몰랐다……. 아들은 나를 줄곧 저런 눈빛으로 보고 있었단 말인가? 업보, 모든 게 업보였다…….

그녀는 갑자기 아들의 따귀를 때려 주고 싶었다. 아들마저 그녀 뜻대로 되지 않았다. 그렇지만 아들을 보자 자신이 유일하게 의지할 사람이라는 생각이 들어, 그녀는 힘없이 대답하는 수밖에 없었다. 며칠 뒤에 줄게, 지금은 엄마한테 정말 돈이 없어…….

그녀가 말을 끝맺기도 전에 아들이 그녀를 때리기 시작했다. 손바닥으로 거세게 그녀의 머리와 얼굴을 때렸다. 여러 대를 연속해서 두들겨 맞자 그녀는 순간 귀가 멍멍해졌다.

아들은 때리면서 소리쳤다. 누가 나를 이따위로 만들었는데? 엄마잖아! 나는 뭐 이렇게 살고 싶은 줄 알아? 나를 왜 낳았어? 나는 엄마를 볼 때마다 죽고 싶어!

아들은 때리다가 지쳤는지 잠시 손을 멈추었다. 그런 다음 두 손을 펴 보이며 말했다. 돈을 달라고.

바닥에 쓰러진 그녀는 꼼짝할 수가 없어서 눈빛으로 휴대폰을 가리켰다. 아들은 돈을 송금 받자 자기 방으로 뛰어 들어가 문을 닫았다.

그녀는 한참이 지난 뒤에야 겨우 일어날 수 있었다. 벽을 짚으며 부엌으로 갔더니 아까 올려 둔 가자미찜이 그대로 끓고 있었다. 너무 졸아서 굴피는 눌어붙고 파기름도 까맸다. 또 생선찜을 망쳤다……. 그러고 나자 모든 기대가 완전히 무너진 느낌이 들었다.

한 상을 가득 차린 뒤 그녀는 다시 가스를 켜고 저녁을 먹으라며 아들을 불렀다.

아가, 엄마는 이렇게 너와 죽으련다.

＊

그녀는 이미 눈물범벅이었다. 나는 조용히 냅킨을 건네주었다.

"아가…… 엄마는…… 엄마가 미안해, 미안하다……."

그녀는 말을 잇기 힘들 정도로 펑펑

울고 있었다.

시계를 보니 벌써 시간이 다 되었다.

다리에 오를 때 수척해 보이는 엄마가 아들 뒤를 따라갔다. 두 사람은 서로를 볼 수 없었지만 계속 앞뒤로 걸어갔다. 그러다 다리 건너편에 이르자 강물이 출렁이고 숲에서 쏴아 하는 소리가 울렸다. 나는 두 사람이 다리를 질질 끌며 나란히 걸어가는 모습을 보면서 저것 또한 평생을 함께한 거라고 생각했다.

아들의 그림자는 사라졌지만 엄마의 그림자는 여전히 그 자리에서 먼 곳을 바라보고 있었다. 그녀의 그림자가 평생의 죄책감이 늘어나는 것처럼 계속해서 길어졌다. 하지만 끝내 그녀도 사라졌다. 나는 그녀의 흐트러지는 뒷모습을 향해 허리 숙여 인사했다.

진실은 언제나 삼면으로 구성된다. 그의 것, 그녀의 것, 그리고 진실 그 자체.

나는 몸에 묻은 먼지를 털고 가게로 돌아와 다음 손님을 기다렸다.

맹파의 레시피

1. 탕수갈비

혀끝에 닿는 순간 오롯이 느껴지는 불 맛.
입에 넣는 즉시 누구도 헤어날 수 없게
만드는 바삭함과 감칠맛.
뼈마저도 달달한 향긋함까지,
누가 거부할 수 있겠는가?

2. 계화당지짐떡

살짝 집어 들면 바삭한 걸면이 한없이
단단해 보이지만 한 입 깨물면 엄청나게
부드럽고 쫀득한 떡이 숨어 있다.
잇새로 퍼지는 계화의 맑은 향과
달달함에 놀라지 말기를.

3. 귤피가자미

생선 살이 모든 것을 말해 주니
예의 차리지 말고 일단 먹자.
파채를 곁들인 꼬리 부분이야말로 가장
푸짐하고 맛있는 곳.
귤피 향이 전부 눈알에 들었다고 하면,
도전하겠는가?

열두 번째 밤:
딸기생크림케이크

　　　　　　　며칠 동안 지옥주방 문 앞에 눈이 잔뜩 쌓여서 염라대왕은 매일 눈 더미를 헤치며 백무상을 건져 올리려 했다. 그러나 백무상은 잡히지 않고 백무상이 몰래 숨겨 놓은 담배와 술, 수입 과자만 잔뜩 나왔다. 백무상을 귀여워하는 흑무상이 일을 나갈 때마다 사다 준 것들이었다.

　염라대왕은 그것들을 전부 몰수해 버렸다. 그래서 얼마 되지도 않았는데 지옥은 두 번째 단체 휴가에 들어갔다.

　판관은 지난번과 마찬가지로 두말없이 안경을 밀어 올리고는 흑무상 정예 팀을 파견해 백무상이 좋아하는 간식을 사 오게 했다.

　"이번에는 불고기 맛 사지 마. 안 좋아하니까."

내가 알려 주었다.

팀장 흑무상이 정중하게 고개를 끄덕였다.

오늘 손님은 서른 살쯤 되는 여자였는데 어찌나 말랐는지 뼈밖에 남지 않아 한 손으로도 들어 올릴 수 있을 것 같았다. 하지만 환자복 차림의 여자는 아주 힘찬 걸음으로 성큼성큼 문 앞까지 걸어왔다. 강가의 숲속 풍경이 사라지기라도 한 듯 보이지 않고 시선이 온통 여자에게 집중되었다.

나는 공손하게 문을 열었다.

"어서 오세요. 지옥주방에 오신 걸 환영합니다."

뭐라고 해야 할까, 여자의 눈빛에는 세상 따위 우습다는 자신감과 함께 개구쟁이의 반항심도 살짝 섞여 있었다. 무척 호감 가는 눈빛이었다.

"안녕하세요? 무엇을 주문하시겠습니까?"

나는 늘 그렇듯 공손하게 물었다.

"뭐든지 가능합니까?"

목소리도 털털하면서 살짝 허스키한 게 무척 듣기 좋았다.

"뭐든지 가능합니다."

나는 손에 든 자료를 들춰 보았다. 그녀의 마지막 세끼 식사는 음식이라고 할 수 없는, 병원에서 지정한 유동식과 영양소가 전부였다.

"드시고 싶은 음식이 있습니까?"

"일단 좀 볼게요."

그녀가 거의 거죽뿐인 팔로 배를 문지르자 환자복이 순식간에 푹 꺼졌다.

"역시 식욕이 느껴지지 않지만, 조금 기다리다 보면 배가 고파질 수도 있어요. 추천해 주실 음식이 있나요?"

나는 다시 자료를 들춰 보았다. 흑무상의 조사서에는 몇 년 동안 건물 아래 야시장의 차오산(潮汕) 죽집을 애용했다고 나와 있었다.

"사차장(沙茶醬)*소고기비빔국수 어떠십니까?"

"좋아요! 정말 좋네요! 아주 좋아요. 그걸로 먹을게요! 그리고 어묵탕도요!"

그녀가 호탕하게 웃었다.

"문제없습니다. 잠시만 기다려 주세요."

나는 고개를 끄덕이며 웃었다.

내 마음대로 할 수 있다면 직접 재료를 사다가 사차장을 끓이겠지만, 애석하게도 요즘은 염라대왕이 비용을 통제하고 있어서 어묵과 사차장 모두 백무상이 온라인으로 주문한 완제품이었다. 백무상은 소고기완자도 많이 샀다(자기가 먹을 생각이었던 것 같지만).

신선한 등심을 결을 따라 45도로 비스듬하게 썰었다. 그런 다음 동갓, 쌀국수, 등심을 각각 끓는 물에 데쳐 그릇에 담고 사차장을 넉넉하게 얹고는 지난밤에 만들어 놓은 적양

---

* 새우, 땅콩 등을 잘게 으깨어 만든 차오산 지역 특유의 소스.

파튀김, 미나리 잎과 줄기를 조금 뿌렸다. 이 속세의 별미는 나도 좋아한다.

김어묵탕은 훨씬 간단했다. 길거리 좌판 분위기를 살리기 위해 나는 일부러 그릇에 조미료와 닭고기분말, 참기름, 미나리를 넣은 뒤 김을 잘게 부수고 마지막으로 끓는 물과 어묵을 한데 그릇에 부었다. 모락모락 뜨거운 김이 오르는 야시장풍 김어묵탕이 바로 완성되었다.

그녀는 손에 있던 고무줄로 대충 머리를 묶고는 허겁지겁 먹기 시작했다. 정말 순식간에 비빔국수와 어묵탕을 깨끗이 비워 내더니 뭔가 아쉬운 표정까지 지었다. 다 먹고 나서 살짝 긴장한 표정을 지었지만 곧이어 안도의 한숨을 내쉬었다.

"또 토할 줄 알았는데 아무 느낌이 없네요. 정말 잘됐어요."

이어서 능청스레 또 나를 바라보았다.

"더 먹고 싶어요!"

"추가로 주문하고 싶은 음식은요?"

생각에 잠기는 그녀의 눈빛이 순간 미묘하게 어두워졌다.

"……딸기생크림케이크요."

"알겠습니다. 잠시만 기다려 주세요."

그녀가 뭔가 더 요구하려는 듯 입을 벌리기에 나는 조용히 다음 말을 기다렸다. 하지만 그녀는 잠시 생각하다가 고개를 저었다.

"마음대로 해 주세요. 먹을 수 있으면 다 맛있어요."

서리가 내린 뒤 처음 따 온 딸기, 네이멍구(內蒙古) 우유로 만든 생크림을 준비하고 스펀지케이크에 특별히 아카시아 꿀을 넣었다. 케이크는 두 손을 동글게 합한 정도의 작은 크기였다. 나는 첫 번째 스펀지케이크 사이에 얇게 썬 딸기를 가득 깔고 생크림을 두툼하게 바른 뒤 물었다.

"푸딩도 넣을까요?"

그녀가 힘껏 고개를 끄덕였다.

그래서 두 번째 스펀지케이크 사이에 푸딩을 한 층 깔았다. 마지막으로 스패출러를 이용해 케이크 겉면에 생크림을 편 다음 포인세티아로 포인트를 주고, 큼직한 딸기와 설탕 구슬을 가득 올려 그녀 앞에 내놓았다.

"정말 귀여워요."

그녀는 앙증맞은 케이크를 넋 놓고 바라보았다.

"잘라 드릴까요?"

나는 새로 장만한 산토쿠 칼에 뜨거운 물을 뿌리며 나름의 기대가 드러나지 않게 물었다.

"아니요! 포크를 주세요. 바로 먹어 치우게요!"

그녀가 딱 잘라 거절했다.

나는 깨끗이 닦은 새 칼을 조용히 집어넣었다. 의외로 그녀는 방금 전처럼 허겁지겁 먹지도 않았고, 딱 잘라 말한 것처럼 호탕하게 먹지도 않았다. 한 입씩, 아주 소중한 것을 먹듯 딸기생크림케이크를 조금씩 음미했다.

절반쯤 먹었을 때 그녀가 자조하듯 말을 꺼냈다.

"생각하면 할수록 한스럽네요."

"말씀해 보세요."

나는 그녀에게 정산샤오중(正山小種) 홍차를 내주었다.

여인의 주마등

그녀에게는 아주 친한 친구가 있었다. 아니, 아주 친했던 친구가 있었다.

시간이 흐르면서 '친하다'라는 말은 상투적인 수식어에 불과할 정도로 무의미해졌다. 두 사람은 못 할 말이 없을 만큼 친밀했다. 그리고 처음에는 두 사람에게 아무런 차이도 없었다.

친구는 타고난 연애꾼이었다. 이목구비를 하나씩 뜯어보건 합쳐서 보건 지극히 평범하게 생겼지만, 연애운이 놀랄 만큼 좋아서 남자가 끊이지를 않았다. 친구에 견주면 그녀는 무협 소설 속 '절명초(絶命草)' 같았다. 반경 백 리 안에서 다른 생명체를 찾아볼 수 없는 풀처럼, 그녀 주변에서 이성은 그녀를 멀리서 바라보기 위해 존재하는 듯했다.

고등학교 때 두 사람 모두 연애를 했다. 친구의 상대는 매일 아침 친구와 함께 등교하려고 멀리서부터 지하철을 타고 찾아왔다. 그리고 자기 엄마가 만들어 준 화려한 아침, 토마토와 상추, 베이컨을 넣은 샌드위치를 통째로 친구에게 주었을 뿐만 아니라 주머니에 있는 돈을 모두 털어 간식을 사 주는 등…… 한마디로 친구를 무척 좋아했다.

그러나 그녀가 좋아한 상대는 매일 아침 그녀가 먼 길을 돌아서 찾아가야 했다. 그녀는 그가 아침을 사 줄지도 모른다고 기대하면서 뒷골목 가게에서 기다렸다. 수업이 끝난 뒤에는 1초라도 더 손을 잡고 싶어 지하철을 갈아타며 멀리 돌아서 집에 왔다. 날마다 집 전화로 남자 친구 휴대폰에 전화를 걸고, 남자 친구 눈치만 보다가 끊었다. 한마디로 별 사랑을 받지 못했다.

그때 친구의 남자 친구는 매일 빵집에서 케이크를 한 조각씩 사 주었다. 사치스럽다고는 할 수 없어도 날마다 반복되는 정성에 혀를 내두르지 않을 수 없었다.

하루는 친구가 케이크에 질렸다면서 아침을 먹지 않은 그녀에게 주었다. 기본적이고 평범한 딸기생크림케이크였다. 커다랗고 새빨간 딸기와 진하고 새하얀 생크림, 노란 스펀지케이크로 만든 케이크…….

딸기의 새콤달콤함은 팡팡 터지는 폭죽 소리 같고 생크림의 부드러움은 머릿속을 하얗게 불태우는 불꽃 같았다. 한 입을 삼키자 마음속에 꾹꾹 묻어 두었던 질투가 순식간에 타올랐다. 갑자기 화가 나서 그녀는 남자 친구에게 헤어지자고 말했다. 그래 놓고 며칠 뒤에는 엄청 후회했다.

그녀가 친구의 케이크를 먹어 본 건 그때뿐이었다. 그 뒤로는 케이크가 질렸다고 하면서도 매일 행복하게 먹는 친구의 옆얼굴을 보며 하늘을 찌를 듯 자라나는 부러움에 시달려야 했다.

대학 입학시험을 본 뒤 그녀는 늘 꿈꾸던 방송학과에 진학했고, 친구는 간발의 차이로 4년제 대학을 떨어져 전문대에 진학했다. 어쩌면 나이가 들어서, 어쩌면 전공 때문에, 또 어쩌면 부러움에 힘껏 분발한 덕분에 그녀는 갈수록 멋있어졌다. 외모도 그랬다. 예전에는 친구 옆에 있으면 공주를 모시는 시녀 같았는데, 이제는 실력이 막상막하인 참모 같았다. 내적으로는 대학이 갈리고 친구가 그녀보다 먼저 사회생활을 시작했기 때문에 생각이나 일을 처리하는 방식에서 가끔 충돌했다. 하지만 오랫동안 지켜 온 암묵적인 동의로 조용히 지나가곤 했다.

친구는 여전히 부러움을 자아내는 대상, 언제나 남자들의 사랑을 받는 존재였다. 대학을 졸업한 뒤 친구는 금세 사랑에 빠지더니 금세 결혼했다. 죽고 못 살 듯이 사랑했지만, 친구가 원하는 물질생활을 남자가 충족해 주지 못하자 끝내는 좋지 않게 이혼하고 말았다.

그녀는 한 번도 열렬한 추종자를 만나지 못해 연애도 담담하게 했다. 상대는 아주 평범한 남자로 순박하고 재미없었다. 세상의 꽤 많은 사람이 겉으로 볼 때는 아무 문제가 없다. 일자리도 안정적이고 집안일에도 적극적이며 바람기도 없고 믿음직하게 느껴진다. 그런데 막상 살다 보면 얼마 지나지 않아 사랑 세포라는 게 애당초 없는 사람임을 깨닫게 된다. 그가 바로 그런 유형이었다. 그녀는 사랑에 푹 빠지지는 못했지만 그런대로 만족할 만은 했다. 그녀는 그렇게 스스로를 위로했다.

친구는 이혼한 뒤 만날 때마다 새 휴대폰을 들고 나오지 않으면 새 명품 목걸이를 걸고 나왔다. 추종자도 많고 후보자는 더 많았다. 친구는 휴대폰을 바꿔 준 상사가 자기가 이혼한 것에 개의치 않고 싱가포르에 가자고 한다느니, 목걸이를 사 준 경찰은 돈은 좀 있지만 집이 없다느니 하며 시시콜콜 전부 이야기했다. 그녀는 그들 모두 총알받이에 불과하다는 것을 알면서도 언제나 최선을 다해 들어 주고 분석해 주었다.

친구는 여전히 그녀가 천신만고 끝에 겨우 얻는 모든 것을 너무도 쉽게 누리고 있었다. 그녀는 무슨 물건을 원하든 자신의 땀방울로 힘겹게 장만해야 했다. 휴대폰을 바꾸려면 지금 하는 일에 추가로 더 일해야 하고 목걸이를 사려면 주택 부금에 부을 돈을 고민해야 했다. 그러나 친구는 부드러운 눈빛을 보내거나 밤새 문자로 이야기만 해도 천군만마

같은 남자가 기꺼이 영혼까지 바치게끔 만들 수 있었다.

그녀는 친구에게 정말 재능이라며, 왜 적극적으로 활용하지 않느냐고 물었다. 친구는 그러면 상처를 줄 수 있다며, 다른 사람이 힘들어하는 모습을 보고 싶지 않다고 대답했다. 그녀는 이 세상에 네가 유혹 못 할 남자도 있느냐고 물었다. 친구는 눈을 흘기면서 있을 리가 있겠느냐고 대답했다. 두 사람은 다른 개인사에는 입을 다문 채 그런 이야기만 끝없이 늘어놓다가 웃음을 터뜨렸다.

마지막에 친구가 물었다. 너랑 그 사람은 잘 지내? 그녀는 눈을 흘기면서 똑같다고 말했다. 친구는 매번 부드러운 눈빛으로 그녀를 보며 애정과 감동이 담긴 말투로, 그럼 됐다고 말했다.

✳

"맹파, 케이크가 없어졌어요."

그녀가 살짝 분하고 억울하다는 표정으로 나를 본 뒤 마지막 남은 케이크를 무자비하게 욱여넣고는 또 살짝 처량하게 말했다.

나는 접시를 가져다 씻었다.

"저는 정말 그 애가 밉지만 보고 싶기도 해요. 생각할수록 밉고, 미울수록 그리워요. 분명 그 애가 배신했는데 제가 더 힘드네요."

"원래 피해자가 제일 아픈 법이지요."

내가 접시를 닦으며 대꾸했다.

"왜 가해자가 힘들지 않죠? 너무 불공평해요."

그녀는 매력적인 목소리로 한없이 어리석은 말을 했다. 나는 그녀를 쓱 바라보고는 아무 말도 하지 않았다. 그녀는 고개를 흔들며 하하 웃고는 이야기를 이어 갔다.

여인의 주마등

그녀는 순조롭게 결혼하고 순조롭게 임신해 순조롭게 아이를 낳았다. 아이를 낳은 뒤에 체형이 심하게 바뀌어, 산후조리가 끝났을 때 그녀는 심한 우울감에 빠졌다. 세상에서 자기가 제일 뚱뚱한 것만 같았다. 반년 만에 출산 전 몸무게를 회복했지만 그녀는 계속해서 자기가 아주 뚱뚱하다고 생각했다.

그렇게 해서 끔찍한 거식증에 걸렸다. 처음에는 전혀 자각하지 못해 자기 체중만 가혹하게 관리했다. 남 앞에 드러낼 수 없는 몸매라고 생각했기 때문에 남편마저 한사코 밀어냈다. 그런데 남편은 평소와 똑같이, 불만을 나타내지도 않았지만 그녀의 태도에 아무런 관심도 보이지 않았다.

육아 스트레스와 복직 스트레스, 체중 스트레스…… 온갖 스트레스 때문에 그녀는 숨도 쉬기 힘들 지경이었다. 자기가 조금씩 계속해서 말라 간다는 것만이 유일한 위안이었다. 그녀는 다이어트를 위해 일주일 내내 식사하지 않을 때도 있었다. 뭔가를 먹으면 각종 약물로 비워 내고, 약물이 없으면 직접 게워 냈다. 끝내 확진을 받고 입원했을 때는 완전히 심각한 상태였다.

그런데 얼마 뒤, 친구가 울면서 병원으로 찾아와 잘못했다고 말했다. 친구는 스스로 자랑스럽게 생각하는 그 불쌍한 눈빛으로, 그녀가 산후조리 중일 때 실수로 그녀 남편과 잤다고 말했다. 친구는 그녀 남편에게 키스한 바로 그 입으로, 원치 않았고 미안했지만 자연스럽게 그렇게 되었노라고 말했다.

그녀는 병상에서 멍하니 친구를 바라보았다. 머릿속이 새하얘지고 친구에게서 남편 냄새가 나는 것만 같았다. 몸에 개미가 잔뜩 달라붙어 물어뜯는 것처럼 견딜 수가 없었다.

그러고 나서 친구는 귀엽게 애교까지 부렸다. 용서해 줄 거지?

그녀는 따귀를 몇 대 얻어맞은 기분이었다. 아무 말도 할 수 없었다.

친구는 그녀의 손을 꽉 잡고 뾰로통하게 말했다. 넌 다 가졌잖아. 좋은 학력과 완벽한 가정, 고액 연봉, 건강한 아이……. 하지만 나는 아무것도 없어. 예전의 너는 내 뒤를 따라다니면서 나한테 케이크를 얻어먹었는데, 왜 지금은 세상이 전부 너를 중심으로 돌까?

그녀는 갑자기 냉정을 되찾았다. 극도의 수치심 뒤에 오

히려 평온해지듯 머리가 빠르게 돌아갔다. 그래서 자기 인생에서 가장 침착한 어조로 말했다. 그렇지만 네 주변 사람들은 전부 너를 중심으로 돌지. 너는 손가락 하나로 그 많은 남자들의 세계를 뒤집을 수 있잖아. 그런데 나는 전부 내 힘으로 한다고!

친구는 웃었지만 그녀는 친구의 기분을 알 수 없었다. 친구가 이어서 말했다.

하지만 너는 나를 부러워하지 않잖아.

딸기생크림케이크랑 똑같아. 네가 먹을 수 없는 걸 보고 나서야 그렇게 맛있더라. 너는 알아채지 못했겠지만, 사실 지금은 너도 세상이 너를 중심으로 돌기를 바라잖아? 너는 좋은 학교를 나와서 좋은 남자와 결혼해 좋은 일자리를 찾았고 제일 좋은 때에 아이를 낳았지……. 무엇을 위해서겠어? 너는 나처럼 유혹하는 능력은 없지만 내가 원하는 모든 것을 가졌어. 왜 내 전문 분야에서까지 네가 더 많이 갖느냐고?

그녀는 문득 그동안 친구를 전혀 몰랐다고 생각하는 한편, 친구의 윤곽이 처음으로 선명하게 보이는 듯했다.

마지막으로 친구는 정답게 그녀의 뺨을 어루만지고 달콤

한 어투로 말했다. 그래서 나는 네가 엄청 질투 나. 나야말로 좋은 남자를 가져야 하는 사람이야. 나야말로 선택받고 주목받아야 하는 사람이라고. 너는 다른 재능과 능력도 많지만, 나는 말이야, 오로지 남자만 휘어잡을 수 있을 뿐이라고. 나는 내 유일한 재능으로 너의 후천적인 노력을 상대했고 내가 이겼어. 그런데 즐겁지가 않네.

*

"저, 담배를 좀 피우고 싶어요."

그녀가 멍하니 나를 바라보았다.

나는 그러라고 손짓했다.

"가게 안은 금연이지만 바깥은 괜찮습니다. 어떤 담배를 피우시나요?"

"아무거나요. 그냥 담배가 간절할 뿐이에요."

그녀는 까만 쇠못처럼 문 앞에 서서 강을 마주한 채 천천히, 소리 없이 한 개비를 다 피웠다. 그런 다음 발그레한 얼굴로 따뜻하게 나를 보았다.

"저 준비 끝났어요."

내가 공손히 다리까지 배웅할 때 그녀가 내 손을 꽉 쥐며 물었다.

"제 아이의 미래를 볼 수 있으세요?"

나는 그녀의 손을 풀면서 미안한 표정으로 고개를 저었다.

"노력한 게 잘못일까요?"

그녀가 다시 내 손을 꽉 잡았다.

나는 대답하지 않았고 손을 풀지도 않았다.

"됐어요. 그럼 갈게요!"

그녀가 다시 정신을 가다듬고는 찬란하게 웃었다.

"안녕히 가세요."

나는 가볍게 고개를 끄덕였다.

내 착각인지 아니면 다른 이유에서인지, 그녀는 그리 마르지 않고 혈색도 좋아 보였다. 떠나는 발걸음도 무척 힘찼다. 그녀의 뒷모습을 보는 내내 설핏한 빛이 느껴졌다.

나는 그 자리에서 뚫어져라 바라보았다. 그녀의 모습이 완전히 사라졌을 때에야 강물이 비로소 정신을 차린 듯 찰랑찰랑 조용하고 유유히 흘러가기 시작했다. 나는 그녀가 이미 사라진 곳을 향해 허리를 숙여 인사했다.

진짜 잘못은 가해자가 자신의 행위를 도덕적으로 옳다고 여기는 것이다.

나는 몸에 묻은 먼지를 털고 가게로 돌아와 다음 손님을 기다렸다.

맹파의 레시피

1. 사차장소고기비빔국수

젓가락으로 국수를 들어 올려 시곗바늘 방향으로, 위아래로 리드미컬하게 섞어서 통통한 면발에 사차장이 골고루 얇게 배어들게 한다. 한 입 넣고 나면 도저히 멈출 수 없다.

2. 김어묵탕

첫 입은 맑은 국물로 담백하고 비릿한 향을 즐기고, 두 번째는 김으로 입 안을 담담하게 정리하며, 세 번째는 어묵으로 탄성의 절정을 느낀다. 의식이 끝났으니, 이제는 마음껏 즐기길.

3.딸기생크림케이크

칼을 뜨거운 물에 담궈서 자르면 완벽하게 매끈한 조각이 나온다. 삼각형 꼭지 각도가 30도일 때 제일 예쁘다. 포크 앞면이 보이게 들고 단숨에 자른다. 딱딱한 밑면에 닿으면 살짝 힘을 줄 것. 딸기와 생크림, 푸딩이 전부 보이도록 포크에 올려 한 입에 모든 풍미를 맛보는 게 최고고!

4. 정산샤오중

찻잎을 씻어 낸 뒤 5그램을 유리포트에 넣고 뜨거운 물 130cc로 첫 잔을 우린다. 한참을 우려낸 뒤 같은 식으로 반복한다. 찻잎이 펴지는 세 번째까지가 좋다. 92도까지 식힌 뒤에 맛보기를. 최고의 진쥔메이(金駿眉)[*]를 느낄 수 있다.

[*] 정산샤오중 홍차 가운데 최고라는 명차.

열세 번째 밤:
돼지고기회향만두

　　　　요즘 백무상은 간식계 거부라도 된
듯이 지옥의 간식 판도를 좌지우지했다. 그러면서 지옥주방
에서 가장 흔한 광경도, 점쟁이처럼 입구에 자리를 잡은 백
무상 앞에 남녀노소의 흑무상들이 길게 줄 서서 각종 시대
별 간식을 사는 모습이 되었다.

정말 어떤 시대 간식이든 없는 게 없어서 나도 감탄이 절
로 나왔다. 흑무상들은 추억이 가득한 간식을 맛보면서 위
안을 받는 듯했다.

"이렇게 신기하고 구하기 힘든 간식이 다 어디서 났어?"

내가 백무상에게 물었다.

"염라대왕이 밤마다 내 방석 밑에 몰래 넣어 줬어요. 꼬박
삼 년을 모았지요!"

"그럼 지금은 왜 전부 파는데?"

나는 무척 궁금해졌다.

백무상이 당당하게 소리쳤다.

"독립적인 여자가 되려고요!"

그날 밤부터 백무상의 방석 밑에는 간식이 놓이지 않았다.

이튿날, 나는 백무상 몸에 소복이 쌓인 눈을 털어 주며 말했다.

"착하지, 슬퍼하지 마. 손님 오셨네."

오늘 손님은 마흔 초반의 여자였다. 맑고 차가운 강물이 여자와 어우러지면서 무척 아름다워 보였다.

"어서 오세요. 지옥주방에 오신 걸 환영합니다."

나는 미소를 지으며 공손하게 문을 열었다.

"무엇을 주문하시겠습니까? 생전에 마지막으로 드신 음식은 채소, 김새우탕, 쌀밥입니다. 어제저녁에는 라면과 소시지도 드셨네요."

나는 여자를 자리로 안내한 뒤 손에 든 자료를 펼쳤다.

"전부 먹고 싶지 않아요. 죽고 나면 원래 이런가요? 뭘 주문하는 게 좋죠?"

여자가 고개를 저으며 웃었다.

"무엇이든 가능합니다. 생전에 드셨다면요."

"아……. 예전에 늘 돼지고기회향만두를 먹고 싶어 했어요. 무척 그립네요. 한 접시 부탁해도 될까요?"

여자가 기지개를 켰다.

나는 고개를 끄덕이며 물었다.

"지금 바로 빚어 드리겠습니다. 물만두가 좋으세요, 군만두가 좋으세요?"

"지금 바로 빚는다면 역시 물만두가 맛있죠. 그럼 부탁드립니다."

그릇에 밀가루를 적당량 덜고 소금 1작은술과 달걀흰자를 넣은 뒤 별도의 그릇에 차가운 물을 담아 놓고 반죽을 시작했다.

먼저 물을 조금 부어 손으로(이때는 젓가락도 괜찮다) 밀가루를 성기게 섞은 다음 밀가루 뭉치를 힘껏 치댔다. 이어서 손에 물을 묻혀 반죽 위쪽을 적셔 가며 계속 치댔다. 두세 번 반복해서 물을 묻혀 반죽한 다음 솥뚜껑으로 꽉 눌러 30분 정도 숙성시켰다.

반죽이 숙성되는 동안 속 재료를 준비했다. 삼겹살을 잘게 다져 소금과 연간장, 오향분, 곡주, 참기름, 다진 파와 생강을 넣고 30분 동안 재었다. 회향은 뿌리를 잘라 깨끗이 손질한 뒤 물에 담가서 씻고, 물기를 제거해 잘게 다진 다음 재어 둔 고기소에 넣었다. 회향과 고기를 3 대 1 비율로 담아서 달걀을 하나 넣고 고기소에 힘이 생길 때까지 시곗바늘 방향으로 골고루 섞었다.

잘 숙성된 반죽을 길게 늘이고 칼이나 손으로 작게 떼어 낸 다음 밀대로 동그랗게 밀어 만두 빚을 준비를 끝냈다.

사실 물만두는 어려울 게 없다. 전통 방식에서는 만두를 끓일 때 찬물을 세 차례 부어 준다. 물이 끓어 넘치는 것을 막고 만두가 끓는 물에 흔들리다 터지는 것을 막기 위해서다. 그렇지만 요즘은 화력을 조절해 온도를 맞추면 되기 때문에 중간에 물을 더 붓지 않아도 된다.

만두가 보글보글 끓으며 물에서 김이 올라오자 여자가 방글거리는 얼굴로 나를 바라보았다.

"뭔가 가져가기 싫은 기억이 있으십니까?"

내가 물었다.

여자가 생각에 잠기기도 전에 벽면의 주마등이 저절로 돌아가기 시작했다.

여자의 주마등

매미 소리가 숨 막히게 답답하던 한여름, 그녀는 만난 지 사흘 된 남자를 따라 20여 년을 살아온 작은 시골 마을을 떠났다.

마을을 빠져나가는 차 안에서 그녀는 산길 양쪽의 무성한 수풀이 밤빛 속에서 휘익 뒤로 멀어지는 광경을 지켜보았다. 일망무제의 어둠만이 펼쳐진 눈앞 저 멀리에서 드문드문 자동차 불빛이 희망처럼 반짝거렸다.

덜컹거리는 차에 앉아 끝 쪽에서 천천히 움직이는 하얀 점을 보며 기차인가 생각하자 머릿속에서 칙칙폭폭 기적 소리가 울리고, 자동차인가 생각하자 부릉부릉 엔진 소리가 들렸다. 수풀과 대나무가 산머리를 겹겹이 싸고 있어서 가면 갈수록 동화 속 어두운 숲으로 들어가는 기분이 들었다.

남자가 음악을 린쯔샹(林子祥)의 〈강한 남자〉로 바꾸었다. 그녀는 운전하는 남자를 곁눈으로 훔쳐보면서 이런 게 영웅의 모습이겠다고 생각했다.

밤빛이 불현듯 짙어졌다.

차로 네 시간을 달린 뒤 기차로 이틀을 더 갔다. 도시에 도착했을 때 첫 느낌은 공기가 무척 나쁘다는 것이었다. 폭염 속에 먼지가 휘날려 숨을 쉴 때마다 코털이 뒤엉키는 느낌이었다.

50시간 동안 기차를 탔더니 길에 내려서도 지면이 흔들거리고 조금만 정신을 팔면 철컹철컹하는 기차 소리가 들리는 듯했다. 전화 카드로 고향의 두 언니에게 잘 도착했다고 전한 뒤 남자의 도시 형제들에게 양고기샤부샤부를 대접받았다.

화로에서 모락모락 열기가 오를 때, 남자가 형제들에게 자기 여자라며 그녀를 소개했다.

"형수님이 엄청 미인이네?"

"형한테 이런 미인은 과분하다! 대체 뭔 복이야!"

그녀의 뺨이 열기 속에서 확 달아올랐다. 누군가에게 소속된 느낌은 화끈거릴 정도로 달콤했다.

"당신이 양고기 안 좋아하는 줄 알지만 이 고기는 정말 맛있어. 먹어 봐."

남자가 그녀에게 양고기 어깨살을 건져 주자 옆에서 동생들이 휘파람을 불어 댔다.

이게 꿈이라면.

"이 깨장에 찍어. 응, 조금만."

남자가 잘 익은 고기를 집어 그녀 그릇에 놓았다.

이게 정말 꿈이라면.

그녀는 조심스럽게 고기를 먹었지만 무슨 맛인지 알 수가 없었다.

"누린내 안 나지?"

남자는 그녀의 눈썹이 예쁜 초승달로 변하는 것을 보았다.

몸이 떨릴 정도로 달콤했다.

그날 한밤중까지 먹고 마신 뒤에야 집으로 돌아왔다. 그녀는 남자 품에 안겨 창밖을 내다보다가 난생처음으로 유성이 떨어지는 장관을 직접 보았다. 처음에는 희미하더니 나중에는 모래사장으로 튀어 오르는 물보라처럼 즐겁고 힘차게 검은 밤하늘에서 피어났다.

시간이 조용히 멈췄다. 그녀의 눈앞에는 한 가닥 또 한 가닥 기다란 불빛이 한 번 또 한 번의 입맞춤처럼 부드럽게 그녀의 가슴을 감싸며 사라졌다가 나타나기를 반복했다.

그녀는 옆에 누운 남자 쪽으로 고개를 돌려 손을 뻗고는 그의 윤곽을 몇 번이나 더듬었다. 그의 모든 것을 자기 생명

속에 박아 넣고만 싶었다. 그의 입술 주름은 몇 개인지, 눈썹은 얼마나 되는지, 귀 뒤편 어디에 점이 있는지…….

조상님, 신령님, 영원히 깨지 않게 해 주세요.

달콤한 생활은 그리 오래가지 않았다. 먼저 큰언니네 집에서 일이 터졌다. 큰형부가 밀을 수확하다가 갑자기 쓰러지더니 일어나지를 못했다. 읍내 병원까지 업고 갔을 때는 이미 늦어서 식물인간처럼 집에 드러눕게 되었다. 매일 누군가가 침을 닦고 기저귀를 갈아 줘야 했다.

이듬해 섣달그믐에는 둘째 형부마저 사고가 났다. 그날 밤 제야 음식을 먹은 뒤 둘째 형부는 오토바이에 작은언니를 태우고 큰언니 집을 나섰다. 고장 난 전조등을 고치지 않은 데다 밤길이라 아차 하는 순간 나무를 들이받고 말았다. 언니는 가벼운 찰과상만 입었지만 형부는 오토바이 서스펜션에 폐를 찔려 즉사하고 말았다.

한밤중에 둘째 형부의 부음을 들은 그녀는 전화기를 든 채 어쩔 줄 몰라 했다. 눈물이 먼저 떨어졌다. 남자는 두말없이 모든 일을 내려놓은 채 그녀를 데리고 길을 나섰다.

둘째 형부의 이레째 제삿날 두 사람은 마을로 돌아갈 수 있었다. 하필 정월 초이레라 마을에서는 화신제(火神祭)를 지내고 있었다. 집집마다 대문 앞에서 짚으로 만든 횃불에 불을 붙인 뒤 마을 바깥까지 옮겼다. 화재를 물리치고 새로운 한 해의 평안을 비는 의식이었다. 바로 그런 이유 때문에 마을 사람들은 정초 화신제 때는 부정 탈 일을 어떻게든 피하려 했다.

그날은 아무도 둘째 형부의 제사에 오지 않았다. 심지어 불을 내보내는 길마저 조용히 둘째 언니네 집을 에둘러 만들어졌다. 그녀는 집 안에서 새어 나오는 작은언니의 서러운 통곡을 듣고 집 밖 마을 사람들의 격앙된 노랫소리 속에 타오르는 불빛을 보면서 세상이 끔찍하게 냉정하다고 생각했다.

자정이 지나자 드디어 사람들이 하나둘 찾아오기 시작했다. 울고 절한 뒤에는 또 여기저기 모여 남편을 잡아먹는 집안이라고 수군거렸다.

"어쩜 이렇게 공교롭냐고. 자매들 남편이 모두 사고를 당하다니."

"큰애도 남편을 잡아먹고 둘째도 잡아먹었으니 막내도 틀림없이 그럴걸!"

"이 집 아버지도 그렇게 죽었대."

"막내가 남편 데려왔지? 젊은이가 정말 불쌍하게……."

남편을 잡아먹는다고? 남편을 잡아먹는다니. 남편을 잡아먹는다니!

그 말은 갑자기 그녀 삶에 뿌리를 내리더니 그녀 가슴에서 어떻게 해도 뽑아낼 수 없는 날카로운 독침이 되었다.

저주에 가까운 말은 갈수록 심해지고 언니들 정신 상태는 갈수록 엉망이 되었다. 그녀가 더는 참을 수 없어 욕을 퍼부으려 할 때 남자가 깜짝 놀랄 행동을 했다. 마을 사람들 앞에서 무릎을 꿇고 청혼한 것이다.

"당신을 데려갈 때도 아무 명분을 주지 못했잖아."

그녀의 손을 꽉 쥔 남자의 손바닥이 땀으로 흥건했다. 그녀는 남자의 눈에 비친 그림자를 보았다. 다른 사람은 없었다.

눈물이 솟아올랐다. 남자는 조금도 망설이지 않고 그녀를 위해 천군만마를 막아 주었다. 갑자기 엄청난 용기가 생기면서 천군만마에 깔려 죽어도 상관없겠다는 생각이 들었다.

당신을 사랑하니까.

＊

"양고기샤부샤부는……."

그녀가 말을 하려다가 멈췄다.

"드시고 싶으면 바로 준비하겠습니다."

"아니요. 그 뒤에도 여러 번 먹었는데, 그때 같은 맛이 안 나더라고요."

그녀가 손을 내저었다.

나는 이해한다는 뜻으로 고개를 끄덕였다.

"그리고 저는 원래 양고기를 안 좋아해요. 또 누린내가 없다지만 입에서는 안 나도 머리카락과 옷에 다 배는걸요. 안팎으로 전부 씻어 내느라 얼마나 귀찮았는데요. 도대체 잘 없어지지도 않고……."

그녀가 아무렇지도 않은 듯 지난날을 떠올렸다.

"만두 나왔습니다."

내가 웃으며 말했다.

여자는 대충 머리를 묶으면서 신나게 먹을 준비를 했다.

"돼지고기회향만두입니다. 여기에 다진 마늘과 식초, 갓 끓인 고추기름이 있으니 소스는 취향대로 만들어 드세요."

"다진 마늘요? 생마늘 몇 개 주실 수 있어요?"

"그럼요."

김이 모락모락 올라오는 돼지고기회향만두는 살짝 초록빛이 감돌았다. 한 입 베어 물자 회향의 독특한 향신료 맛이 진하게 입으로 퍼졌다.

그녀가 맛있게 즐기는 동안 벽면의 주마등이 다시 돌아갔다.

여자의 주마등

결혼하고 얼마 뒤부터 남자의 사업이 번창했다. 반면 시골의 들꽃 같던 그녀는 점점 향기를 잃어 갔다.

처음에는 그녀도 성질을 부렸지만, 그녀의 소동은 바다로 가라앉는 돌처럼 남자한테 아무 영향을 주지 못했다.

남자는 그녀를 달래다가 대충 맞춰 주더니 나중에는 멀리

했다. 처음에는 새벽에 들어오는 정도였는데 갈수록 들어오지 않는 날이 많아졌다. 남자를 어쩌다 한 번씩 보는 일이 잦아지고 오래 이어지자, 어느 날 문득 그녀는 남자의 변화에 익숙해졌음을 깨달았다. 남자가 자신을 똑바로 바라보지 않는 것에도 익숙해지고 자기 혼자 사소한 일을 처리하는 데에도 익숙해졌다.

하지만 그것으로 충분했다.

"내가 무슨 자격으로 더 바라겠어?"

그녀는 커다란 집에서 매일 반복되는 영원한 황혼을 보며 그렇게 스스로를 달랬다.

한때 좋아했던 곡조가 귓가에 떠올라 그녀는 작은 소리로 흥얼거렸다. 왈칵 눈물이 솟더니 천천히 뺨을 타고 흘러내렸다. 그녀는 손으로 얼굴을 감싸는 수밖에 없었다.

벌써 여름이 지나가고 있었다. 이런 여름밤은 비할 데 없이 서늘했다. 언제든 폭발할 것 같은 공기와 기이한 찬 바람이 한데 섞여 그녀의 꿈속에 길게 머물렀다.

갈수록 그녀는 절망했다. 건조하고 뜨거운 한밤중에 혼자 침대에서 눈을 떴다가 피곤함에 다시 드러눕곤 했다. 적막하고 긴 어둠 속에서 혼자 날이 밝기를 기다렸다.

그는 한때 그녀였고 삶에서 가장 소중한 감정이었다. 그녀는 다른 사람을 떠올릴 수 없었다. 그저 질식할 듯한 절망에 잠식당하는 기분만 들었다.

그런 한밤중, 남자는 가끔 곤드레만드레 취해서 갑자기

집으로 돌아오곤 했다. 그러다가 반쯤 잠에 취해 부축하는 그녀를 발견하면 옆으로 밀어 냈다.

"떨어져. 나는 날마다 밖에 나가 돈을 버는데 당신은 뭐 해?"

그녀는 반박할 말이 없어서 그저 꾹 참으며 남자의 옷을 벗겨 주었다. 남자의 셔츠에 술 자국과 립스틱 자국이 선명했지만 그녀는 무표정하게 집어 들었다.

"빨래는 할 줄 아나? 손에 물 안 묻힌 지가 얼만데 뭔들 제대로 하겠어?"

남자가 술 취한 목소리로 시비를 걸었다. 보이지 않는 손이 그녀의 심장을 꽉 틀어쥔 듯 숨이 턱턱 막혀 왔다.

그녀가 아무 대응도 하지 않자 남자는 그녀를 통유리 쪽으로 밀고 가 억지로 야경을 보게 했다. 그는 완전히 취했다. 살집도 많이 붙고 종일 수염을 깎지 않았는지 아래턱이 거뭇거뭇했다.

언제 이렇게 살이 쪘지? 식사를 제대로 못 하나 보네.

"나한테 고맙지 않아? 내가 당신한테 이런 대도시를 보여 줬으니까."

남자가 돼지처럼 소파에 털썩 주저앉은 뒤 손가락으로 창밖의 가물가물한 불빛을 가리켰다.

"청소도 제대로 못 하고, 음식도 짜기만 하지. 제대로 알아 듣는 것도 없고!"

그가 트림을 하며 눈을 감고 술주정을 늘어놓았다.

남자는 그녀를 창에 붙이고 그녀의 잠옷 바지를 벗기려 했다.

"당신 큰언니도 남편을 잡아먹고 둘째 언니도 잡아먹었지 만, 나는 그래도 당신을 맞이했어."

옷을 벗기다가 비로소 그녀라는 것을 알아챘는지 남자는 흥미가 떨어졌다는 표정으로 자기 바지를 올리더니 비틀비 틀 방으로 들어갔다. 그녀 혼자 멍하니 아랫도리를 벗은 채 창 앞에 남아 있었다.

그녀는 도시의 네온등, 그 반짝이는 한밤의 해수면을 바 라보았다. 끌어안고 싶어 손을 뻗었지만 따뜻한 달빛에 찔 릴 뿐이었다.

남자는 매번 이튿날 술이 깨면 다시 다정해졌다.

남자는 돼지고기회향만두를 좋아했다. 그녀는 항상 잔뜩 빚어서 냉장고에 넣어 두었다가 그가 돌아오면 몇 개를 구 워 아침상에 죽과 함께 올렸다.

"요즘 큰처형은 어때?"

이미 고향의 가족을 근처로 불러들인 뒤라서 남자는 사무 적으로 안부를 물었다.

"잘 지내요. 간병인을 바꿨어요. 전에 일하던 사람이 또 멏

대로 그만뒀거든."

그녀는 만두를 한 입 먹었다. 조금 짰다.

"그렇구나. 형님은 그대로고?"

"며칠 전에 전문의한테 보였는데 한참을 진찰하더니 그럴 수밖에 없다고 했어요. 수입 약만 잔뜩 처방하면서 어쨌든 먹어 보자고."

남자가 억지로 만두를 삼킨 뒤 냅킨으로 입을 닦고 담배에 불을 붙이며 물었다.

"지난번에 작은처형 아들이 외국에 간다고 하지 않았어?"

"아, 그놈이 공부는 싫고 나가서 무슨 게임 디자인을 배운다잖아요."

남자가 그녀를 힐끗 보고는 잠시 뒤 담배를 껐다.

"통장에 돈 없으면 말해."

그러고 나서 두 사람은 아무 말도 하지 않았다. 일주일 만인데 아침상에서 5분을 넘기지 못하고 깊은 침묵에 빠져들었다.

남자는 더 이상 젓가락을 들지도, 말을 걸지도 않았다. 그녀를 없는 사람처럼 쓱 건너뛰고 있었다.

그때, 같이 사업하는 동생한테 전화가 오자 남자는 바로 활기를 되찾았다. 웃는 얼굴이 햇살 아래의 오렌지 같아서 누르면 즙이 나올 듯했다.

전화를 끊고 나자 남자의 눈빛이 순식간에 텅 비었다. 한 가닥 욕망도 섞이지 않고 일말의 혐오도 들어가지 않은 거의 무에 가까운 잔인한 눈빛, 모든 가능성을 소리 없이 거부하는 눈빛이었다. 그의 눈에 그녀는 투명인간이었다.

순간 그녀는 두 사람 사이에 아무것도 남지 않았음을 깨달았다. 가족애, 사랑, 우정, 그 무엇도 없었다.

그녀는 그 순간 운명의 붉은 실이 남자의 시선 아래 차갑게 식어 두 동강 났다고 느꼈다. 그렇게 수줍어하던 사랑이, 그토록 따스하던 그리움이 전부 빗물에 씻긴 여름날의 꿈속에 묻히고 말았다.

이런 상황이니 만두가 짜건 말건 그녀도 아무 상관이 없었다.

한밤중에 그녀는 욕실에 쪼그리고 앉아 나무 방망이로 팡팡 때려 가며 남자의 셔츠를 빨았다. 세 번을 빨았지만 립스틱 자국을 깨끗이 지울 수가 없었다.

그녀는 손을 문지르며 네 번째 손빨래를 하려다가 고개를 들어 창밖을 내다보았다. 밤하늘의 별이 어제와 똑같이 찬란했다. 저렇게 밤하늘에 별빛이 가득해도 이제 더는 나를 위해 빛나는 별이 하나도 없네.

그녀는 갑자기 울음을 터뜨렸다.

＊

"언니들은 잘 있나요?"

여자가 물었다.

나는 컵을 닦으면서 미소만 지을 뿐 아무 대답도 하지 않왔다.

"형부는요? 오랫동안 못 봤는데……. 지난번에 큰언니가 찾아왔을 때 형부가 별로 안 좋다고 했던 것 같아요."

나는 모른다는 표시를 했다.

"작은언니요? 돈에 쪼들리지는 않겠지요? 아, 작은언니는 다 좋은데 마음이 너무 약하고 원칙이라는 게 없어요. 아들이 돈이 필요하겠다 싶으면 앞뒤 가리지 않고 전부 아들한테 맞춰 주거든요. 가끔 언니랑 얘기하고 싶어도, 말하다 보면 결국에는 돈 얘기라 재미없어요."

나는 손에 든 컵을 계속 닦았다.

"제 조카는 외국에서 공부 잘하고 있나요? 무시당하지는 않겠죠? 열심히 수업을 들으면 좋겠어요. 컴퓨터만 들여다보지 말고요. 눈 나빠질 텐데."

나는 그냥 웃기만 했다.

여자는 의아한 표정으로 나를 한참 동안 쳐다본 뒤에야 포기했다.

여자의 주마등

아무 전조도 없었는데 남자가 갑자기 병으로 쓰러졌다. 여기저기 큰 병원을 돌아다녔지만 무슨 병인지 진단조차 나오지 않았다. 그녀는 밤낮으로 병상을 지키며 남자가 쇠약

해지는 모습을 지켜만 볼 뿐 아무것도 할 수 없었다. 마침내 진단이 나왔을 때 남자는 이미 침대에서 일어날 수조차 없었다.

남자의 형제들은 돈을 모아 비행기를 전세 내서 그를 다른 도시의 전문 병원으로 데려가고, 모든 방법을 동원해 최고의 의사를 찾았다. 오로지 그를 살릴 수 있기만 바랐다.

의사는 수술하기 전에 그의 상황을 세세히 알려 주며, 수술 후 생존율이 높지 않으니 마음의 준비를 하라고 말했다. 그녀는 내키지 않았지만 형제들이 재촉해서 수술 동의서에 서명할 수밖에 없었다.

수술은 여섯 시간이 걸릴 예정이라고 했다. 그녀는 수술실 밖에서 가시방석에 앉은 심정으로 기다렸다. 눈에 핏발이 가득했다. 뺨으로 흘러내리는 눈물을 닦을 때마다 숨 막히는 어둠의 늪에서 옴짝달싹할 수 없는 기분이 들었다.

형제들과 수술실 밖에 앉아 있는데 누가 입을 열었다.

"음…… 남편과 상극이라는 말을 정말 믿지 않을 수가 없네."

"아, 형수님. 우리가 미신에 사로잡힌 건 아니지만 어떤 일은 믿지 않을 수가 없어요. 큰형이 이번에 견딜 수 없을지도 모르겠고……."

"형수님, 큰형이 혹시 이번 고비를 넘기지 못해도, 나중에 무슨 문제가 있으면 저희에게 말씀하세요."

"걱정 마세요. 저희가 있잖아요."

잠깐 어색한 침묵이 흐른 뒤, 그들은 큰형이 사업할 때 얼마나 의기충천하고 얼마나 유머러스하며 얼마나 의리가 있었는지 떠들기 시작했다. 그런 모습을 남자는 한 번도 그녀에게 보여 준 적이 없었다. 그녀는 눈물을 줄줄 쏟으며 자신이 사냥꾼한테 포위당한 사슴 같다고, 사면초가가 따로 없다고 생각했다.

다행히 수술은 성공적이었다. 나흘의 고비를 넘긴 뒤 의사가 크게 문제없겠다고 말했다. 모두들 안도의 한숨을 내쉬었다.

남자가 완전히 회복해 집에 돌아왔을 때 그녀는 남자의 몸을 닦아 주면서 조용히 말했다.

"우리 이혼해요."

남자도 크게 놀라지 않고 고개를 끄덕였다.

"그래."

다시 침묵이 이어지고, 한참 뒤 남자가 입을 열었다.

"섭섭지 않게 해 줄게."

"내일 짐 정리해서 나갈게요."

그녀는 남자를 바라보지 않고 말했다.

밤에 남자 옆에 누운 그녀는 마지막 밤이라고 생각하자 자기도 모르게 남자 곁으로 바싹 다가갔다. 남자가 몸을 돌려 피했다가 한참 뒤에 이건 아니라고 생각했는지 다시 몸을 돌려 그녀를 안으려 했다. 하지만 역시 감싸지는 못하고 아이를 달래듯 그녀의 팔만 토닥였다.

20년 가까이 이어진 풍파가 이 마지막 밤으로 정리되고 있었다.

됐다. 이걸로 됐어.

마음속에서 어울함이 소용돌이쳤다. 그녀는 눈을 감은 채 그 쓰린 감정을 억누르며 잠을 청했다.

예전에 그녀를 위해 천군만마를 막아 주던 남자를 꿈속에서 만날 수 있지 않을까?

이튿날, 두 사람은 아침 일찍 이혼 증명서를 받으러 갔다. 집에 돌아온 뒤 남자는 이혼 증명서를 만족스럽게 바라보았다. 그녀는 속으로 차갑게 웃으며 얼른 짐을 정리하기 시작했다.

"아, 당신한테 말하지 않은 게 하나 있어."

남자가 이혼 증명서를 훑어보며 겸연쩍게 입을 열었다.

"뭔데요?"

웬일이람? 이혼을 하고 나니 말을 걸 줄도 아네.

"그때 점을 봤더니 당신 집안사람들은 남편을 잡아먹는 상인데, 당신은 남편을 흥성하게 하는 상이라더군. 그래서 당신과 결혼한 거야."

남자의 진지한 고백이 독 묻은 검처럼 그녀의 고막을 뚫었다.

그녀의 놀란 표정을 보고 남자가 머리를 긁적이며 말을 이었다.

"아, 이제 이혼했는데 뭘 신경 써. 당신도 알다시피 나는 장사꾼이라 그런 걸 따지지 않을 수 없었다고. 이혼했으니까 상관없지. 요 몇 년 동안 당신한테 잘못한 거 나도 알아. 헤어져 살아도 당신한테 무슨 일이 있으면 끝까지 도울게."

그녀는 갑자기 머릿속 어떤 기관이 움직이는 듯했다. 남자는 그녀의 굳은 표정을 보고는 분위기를 부드럽게 하려고 다가와 그녀를 끌어안았다. 오랫동안 신체 접촉을 하지 않아서인지 그녀는 두피가 저릿한 기분만 들었다.

남자는 그녀가 딱딱하게 굳은 걸 모르고 그녀의 머리카락을 쓰다듬으며 한없이 부드러운 어조로 말했다.

"여보, 미안해."

쿵.

그녀는 자기 머릿속에서 뭔가 공연이 시작되는 소리를 들었다. 챙챙, 맑고 리드미컬한 소리가 통쾌한 개막을 알렸다. 리듬에 맞춰 온갖 화면이 머릿속에서 펼쳐졌다.

"어떻게 사투리가 아직도 이렇게 심해?"라는 남자의 비난을 들은 뒤 그녀는 매일 초등학생처럼 글자를 읽었다. 하루도 거르지 않고 지루하고 재미없는 읽기를 반복한 끝에 드디어 사투리를 없앴지만, 그는 그녀를 쳐다보지도 않았다.

그는 이에 대해 사과하지 않았다.

남자가 경멸하는 표정으로 "어떻게 여자다운 구석이 하나도 없니?"라고 말한 뒤에는 패션 잡지의 모든 페이지를 열심히 읽었다. 영어로 된 부분은 잔뜩 메모까지 한 끝에 드디어 다른 사람과 패션을 두고 마음껏 논할 수 있게 되었지만, 남자는 여전히 불만을 드러냈다.

그는 이에 대해 사과하지 않았다.

그녀는 그를 위해 혼자 지켜야 했던 달빛을 떠올렸다.

그는 이에 대해 사과하지 않았다.

깨끗이 빨리지 않던 셔츠 얼룩들이 떠올랐다.

그는 이에 대해 사과하지 않았다.

늘 남긴 돼지고기회향만두가 떠올랐다.

그는 이에 대해 사과하지 않았다.

원래 삶에서 가장 장엄했던 감정이 처음부터 끝까지 사기였다.

그는 이에 대해 사과하지 않았다.

예전에 그를 위해서라면 천군만마에라도 기꺼이 깔리겠다고 생각했던 자신이 떠올랐다. 너무도 우습고 너무도 용감했던 자신. 그 용감했던 나는 어디로 갔을까?

찾아야 한다, 찾아야 한다, 찾아야만 해!

리듬이 빠르게 바뀌었다. 갈수록 빨라졌다.

그녀의 인내, 그의 무시, 그녀의 고독, 그의 기쁜 표정……그 모든 것이 산산조각 나며 그녀의 머릿속에서 회오리바람으로 변하더니 그녀의 지난 믿음을 송두리째 무너뜨렸다.

머릿속에 떠오른 고통의 순간들은 줄줄이 이어진 웅장한 음표 같았다. 음표가 머릿속에서 사정없이 휘몰아치면서 그녀의 새로운 삶으로 연결되기 시작했다.

당신 사과 따위 필요 없어!

지금 당신 사과 따위 듣고 싶지 않다고!

합주가 점점 희미해지고, 요동치던 그녀 가슴도 천천히 평정을 되찾았다.

그녀는 정신을 차린 뒤에야 뜨거운 피가 흐르는 칼을 꽉 쥐고 있는 자기 손을 발견했다.

*

여자를 다리까지 배웅할 때 강물이 졸졸 흘러가며 마치 뜨거운 여름날처럼 맑은 물소리를 연주했다.

다리로 오르기 직전에 여자는 눈물 섞인 미소를 지었다.

"이번 생에 한 가지는 깨달았어요. 남편 잡아먹을 팔자란, 운명이 아니라 사람들이 만든 말이라는 거요."

"죄는 지었지만 잘못은 없습니다."

나는 여자의 손을 꼭 잡아 주며 말했다.

다리 중간에 선 여자는 담담하고 아름다웠다.

그녀의 온정이 고스란히 남은 여름날의 꿈속에 그녀를 붙잡아 두려는 듯 강물의 물기가 여자의 눈썹을 덮었다. 하지만 여자는 차갑고 단호하게 몸을 돌려 순식간에 다리 끝으로 사라졌다. 바닥에 떨어진 눈물방울은 망천하에 내린 빗물이었다.

나는 공명등이 떠오르는 방향을 향해 깊이 허리 숙여 인사했다.

오늘 손님도 좋은 삶을 살았다.

나는 몸에 묻은 먼지를 털고 가게로 돌아와 다음 손님을
기다렸다.

맹파의 레시피

1. 돼지고기회향만두

돼지고기, 회향, 그리고 만두피.
다진 마늘, 식초, 갓 끓인 고추기름.
당신, 나, 그리고 우리의 사라진 사랑.

2. 양고기샤부샤부

깨장을 따뜻한 물에 갠 다음 부추장
한 숟가락, 절인 두부 한 조각, 고수와
다진 파 한 움큼을 넣는다.
물에 생강 편, 대추, 구기자, 대파를 넣고
끓인다.
처음에는 처녑을 먹고 이어서는 고기,
다음으로 채소를 먹은 뒤 마지막에
면을 끓인다.

열네 번째 밤:
부추새우볶음

〈백무상 관찰 일기〉: 흑무상 병기무 작성

백무상이 예금을 찾아 지옥주방에서 가출했다. 벌써 사흘이 지났다.

염라대왕은 최근 맹파의 실적에 관심을 보이며 자주 찾아왔다. 늘 양복을 쭉 빼입고 찾아와 웃으면서 맹파에게 인사를 건넨 뒤 백무상을 무릎에 올려놓았다. 그는 맹파와 이야기할 때 무의식적으로 백무상의 배와 턱을 쓰다듬곤 했다.

만지지 마, 백무상은 그렇게 생각하면서도 편안하게 하품을 하고 기지개를 켰다. 젠장, 예전 일은 전부 잊자, 잊어. 슬프게도 백무상은 자신의 난폭한 성격이 어느새 흔적도 없이 사라졌다는 사실을 깨달았다.

"우리 예쁜이."

염라대왕이 갑자기 백무상을 눈앞까지 들어 올렸다.

염라대왕의 눈빛을 마주한 순간, 가슴 바닥의 온갖 잡귀신이 일시에 파도처럼 백무상을 덮쳤다. 그의 윤곽은 얼마나 아름다운가. 눈썹과 눈, 코까지 백무상의 가슴을 흔들지 않는 부분이 단 한 군데도 없었다. 작은 먼지까지도 그를 위해 찬란한 빛을 만들어 냈다. 눈빛은 또 얼마나 그윽한지, 백무상은 영혼에 저주가 씐 듯 움직일 수가 없었다. 아, 이대로 염라대왕 눈 속의 은하수에 빠져 죽겠어. 잘못하다가는 심장이 멎을 지경이었다.

백무상이 아무 반응도 없자 염라대왕이 싱글벙글 웃으며 백무상을 문질렀다.

"우리 예쁜이."

쓰다듬던 풍성하고 부드러운 털이 확 곤두섰을 때는 염라대왕의 웃음이 한층 깊어졌다.

"살이 또 쪘네."

백무상은 당황하지 않을 수 없었다. 뜨겁게 끓어오르던 피가 순식간에 식었다가 곧이어 분노로 바뀌었다.

뭐라고? 기다려, 사과해야 되는 거 아니야? 고백해야 되는 거 아니냐고. 그런데 뭐라고? 뭐라고!

"털도 너무 많이 빠지고."

염라대왕은 입구로 걸어가면서 짓궂은 표정으로 몸에 엄청나게 붙은 흰 털을 가리켰다.

"요즘 감자칩을 너무 많이 먹나 보다. 다음에는 무염으로 가져다줄게. 염분 섭취에 신경 좀 써야겠어."

다음 순간 염라대왕은 백무상의 포효 속에 사라졌다.

"죽여 버릴 거야!"

이튿날, 다크서클이 잔뜩 내려온 백무상이 비축된 감자칩을 모두 먹어 버렸다. 그러고도 미친 듯 감자칩을 찾다가 인간계 모 출판사의 편집부까지 갔다.

"감자칩은? 다음에는 안아 올리지도 못하게 더 많이 먹을 테야."

편집부의 지샹쥔(吉祥君)이라는 디자이너가 말했다.

"누구네 고양이지?"

이게 바로 백무상이 가출한 이유였다.

사흘 뒤.

"감자칩! 왜 감자칩이 없어?"

백무상이 계속해서 소리쳤다.

"먹어! 더 먹으면 털이 전부 빠질걸! 나는 날마다 힘들게 청소하고, 됐지? 그리고 정말 이해가 안 되는데, 어떻게 털이 매일 빠지는데도 이렇게 뚱뚱하니!"

지샹쥔은 언제나처럼 백무상을 비웃었다. 그런데 백무상은 평소처럼 발끈해 털을 곤두세우는 게 아니라 멍하니 몸을 말더니 구석에 자리를 잡는 게 아닌가.

"그래, 감자칩."

지샹쥔은 잠시 생각하다가 일어나서는 숨겨 두었던 감자칩을 건넨 뒤 백무상의 털을 쓰다듬었다.

"됐어."

백무상의 꼬리가 손끝을 스치자 지샹쥔은 심장이 간질간질해졌다.

"왜 그래? 배탈 났어? 문질러 줄까?"

지샹쥔이 백무상을 안고는 목에 코를 갖다 댔다.

"됐다고!"

백무상은 그의 팔오금으로 파고든 뒤 그르렁대며 자기 고민에 빠졌다.

그때 염라대왕이 저승 대전에서 조용히 그들을 감시하고 있을 줄 누가 알았겠는가. 다음 순간 염라대왕의 몸에서 질투가 얼마나 심하게 뿜어져 나오는지, 옆에 있던 귀신들이 순식간에 흩어져 공손하게 두 줄로 늘어섰다. 염라대왕이 슬쩍 흝어보자 귀신들은 큰일이다 싶어 벌벌 떨었다.

염라대왕은 훈시할 기분이 아니어서 바로 우울하게 입을 열었다.

"저 지샹쥔이라는 자의 생사장을 가져와……."

염라대왕은 자기도 모르게 피식 웃음을 터뜨렸다.

내 예쁜이! 내 고양이! 내 사람!

분명 나보다 잘생기고 나보다 잘 달래는 사람은 없어! 최근 국제 관계 때문에 조금 바빴을 뿐인데, 우리 예쁜이는 왜 위로 달아난 거지? 그러니까 저 지샹쥔은 대체 어떤 놈이야? 옷도 품위 없고. 남자라면 양복을 입어야지, 양복! 우리 백무상은 양복을 좋아한다고! 저 티셔츠를 보니 사흘은 빨지 않은 것 같은데, 사흘이나 안 빤 옷을 입고 우리 예쁜이를 안다니! 참을 수 없어, 절대 못 참아, 못 참아!

모두 눈을 꽉 감은 채 아무 소리도 내지 못했다. 하지만 그 살벌한 바람에 도깨비불까지 흔들리자 한 귀신이 용기를 내어 다가갔다.

"전하?"

염라대왕이 정신을 차렸지만 어둠 속에서 비웃는 듯 말할 뿐이었다.

"아니…… 월하노인*을 불러라."

여기까지 읽었을 때 가게의 생사종이 울려서 나는 나도 모르게 몸을 부르르 떨고는 지옥에서 유행하는 흑무상의 일기를 덮었다.

오늘 손님은 마흔 초반의 여장 남자였다. 강바람이 부드럽게 그의 머리카락을 날릴 때 그가 멀리서 내 쪽을 향해 웃음 지었다.

"어서 오세요. 지옥주방에 오신 걸 환영합니다."

나는 미소를 지으며 공손하게 문을 열었다. 그러고는 남자를 자리로 안내한 뒤 손에 들고 있던 자료를 펼쳤다.

* 혼인을 관장하는 중국 전설 속의 신.

310

"무엇을 주문하시겠습니까? 생전에 마지막으로 드신 음식은 웰링턴스테이크와 게튀김입니다."

"술은 없습니까?"

남자가 체념하듯 나를 보았다.

"술을 드시고 싶습니까?"

"아니요, 아닙니다. 술 때문에 여기까지 왔으면서 무슨 낯으로 또 술을 마시겠습니까."

남자가 호기심 가득한 눈으로 사방을 둘러보고는 눈썹을 치켜 올렸다.

"핏빛이 가득할 줄 알았지, 이렇게 정상적일 줄은 몰랐습니다."

나는 눈꺼풀을 내리깐 채 차를 따랐다.

"부추새우볶음을 먹고 싶습니다."

남자가 웃자 눈이 반달 모양으로 둥그레졌다. 무척 예뻤다.

봄날의 부추는 향긋하면서 아주 살짝 매운맛이 돈다.

부추를 숭덩숭덩 잘라 따로 놓았다. 새우는 껍질과 내장을 제거한 뒤 등에 칼집을 내고 달걀흰자, 소금, 맛술에 재웠다.

납작한 냄비에 참기름을 붓고 재어 두었던 새우를 예쁘게 말릴 때까지 볶다가 부추를 넣고 조금 더 볶았다. 마지막에 소금으로 살짝 간을 해 접시에 올렸다.

"밥도 한 그릇 드릴까요?"

나는 부추새우볶음을 남자 앞에 내려놓았다.

"아니요. 쌀밥은 좋아하지 않습니다."

남자가 거절할 때 목소리가 무척 멋지게 꺾였다.

남자는 조금씩 천천히 먹으면서 계속 젓가락을 씹었다.

"뭔가 가져가기 싫은 기억이 있으십니까?"

내가 물었다.

남자는 잠시 생각한 뒤 고개를 저었다.

손가락을 튕기자 귀등이 켜지고 벽면의 주마등이 저절로 돌아가면서 손님의 일생이 상영되기 시작했다.

남자의 주마등

방에 햇빛이 거의 들지 않아 시멘트 바닥에는 늘 냉기가 흘렀다. 어머니가 돌아가신 뒤 그는 아버지 고향의 작은 지하실 집에서 살게 되었다. 용변을 보고 샤워를 할 때마다 건물 다른 쪽의 작은 화장실까지 멀리 걸어가야 했다.

그를 키우기 위해 아버지는 매일 아침 일찍 나가 저녁에야 돌아왔고, 그는 어두운 방에서 혼자 지냈다. 그의 유일한 즐거움은 장난감 자동차도 아니고 동네 꼬마들과의 곤충 채집도 아니었다. 그의 즐거움은 곰팡이로 얼룩진 거울 앞에서 어머니가 남긴 하이힐을 신어 보는 것이었다.

그는 자신이 계집애여야 했다고 생각했다.

늘 조심스럽게 어머니의 유품이 담긴 서랍에서 화장품을 하나하나 꺼내 가지런히 늘어놓고는 하루는 아이섀도를 발라 보고, 또 하루는 립스틱을 발라 보았다. 어머니가 생전에 쓰던 화장품이라야 몇 개 되지 않았다.

한번은 아이펜슬로 아이라인을 그리다가 쌍꺼풀을 만들고 말았다. 화장품을 바를 때는 몇 초밖에 걸리지 않았지만 깨끗이 지우려면 반나절이 걸렸다. 휴지로도 잘 지워지지 않았고 물로도 깨끗이 닦이지 않았다. 여린 두 손으로 눈꺼풀이 새빨개지도록 문지를 때면 몹시 억울한 기분이 들었다.

나는 왜 여자애가 아닐까?

그는 어머니가 쓰던 향수도 좋아했다.

어머니에게는 향수가 네 병 있었다. 어느 날 그는 향수 뚜껑을 전부 열고서 한데 섞어 버렸다. 그 결과가 어땠을지는 상상할 수 있을 것이다. 아버지에게 들켜 크게 야단을 맞은 뒤 세 시간이나 꿇어앉아 있었다.

그가 새빨간 입술로 마당을 뛰어다니는 모습을 이웃집에서 봤는지, 아니면 하이힐을 신고 거울에 비춰 보는 모습을 다른 집 꼬마가 봤는지, 어느 날 아버지가 어머니의 유품 서랍에 자물쇠를 채워 버렸다. 그는 자신이 뭔가 금기를 건드렸다는 것을 직감했지만, 어린 마음으로는 대체 무엇을 잘못했는지 알 수 없었다.

왜 갑자기 내가 아버지의 착한 아이가 아닐까?

아무리 생각해 봐도 알 수 없었다. 한편으로는 심하게 수치스러웠고 다른 한편으로는 무엇이 잘못됐는지 알 수 없어 두려웠다.

그날 그는 불안한 마음으로 아버지의 퇴근을 기다렸다. 아버지는 굳은 표정으로 어색하게 저녁 식사를 하는 내내, 그리고 이후에도 그에게 말을 걸지 않았다.

확실히 내가 뭔가 잘못했구나!

결국 눈치를 보다 잠자리에 들었을 때 그는 아버지에게 잘못했다고 말했다.

아버지는 응, 하고 나서야 그가 잠들 때까지 꼭 안아 주었다. 그는 감히 물을 수도, 무슨 말을 할 수도 없었다.

열 살 생일 때 무슨 선물을 받고 싶은지 묻는 아버지에게 그는 동네 여자애들이 전부 갖고 있는 바비 인형을 사 달라고 말했다. 아버지는 그의 따귀를 때리고는, 앞으로 다시는 그런 말을 꺼내지 말라고 했다.

따귀란 언제나 수치심을 동반하는 법이라 그는 왈칵 눈물을 쏟았다.

아버지가 다시 손등으로 따귀를 때리며 야단쳤다. 사내놈이 어디서 울어!

그는 너무 억울하고 이해할 수 없었다. 어떻게 눈물을 멈춰야 할지도 모르겠고 대체 자기가 요구한 게 뭐가 잘못됐는지도 알 수 없었다. 너무 비싼가? 아니면 다른 아이들이랑 비교해서?

아버지가 지나치게 위압적이라 그는 순간 오줌을 지렸다.

훌쩍훌쩍 우는 내내 아버지는 차가운 얼굴로 그를 바라보았다. 그가 울음을 그칠 때까지 계속 그러고 있었다.

드디어 울음을 멈추자 아버지는 그를 화장실로 데려가 바지를 갈아입혔다. 긴 복도에 오줌 방울이 점점이 찍혔다. 바지를 갈아입히고 나서 아버지가 물었다. 생일 선물로 뭘 사줄까?

이번에는 한참을 생각한 뒤에 조용히 말했다. 엄마와 같이 보내고 싶어요.

아버지는 그를 바라보지 않은 채 그의 옷매무새만 계속고쳐 주었다.

결국 그는 장난감 총을 받았다. 그리고 다시 한번 아버지와 단둘이서 생일을 보냈다.

"지금 생각하니 저 총 정말 섹시하네요. 많이 좀 갖고 놀았어야 했는데."

남자가 호들갑스럽게 말한 뒤 내게 윙크를 했다. 심장이 덜컹할 만큼 애교스러운 미소라고 인정하지 않을 수 없었다.

"아버지와 둘이 사는 게 힘드셨죠?"

주마등은 여전히 돌아가고 있었다. 반항기 때의 그는 아버지와 많이 부딪쳤다.

"힘들다기보다 그냥 억울했어요."

남자가 새우 하나를 또 집었다.

"한부모가정에서의 불효는 일반 가정보다 두 배 크지요. 화목한 가정이라면 어머니를 거스를 때 아버지가 달래 주고, 부모를 모두 거슬러도 두 분이 서로 소통할 수 있잖아요. 하지만 한 사람뿐인데 마음에 상처를 주면 엄청난 질책이 쏟아집니다.

특히 어떤 친척들은 뒤에서 가르치려 들지요. 예를 들면 '아버지가 얼마나 고생하는지 몰라?'라든가 '어떻게 이렇게 철이 없니?'라든가 '아버지한테는 너뿐이니까 무얼 하든 아버지부터 생각해라.' 등등요. 설날에 친척을 만날 때마다 그런 소리를 들었다니까요."

주마등 화면이 어느 해 설날 세뱃돈을 받던 때로 넘어갔다. 먼 친척이 웃으며, 앞으로 다시는 아버지 화를 돋우지 않겠다고 약속해야만 세뱃돈을 주겠다고 농담했다.

"곧바로 그러겠다고 약속했지만 속으로는 그렇게 생각하지 않았답니다. 객관적으로 말해서 제가 무엇 때문에요? 아버지는 부모 모두의 역할을 하고 저는 아무 걱정 없이 마음껏 자라야 맞지요. 그런데 사실은 말입니다, 아버지도 어머니 역할까지 맡아야 했지만 저도 아내 역할까지 해야 했어요. 아내처럼 살가워야 했지요. 이를테면 아버지의 불안에 귀 기울이고 아버지를 이해해야 했어요. 또는 제 물욕을 최대한 줄이고 억눌러야 했지요."

감정이 북받치는지 남자의 눈가가 촉촉해졌다.

그렇다. 철든다는 것은 결코 간단한 일이 아니다. 그것은 지나치게 일찍 천진함을 버리고 행복을 단념해 자기도 모르는 사이에 언제나 남들보다 많이 생각하고 많이 행하는 것을 뜻한다.

남자의 주마등

연락을 받았을 때 그는 다른 사람의 품에 누워 있었다.

스물예닐곱 살쯤 그에게는 애인이 한 명 있었고, 애인과 무관한 섹스 파트너가 몇 명 있었다. 어린 시절의 성장 환경 때문에 그는 사랑에 대한 불신을 견고한 방탄복처럼 두르고 있었다. 언제든 대비할 수 있고 영원히 흔들리지 않았다. 어느 누구와도 진심을 나눌 수 없어서 사랑이란 한 가지 결과, 그러니까 끝밖에 없다고 생각했다.

그는 한없이 애정을 갈구하는 한편 애인이 떠나가기를 굳건히 기다렸다. 한때는 제멋대로 굴며 다투는 멜로드라마 속의 연인들을 부러워했지만, 직접 연애를 해 보니 자신은 애당초 사랑받을 수 없는 사람이라는 생각이 들었다.

가족에게조차 마음껏 성질을 부려 본 적이 없는 사람이 어떻게 낯선 사람에게 제멋대로 할 수 있겠는가? 가족에게 조차 말대꾸해 본 적이 없는 사람이 어떻게 낯선 사람에게 안면 몰수하고 따질 수 있겠는가?

인연을 믿는다는 말도 전부 비참해지지 않기 위한 허세였다.

어려서부터의 오랜 경험으로 그는 남들에게 잘하는 법, 남의 눈치를 살피는 법, 적당한 때 멈추는 법, 미움받지 않게 포석을 까는 법, 자기 힘으로 성공하는 법을 깨우쳤을 뿐이었다. 그래서 삶이 갑자기 그에게 뜨거운 진심으로 다가오면, 한 사람을 보내 준다고 해도 그는 당황해서 피하기만 할 것 같았다. 그가 꿈꾸었던 헌신적인 사랑이라면 숨을 곳을 찾을 수 없을 테니까, 지뢰밭을 걸어가듯 눈을 빤히 뜬 채 터져 죽기만 기다리는 심정이 될 게 뻔하니까 말이다.

친구는 그가 그런 사람을 만나지 못했기 때문이라고 말했다. 모든 게 자연스럽고 완벽하게 너를 사랑해 주는 사람이 있을 거야. 그 사람은 네 모든 불안과 걱정을 날려 줄 거고.

하지만 그 이후는? 그는 조용히 생각했다.

과거 그의 머릿속으로 밀려들던 혼란과, 점점 자라나 그의 몸을 감싸게 된 철벽, 그런 것을 잃는다면 그는 숨쉬기마저 다시 배워야 할 것 같았다.

그는 몇 번 연애를 하면서 어떻게 친밀하게 지내고 부끄러움을 과감히 인정할 수 있는지 차츰 터득해 갔다. 그러면서 낯선 사람만 사랑했다.

평소와 똑같이 하룻밤의 정을 나눈 새벽, 그는 친구의 자살 소식을 들었다.

친구는 고등학교 시절의 펜팔 친구였다. 그때는 자신의 성적 지향과 습관을 털어놓을 곳이 많지 않았고 나중에 실제로 만났을 때도 서로에게 별 감정이 생기지 않아, 두 사람은 운명처럼 속을 털어놓는 친구가 되었다.

친구는 지식인 가정에서 태어났다. 아버지는 대학의 화학과 교수, 어머니는 은행 처장이었으며, 그 자신도 당시에는 흔치 않은 기상 캐스터가 되었다. 친구는 애인을 위해 가족에게 커밍아웃을 했다. 그날 이후 어떤 말다툼이나 윽박질은 없었다. 그저 부모와 가족이 체면 차리는 모습이나 식기 등을 따로 쓰는 행동이 그를 고립시켰을 뿐이었다. 변기와 침구를 포함해 그가 쓴 모든 식기와 세면도구, 위생 용품은 따로 고온 소독했다.

석 달 뒤 친구는 약을 먹고 자살했다.

장례식 날은 입춘이었다.

장례 분위기도 친구가 살아 있을 때와 똑같았다. 부모는 무표정하고 장례식은 비밀스럽게 두 부분으로 나뉘어, 오전에는 친척의 조문을 받고 오후에는 '나쁜 친구들'의 조문을 10분씩 받았다. 친구의 애인은 멀리 빈소 입구에 꿇어앉은 채 말없이 눈물만 흘렸다.

그는 집으로 돌아와 아버지에게 전화를 걸었다.

"아빠, 제일 친한 친구가 자살했어요."

수화기 저편 아버지의 목소리에서 긴장이 느껴졌다.

"넌 괜찮니? 집에 오는 게 어때? 따끈한 국물을 끓여 줄게. 요즘 부추가 나왔더라. 새우도 좀 사고 소금에 달걀도 절일 테니, 어때……?"

그는 아버지의 목소리를 듣자 마음이 좀 가라앉았다.

"아직은 업무에서 빠질 수가 없어요. 한동안은 못 갈 것 같아요."

"그럼 혼자서라도 잘 챙겨. 돈이 부족하면 말하고."

그는 살짝 가슴이 아팠다.

"며칠 전에 병원에서 검사받는다고 하셨잖아요. 위가 안 좋다고. 결과는 어떻게 나왔어요?"

아버지가 그 말을 듣고 웃었다.

"괜찮아. 의사 선생님이 크게 문제없다고 했어. 그냥 소화 불량이래."

그는 최대한 눈물을 참았다. 자기 목소리가 정상적으로 들리게끔 가다듬고 가다듬으면서 말했다.

"아빠, 한 가지 약속해 주실래요?"

"응?"

수화기 저편은 너무도 평온하여, 시간 속에서 조용히 흘러가는 일상처럼, 경건한 황금색 빛처럼, 빗물에 젖은 가슴을 따뜻하게 채워 주었다.

그는 더 이상 눈물을 참을 수 없었고, 더 이상 대화를 이어갈 수도 없었다.

"말해 봐, 울지 말고. 아빠가 뭐든 약속하마."

"아빠, 절대로 무슨 일이 있으면 안 돼요."

눈물이 입가까지 흘러내렸다. 정말로 짭조름했다.

마음을 가라앉히면서 눈을 깜빡이자 눈물이 또 한 줄기 흘러내렸다.

"아빠가 돌아가시면 세상에 날 사랑하는 사람은 아무도 없어요."

그는 수화기에 대고 흐느꼈다.

수화기 저편의 아버지도 코를 훌쩍이는 듯했다.

그는 끝내 가슴속 슬픔을 억누를 수 없었다. 최근 몇 년 동안 그늘 속을 걷듯 주눅 들고 억울했던 감정이 한꺼번에 솟아올라 손으로 수화기를 막은 다음 큰 소리로 울고 말았다.

이어서 아버지의 말이 들려왔다.

"아들아, 나는 널 위해 무엇을 해 줄 만한 능력은 없어. 하지만 네가 날고 싶다면 내가 가진 모든 것을 팔아서 날개를 달아 줄 거다."

그는 몸속의 피가 전부 이마로 쏠리는 듯했다. 순간 감동한 나머지 자제력을 잃고 입을 열었다.

"아빠, 전 여자가 되고 싶어요."

아버지가 전화를 끊었다.

*

남자는 조용히 눈물을 닦았다.

"나중에 집에 갔더니 아버지는 아무 말씀도 없이 이 요리를 해 주셨어요."

남자가 새우를 하나 집었다.

"식사를 마친 뒤 꿇어앉을 준비를 하고 있었어요. 머릿속으로 변명을 열 개는 준비했지요. 그런데 아버지가 봉투를 하나 주시는 거예요. 삼만 위안이 들었더군요. 아버지는 제 병을 어떻게 고쳐야 할지 모르겠고 수술비가 얼마나 필요한지도 알 수 없어서 일단 그렇게 넣었다고 하셨어요. 부족하면 다시 의논하자면서요."

트랜스젠더에 대해서는 뭐라 말하기 조심스럽다. 현대 사회는 그들에게 털어놓을 루트를 마련해 주고 그들을 인정하지만, 가정에서 그들은 여전히 치명적인 스트레스를 받는다.

"하지만 제게는 세계 최고의 아빠가 있었어요."

남자가 눈을 반짝이며 나를 바라보았다.

그는 여전히 사랑을 찾는 중이었다.

어느 새벽 비몽사몽간에 누가 뒤에서 자신을 안고 따뜻하게 쓰다듬는 걸 느꼈다. 왠지는 몰라도 그는 이 사람이 백 퍼센트 자신을 사랑한다고 확신했다.

그 사람은 그가 편안해지도록 살펴 주었다. 그는 그 사람이 자신의 감정에 무척 신경 쓰는 걸 알 수 있었다. 그 사람은 뒤에서 부드럽게 그의 귀에 입을 맞춘 다음 조금씩 등으로 옮겨 가며 계속 입맞춤을 퍼부었다.

몽롱하고 긴 전희가 지난 뒤 그는 그 사람이 마침내 들어오는 것을 느꼈다. 통증도 없고 이물감도 없었다. 등에 딱 밀착한 상대의 심장 박동과 체온이 더할 나위 없이 알맞게 그를 데워 주었다. 비현실적인 아름다움에 그는 순간 세상을 끌어안을 용기가 생겼다.

봐 봐, 세상에 정말로 나를 이렇게 사랑해 주는 사람이 있잖아.

오르락내리락하는 성애의 움직임이 한 번 또 한 번 가슴속 쾌감으로 이어졌다. 상대의 리듬에 그는 조각배에 누워 호수를 떠다니는 기분이었다. 그는 낮과 밤의 은하수가 하나의 은색 실로 연결되는 것을 보며 깊고 편안한 잠에 빠져들었다.

눈을 떴을 때 그는 자신이 오랜만에 몽정한 것을 알았다. 그는 침대에 한참을 멍하니 누워 있다가 출근하기 위해 어쩔 수 없이 몸을 일으켰다.

시간이 흐르면 불만도 차츰 풀리고, 한없이 속상했던 일도 말하고 털어놓다 보면 어느 순간 시시한 일이 된다. 사실 혈육의 정은 가장 무능한 감정이며, 피가 물보다 진하다는 말도 순전히 물리적인 표현일 뿐이다. 호오에 따라 반려자를 선택하고 취미로 친구를 선택하는 것과 달리, 가족만큼은 선천적이며 오랜 세월의 익숙함으로 유지된다.

그래서 끊임없이 교류하고 대화해야만 감정을 꺼뜨리지 않고 유지할 수 있다. 세월이 켜켜이 쌓여 빚어진 그 순수한 사랑은 혼자서 힘들게 컴퓨터 자판을 두드리는 밤에 '아, 나한테는 거기에 집이 있지.'라고 생각하며 눈물이 핑 도는 따스함에 젖게 만든다.

그게 집이다. 수천수만의 등불이 있는 도시에서 그는 불현듯 자신을 위해 등불 하나를 켜기로 결심했다.

또 한 번의 설날, 집으로 돌아갔을 때 그는 이미 '그녀'가 되어 있었다.

식사하는 친척들 앞에서 아버지가 먼저 말을 꺼냈다.

"딸과 함께 설 쇠러 왔습니다."

그녀의 기억은 그 빛나는 시간에서 영원히 멈추었다.

    *

　다리까지 배웅할 때 그가 웃으며 술을 한잔 청했다. 고개를 젖힌 채 끝까지 들이켠 뒤에는 당당히 다리에 올랐다.

　나는 공명등이 떠오른 방향을 향해 깊이 허리 숙여 인사했다.

　오늘 손님도 무척 좋은 삶을 살았다.

　나는 몸에 묻은 먼지를 털고 가게로 돌아와 다음 손님을 기다렸다.

맹파의 레시피

부추새우볶음

노란빛이 도는 봄 부추는
잡티 하나 없이 신선하고
센 불에 볶은 새우는 갓난아이의 입술처럼
연분홍색이다.
아가, 내 생각 하지 말고
너는 네 인생을 살면 된단다.

열다섯 번째 밤:
마카오볶음밥

　　　　춘분이 되자 왠지 갑자기 벚꽃이 보
고 싶어졌다. 염라대왕은 두말없이 지옥주방 뒤뜰에 벚나무
를 한 그루 심어 주었다.

"예쁘죠?"

염라대왕이 물었다. 그러나 지옥의 끝없는 어둠 속에서
공명등 조명은 너무나 보잘것없었다.

"아무것도 안 보여요."

내가 조용히 대꾸했다. 색깔도 없고 햇빛도 없으니 꽃이
만발한 벚나무인들 맞은편 기슭의 늙은 나무와 무슨 차이가
있겠는가?

"가끔 올라가서 구경해요."

염라대왕이 말했다.

"됐어요."

내가 대답했다. 실망하는 기색이 몹시 역력했는지, 손님 한 명을 접대하고 나와 보니 뒤뜰에 커다란 조명 네 개가 환하게 빛나고 있었다. 벚꽃이 어지러이 떨어지면서 그 아래에 잠든 백무상을 분홍색으로 뒤덮었다.

"맹파, 볼만한지요?"

흑무상 병이 땀을 뻘뻘 흘리며 물었다.

나는 정말 어떻게 감사해야 할지 알 수 없었다.

"하지만 염라대왕께서는 이런 빛이 지옥 이미지에 적합하지 않다고 아주 잠시만 허락하셨습니다."

흑무상은 내가 건네준 수건으로 코끝의 땀을 닦았다.

"예쁘죠?"

염라대왕의 목소리가 뒤에서 들려왔다.

"예쁘네요."

내가 고개를 끄덕였다.

"위는 훨씬 예뻐요."

염라대왕이 말했다.

생사종이 댕댕 울리더니 내가 대답할 틈도 없이 손님이 도착했다.

오늘 손님은 스물일고여덟쯤 된 아가씨인데, 정장을 제대로 갖춰 입고 어른들이 제일 좋아하는 순진한 눈빛을 띠고 있었다. 웃는 모습이 아주 편안한 느낌을 주었다.

"어서 오세요. 지옥주방에 오신 걸 환영합니다."

나는 미소를 지으며 공손하게 문을 열었다.

"안녕하세요?"

아가씨가 얌전하게 인사했다.

"무엇을 주문하시겠습니까? 생전에 마지막으로 드신 음식은 기내식이며 그 전에는 치즈샌드위치, 더 전에는 초콜릿머핀과 홍차라테를 드셨으니 참고하세요."

나는 그녀를 자리로 안내한 뒤 손에 든 두툼한 자료를 펼치며 말했다.

"그런 건 먹고 싶지 않아요. 직전에도 계속 비행기를 갈아타느라……."

아가씨는 내 말에 고개를 끄덕이고는 힘없이 말했다.

"무엇이든 주문하실 수 있습니다만……."

"초밥의 신?"

"……생전에 드셔 본 음식만 가능합니다."

아가씨가 눈동자를 한참 굴리다가 물었다.

"그럼 거위구이 되나요? 매실장을 올린 거요. 그리고 마카오볶음밥과, 음…… 번거롭겠지만 원앙차도 차갑게 될까요?"

"채소 요리도 드릴까요?"

"오늘의 추천 요리는요?"

"고춧잎, 시금치, 동갓이 좋습니다."

"그럼 동갓나물로 주세요."

"거위구이는 어느 가게의 요리를 원하십니까? 홍콩에서 갔던 집이요, 아니면 순더(順德)요?"

나는 손에 든 자료를 촤르륵 넘겼다.

"순더요, 순더."

"알겠습니다."

나는 주방으로 들어가서 백무상의 머리를 쓰다듬었다.

"일하자. 순더에 가서 거위다리구이 좀 포장해 와. 훈제삼겹살과 순살양념구이도 좀 필요하고."

잠시 뒤 훈제삼겹살과 순살양념구이가 먼저 도착했다. 거위구이는 조금 더 기다려야 했다.

나는 마카오볶음밥부터 만들기로 했다. 오징어와 새우는 살짝 소금을 뿌려 재어 두고 블랙올리브 몇 알을 잘게 썰고는 찬밥을 준비하고 양배추도 썰었다. 이어서 중식 프라이팬에 기름을 둘러 충분히 달군 다음 오징어와 새우를 넣고 살짝 오그라들었을 때 건져 담아 두었다.

팬에 달걀 하나를 깨 부풀어 오르는 순간 재빨리 저어 부순 뒤 찬밥을 넣고 센 불에서 볶았다. 밥알이 한 알 한 알 분리될 때까지 볶다가 간장을 조금 넣은 다음, 미리 썰어 둔 블랙올리브와 오징어, 새우, 훈제삼겹살, 순살양념구이, 양배추를 넣고 센 불에서 골고루 볶아 상에 올렸다.

밀크티와 커피는 미리 준비해 놓았고, 특히 커피는 얼려 두었다. 그래야 마실수록 연해지는 기분이 들지 않기 때문이다. 컵에 커피얼음을 가득 채운 뒤 2 대 3의 비율로 커피와 밀크티를 부어 아이스원앙차를 완성했다.

그때 김이 모락모락 나는 거위구이도 도착했다. 껍질은 바삭하고 육질은 부드러웠다. 익숙한 냄새가 풍기자 아가씨는 웃음을 참지 못했다. 내가 젓가락을 놓아 주자마자 더는 지체할 수 없다는 듯 먹기 시작했다.

아가씨는 입가에 기름이 묻는 것도 모를 만큼 아주 행복해하며 먹었다.

"맛있어요, 맛있어! 마지막 음식으로 이걸 먹을 수 있을 줄 몰랐어요. 고맙습니다."

아가씨는 볶음밥을 한 숟가락 떠서 입에 넣은 뒤 혀끝으로 여운을 즐기듯 입술을 핥고, 원앙차를 마신 뒤에 또 볶음밥을 먹었다.

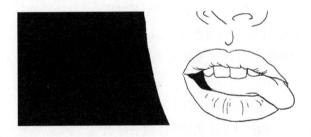

"뭔가 가져가기 싫은 기억이 있으십니까?"

내가 물었다.

"그게…… 여한을 말씀하시는 건가요?"

아가씨가 눈을 깜빡이며 말했다.

그녀는 고등학교 3학년이 되어서야 처음으로 연애를 했다. 친구들은 벌써 오럴 섹스의 번거로움을 토로하기 시작했지만, 연애 쪽으로 늘 뒤처지다 보니 그녀는 아직 첫 키스도 하지 못했다.

감정적으로는 그녀가 그보다 훨씬 더 좋아했다. 만난 지얼마 안 되어 남학생이 그녀의 손을 잡았다. 처음 손을 잡고 처음 입을 맞추고 처음 '사랑'이라는 감정을 느꼈다. 어느 날학교에서 집으로 돌아가던 길에 여관이 나오자 남학생이 히죽거리며 들어가겠느냐고 물었다. 그녀는 너무 놀랐다. 남학생도 더는 말하지 않고 화제를 바꾸었다.

석 달도 안 돼 남학생은 대학 입시를 핑계로 그녀를 멀리하기 시작했다. 그녀는 참고 또 참다가 결국에는 견딜 수 없어서 헤어지자고 말했다.

실연은 너무나 가슴 아팠다. 꼬박 석 달을 울고 나서야 대학에서 더 좋은 남자를 찾겠다는 결심이 섰다. 그래도 가끔씩 친구들과 이야기할 때면 아쉬움이 밀려들었다.

그때 관계를 맺었다면 지금 어떻게 됐을까? 친구들처럼 탄식하며 전희의 중요성을 이야기하고 있을까?

대학에 가자. 대학에 가면 꼭 만날 수 있을 거야. 그 사람은 따뜻하게 내 마음속 모든 금기와 두려움을 없애 주고 내가 기꺼이 몸을 맡기게 해 줄 거야.

대학에 들어가자 쫓아다니는 남자가 생겼다. 그녀에게 지극정성이었지만 생김새가 실로 걱정스러운 수준이었다. 그녀는 괜히 붙들고 있기 싫어서 곧바로 거절의 뜻을 밝혔다.

대학 3학년 여름 방학, 교환 프로그램에 참가한 그녀는 학교에서 배정해 준 교내 여관에서 운 좋게도 1인실을 받았다. 프로그램이 거의 끝나 갈 무렵 남학생, 여학생 모두 한방에 모여 술을 마시게 되었다. 웃고 떠들다가 대충 뒤엉켜 잠이 들었는데, 그녀 바로 옆에는 다른 학교 남학생이 누워 있었다. 그 남학생에게 여자 친구가 있다는 사실만 알 뿐, 교육기간 동안 서로 몇 마디 나눠 본 적도 없는 사이였다.

그녀는 따뜻한 손이 천천히 옷 속으로 들어오는 것을 느꼈다. 처음에는 아주 천천히 그녀의 등을 쓰다듬을 뿐이었다. 그녀는 몸이 딱딱하게 굳었지만 얼른 잠든 척을 했다. 긴장되고 두려워도 거절하고 싶지 않았다.

남자와의 접촉이란 이런 건가? 이런 느낌인가?

그녀는 너무 오래 기다려 왔기 때문에 더 많이 알고 싶었다.

남학생의 숨소리는 그녀처럼 잠든 듯 낮고 안정적이었다. 그런데 손이 등에서 천천히 그녀의 가슴으로 옮겨 왔다.

그녀가 묵묵히 손을 치웠지만 남학생은 전혀 개의치 않고 계속해서 그녀의 등을 위에서 아래로 마음껏, 그리고 무심하게 쓰다듬었다. 그녀는 남학생이 더 가까이 다가오는 것을 느꼈다. 뜨거운 숨소리가 귀 뒤에서 불어오자 덩달아 흥분하기 시작했다. 남학생이 그녀 심장의 쿵쾅거림을 확인하려는 듯 그녀 허리에서 손을 잠시 멈췄다. 그런 다음 손가락을 조금씩 가슴으로 뻗었다.

그녀는 더는 참을 수 없어서 재빨리 몸을 일으킨 뒤 "너무 좁아서 돌아가야겠어요."라고 말하고는 자기 방으로 달아났다.

한밤중, 오래되고 녹슨 화장실 물탱크에서 똑똑 물방울이 떨어져 분위기가 몹시 음산했지만, 그녀의 몸은 불이 붙은 듯 뜨거웠다. 생리 반응은 언제나 그렇게 정직했다. 그녀는 침대에 누워 방금 전 장면을 떠올리면서 팬티 속으로 손을 넣었다.

처음으로 자위를 시도했다.

그녀로서는 해 본 적이 없는 시도였다. 흥분이 미지에 대한 모든 공포를 어느새 뒤덮어 버렸다. 그녀는 자신을 문지르면서 좀 더 힘을 줘 볼까? 여긴가? 하고 움직였다. 아랫도리가 축축해진 게 느껴지고 이상한 열기가 발바닥부터 시작해 온몸으로 신속하게 퍼졌다.

더는 멈출 수가 없었다.

빽빽한 쾌감이 개미처럼 등을 타고 올라오면서 발가락 끝까지 뜨거워졌다. 이게 무슨 느낌이지? 생각할 새도 없이 머릿속이 하�‍얘졌지만 손을 움직이는 속도는 자기도 모르게 빨라졌다.

"아…….."

탄식이 절로 나왔다. 내 목에서도 이렇게 부드러운 소리가 나오다니? 가장 기분 좋게 취하는 순간처럼 머리가 엉겁결에 위로 들렸다. 너무나도 맹렬한 쾌감이 그녀의 영혼을 절정의 파도로 줄기차게 밀어 갔다.

오르가슴에 이르기 직전 그녀는 문득 그런 만족감이 공허하게 느껴졌다. 하지만 비명을 내지르고 싶고 손이 빠르게 움직이면서 전율이 기하급수적으로 강해지더니 순식간에 하늘로 치솟는 기분이 들었다.

아! 순간적인 짜릿함에 그녀는 자기도 모르게 발가락을 오므렸다.

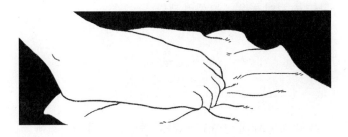

오르가슴이 지나가자 완전히 맥이 풀렸다. 눈꺼풀이 점점 무거워지면서 그녀는 편안하고 달콤한 잠에 빠졌다.

평생 처음으로 오르가슴을 느끼고 나자 그녀는 본능적으로 성욕 자체에 두려움을 품게 되었다. 성욕이란 정말 압도적이고 파괴적인 아름다움이었다. 이성으로는 절대 막을 수 없었다.

아가씨는 새빨개진 얼굴로 화면을 보며 어쩔 줄 몰라 했다.

"동갓나물 나왔습니다."

아침에 사다 놓은 싱싱한 동갓을 깨끗이 씻은 뒤 냄비에 물을 끓이고 살짝 기름을 넣었다. 동갓을 숨이 죽을 만큼만 데쳐서 자른 다음 간장을 뿌려 상에 올렸다.

그녀는 고개를 숙인 채 묵묵히, 익힌 토마토를 먹듯이 먹었다.

주마등은 여전히 돌아가고 있었다. 아가씨는 가끔씩 눈을 들었다가 자기가 자위하는 장면이 계속되자 아예 보지 않겠다는 듯 컵에 든 얼음을 찔러 댔다.

아가씨의 주마등

대학 시절 내내 연애도 못 하고 졸업한 그녀는 사회에 진출하자 더더욱 연애할 기회를 찾을 수가 없었다. 주변 친구들은 결혼하고 아이를 낳았지만 그녀는 여전히 처녀로 남아 있었다. 그건 이미 그녀의 열등감으로 자리 잡았다.

지난 몇 년 동안 원나이트 만남까지 생각해 봤다. 널린 게 사교 어플이고, 주변에서도 원나이트에서 진짜 사랑을 찾아 결혼한 이야기가 심심찮게 들렸다. 스물네 살이 됐을 때 그녀는 처녀성을 버리겠다는 결심으로 어플에 가입했다. 처음엔 진짜 사랑을 만날 수도 있다는 기대를 품었지만, 인터넷상의 남자들과 몇 마디 나눠 본 뒤 거의 불가능하다는 사실을 확실히 깨달았다. 어플에서의 사랑은 '성'을 전제로 했기 때문에 그녀는 전혀 적합하지 않았다.

그때 어플에서 어떤 젊은 외국인이 접근해 오기에 그녀는 곧장 자신이 처녀라고 답했다. 상대는 상관없다고 대꾸했고, 그녀는 속으로 '너는 상관없어도 나는 상관있어.'라고 중얼거렸다. 그런데 한 마디씩 주고받다 보니 뜻밖에도 무척 재치 있는 청년이었다.

청년은 자신이 프랑스인이며 그녀보다 두 살 어리고 학술 연구차 이 도시에 있다고 소개했다. 그녀는 청년에게 자신의 처음에 대해 이야기했다. 청년이 말했다. 제 느낌으로는 멋진 여자 같으니 준비되면 언제든 연락해요.

그녀는 청년과 유쾌하게 대화할 수 있었다. 서로 모른다는 이유로 놀랄 만큼 솔직해졌기 때문이었다. 그녀는 청년에게 원나이트 상대가 많으냐고 물었고, 청년은 그녀가 재미있어서 끌린다고 칭찬했다. 연애를 시작하고 싶다고 말하자 청년은 지난 사랑에 깊은 상처를 받았다고 대꾸했다. 그녀는 외모와 몸매에 자신 없다고 말했고, 청년은 아니라며 자기가 만나 본 여자 중에 가장 귀여운 사람일 거라고 맹세했다.

아부라도 좋고 사실이라도 좋았다. 어쨌든 청년의 사랑스러운 밀어는 오랫동안 메말랐던 그녀의 영혼을 촉촉이 적셔 주었다. 두 사람은 새벽 세 시까지 떠들다가 작별 인사를 했다. 그녀는 휴대폰을 손에 든 채로 웃으며 잠자리에 들었다.

한 번도 사랑받아 본 적 없는 그녀는 연애가 시작되는가 보다고 생각했다. 별이 총총히 빛나는 밤, 그녀는 청년의 달콤한 말들을 하나씩 음미했다. 그의 말을 떠올릴 때마다 가슴이 덜컹 흔들렸다.

그인가? 혹시 그 사람이 아닐까?

하느님, 무슨 운명 같은 건 바라지도 않습니다. 그저 한 번만 제대로 연애하게 해 주세요.

이튿날 눈을 떴을 때 그녀는 청년의 아침 인사가 없어서 조금 실망했다.

처녀라서 투정을 부리는 거야. 그녀는 자조했다. 상대는 원나이트를 생각할 뿐이니까 정말로 빠져들면 안 돼.

밤이 되자 드디어 청년이 나타나 물었다. 준비됐어요?

그녀는 살짝 화가 났다. 그런데 청년이 성급한 다른 남자들과 다를 바 없음을 알면서도 청년을 용서하고 받아 주고 싶었다. 그녀는 전통 사회에서 처녀의 중요성을 설명해 주다가 문득 깨달았다. 사실은 그냥 나를 아껴 줄 사람을 만나고 싶은 거구나.

사실 '처녀'라는 건 별것도 아니었다. 그녀는 자신이 도덕적으로 스스로를 옭아매는 게 아니라 순전히 자신의 첫 남자를 바라고 그 '처음'을 중시하는 것뿐임을 알았다. 예전에 자신의 첫날밤을 낭만적, 폭력적, 우연한 실수, 술김의 혼란, 자연스러운 상황 등등 수도 없이 상상해 보았다. 그런데 상대를 어떻게 설정하든, 마지막에는 전부 진심으로 자신을 사랑해 주는 사람만 남았다.

"나는 그 사람이 나를 사랑하고 아끼고 소중히 여겨 주길 바라."

그녀는 휴대폰 화면을 바라보며 자신에게 물었다. 자고 난 뒤에 그가 나를 사랑하고 아끼고 소중하게 여겨 줄까?

그녀는 대답하고 싶지 않았다.

청년은 그녀의 말을 끝까지 들은 다음 누구나 처음을 두 번 겪는 것 같다고 말했다. '성'을 알게 되는 처음과 '사랑'을 알게 되는 처음.

그녀는 생각에 잠겼다.

주변 친구들의 첫날밤을 생각해 보니 전부 섹스에 입문하는 것이었으며, 영혼의 결합이라고 느낀 건 대부분 첫 경험이 아니었다.

그녀는 조금 설득당한 기분이었다.

청년이 그 틈을 놓치지 않고 언제 만나겠느냐고 물었다. 그녀가 같이 점심을 먹겠느냐고 묻자 그가 대답했다. 저녁 식사 후 술을 마시는 게 좋겠어요.

열정이 도로 식었지만 청년의 말에 일리가 있다고 생각했다. 그녀가 정중하게 시간을 좀 달라고 말하자 청년은 얼마나 필요한지 물었다. 사흘? 삼 주? 석 달? 그녀는 자기도 모르겠다고, 생각이 정리되면 연락하겠다고만 했다.

역시 그냥 자 버릴까? 그녀는 가슴이 간질간질했다.

기대되면서도 꺼림칙했다. 두 가지 감정이 한데 뒤엉켜 가슴에서 부글부글 끓었지만 그녀는 만족스럽게 잠을 청할 수 있었다. 최소한 나도 성 때문에 고민하게 됐잖아.

며칠 지나지 않아 또 이야기를 나누게 되었다. 그녀는 일단 시간이 지나면 가슴속 꺼림칙함이 기대를 완전히 눌러 버린다는 것을 깨달았다. 늘 그렇듯 청년이 사진을 보내 달라고 해 곧장 셀피를 찍어 보내자 그도 정면 얼굴 사진을 보내왔다. 그런데 갑자기 청년이 못생겨 보였다. 코가 너무 커서 왠지 '미스터 빈' 같았다.

그래서 그녀는 감정을 대충 정리해 버렸다.

어떻게 해도 처녀란 정말 번거롭네.

그녀는 속으로 조용히 사과했다.

*

"그 뒤로 다시는 연락하지 않았어요. 돌이켜 보면 제가…… 너무 심했어요!"

아가씨가 미안한 표정으로 말했다.

"그런 일은 원래 두 사람 사이의 감정이니까 맞고 틀린 게 없어요."

잠시 침묵했다가 그녀가 또 입을 열었다.

"며칠 전 제 친구, 저랑 동기인데 역시 서른이 다 되도록

성 경험이 없던 친구가 결국 낯선 사람과 관계를 했어요. 자고 나니까 갑자기 스스로가 너무 싫더래요. 어쩌면 '성' 자체를 싫어하게 된 것 같다고 했어요. 하룻밤의 관계로 운명을 만나는 일은 그냥 만화 속 이야기일 뿐이더라고요. 현실은 얼마나 잔인한지요."

그녀가 계속 깨물어서 빨대가 납작해졌다.

"그렇지만 한 걸음 한 걸음 정확히 따져 걸어간 사람도 좋은 결과를 얻지 못할 때가 많더군요."

나는 아이스원앙차를 또 만들어 주며 말했다.

"맞아요. 다 인연이죠."

아가씨가 또 빨대를 물었다.

벽면에서는 주마등이 계속 돌아가고 있었다.

아가씨의 주마등

어젯밤 비행기에 오르기 전 그녀는 공항 면세점에서 친구 딸에게 줄 장난감을 샀다.

"네 딸은 대체 뭘 원하는 거야? 너구리야, 여우야?"

"햄스터라고! 그 둘은 애 아빠가 사 줬어."

"아…… 만났어? 잘 지내?"

"그런대로. 오늘 이혼 서류 처리하느라 만났지."

"참, 나! 눈물 난다. 넌 아이 낳고 이혼까지 하는데 난 여태 처녀라니."

"그게 어때서? 지금 시장에서 내가 남자라면 틀림없이 널 선택한다. 처녀와 애 딸린 이혼녀인데, 확실히 네가 나보다 낫지."

"글쎄……. 아이 딸린 서른의 이혼녀와 서른의 처녀라면, 네가 나보다 훨씬 정상으로 보이지."

"헛소리! 그나저나 요즘 정말로 만나는 사람 없어?"

"남자용 안테나가 부러진 게 틀림없어."

"지난번에 맞선 본 사람은?"

"나랑 여섯 살 차이라 띠가 상극이야."

"그렇게 나빠? 돌아오면 자세히 얘기 좀 해 보자. 내일 언제 와?"

"아침 여섯 시 반에 베이징 도착이야."

"그렇게 일찍? 마중 나가지 못하니까 혼자 조심해서 돌아와."

"응, 그럼 끊자. 안녕."

전화를 끊은 뒤 그녀는 깜찍한 장난감들을 한참 동안 바라보다가 햄스터와 공작을 골랐다. 그리고 간식 코너에서 어린애들이 좋아하는 과자도 샀다. 자기도 모르는 사이 그녀는 외국에 나갔다가 친구들 아이에게 선물을 사다 주는,

별 특징 없는 이모가 되어 있었다.

동갑내기들이 속속 결혼할 때는 별 느낌이 없었다. 그녀는 진짜 사랑, 자신을 영원한 고독에서 구해 줄 한 사람을 기다리고 있었다. 순수한 사랑을 추구하는 그녀의 마음은 삶에 대한 방어벽이 되었다.

그런데 동갑내기들이 새로운 생명을 안고 나타났을 때는 가슴이 심하게 요동쳤다. 한때 거만하고 난폭했던 여학생이 어머니가 되자 이렇게 달라질 수 있다니. 그 따뜻한 모성애는 그녀의 방어벽을 단숨에 무너뜨렸다. 때때로 마음을 뒤흔드는 감동은 경천동지의 구애가 아니라 부부나 모녀의 자연스러운 눈빛에서만 존재하는 듯했다.

그녀는 흔들렸다. 자기 가슴에서 꿈틀대는 부러움의 소리를 들을 수 있었다. 그녀는 진심으로 아이들을 좋아했다. 그 감정 때문에 한층 더 자기 생명의 결핍을 느꼈다. 그녀도 자기 아이를 데리고 차를 마시러 나가고, 자기 아이를 위해 장난감을 고르거나 인형을 꾸미고, 온 정신을 집중해 자신의 연속성을 보호하고 싶었다.

그렇게 생각하고 기대하면서도 그녀는 자신의 존엄과 고집을 어기적어기적 지켜 나갔다.

✳

"그런 다음에 여기에 왔어요."

아가씨는 주마등이 다 돌아간 것을 보며 아이스원앙차의

마지막 한 모금을 마셨다.

이럴 때는 어떤 위로도 불필요한 첨언에 불과하다.

"마지막까지 사랑하는 사람을 못 만나고 이렇게 허무하게 가네요."

"정말 유감이에요."

나는 부드럽게 그녀를 바라보며 탁자에 남은 물기를 닦았다.

"하지만 다시 선택하라고 해도 저는 역시 저를 사랑하고 아끼고 소중히 여겨 줄 한 사람을 기다릴 거예요."

나는 생각에 잠긴 그녀를 보면서 아무 말도 할 수 없었다.

"조금만 더 기다리면 됐을지도 몰라요. 조금만 더 기다렸으면 왔을지도요."

아가씨가 눈을 반짝이며 나를 보았다. 나도 그녀를 바라보았다.

"다음 생에는 조금 천천히, 좀 더 길게 나아갈래요. 틀림없이 잘될 거예요."

그녀가 웃으며 말했다.

다리에 오른 아가씨는 빠른 걸음으로 건너간 뒤 내게 손을 흔들었다.

나는 그녀를 향해 깊이 허리를 숙였다. 다시 고개를 들었을 때는 이미 공명등이 나풀나풀 떠오르고 있었다.

몸에 묻은 먼지를 털고 가게로 돌아왔을 때 까마귀 한 마리가 백무상을 물고 날아왔다. 백무상을 내려놓자마자 까마귀는 까만 레깅스에 하이힐을 신은 단발머리 소녀로 변해 가뿐하게 착지했다. 흑무상 을계였다.

흑무상 을계는 평소 손님과 대화하기를 싫어하지만 무척 예의 발라서, 손님을 보낼 때는 나와 함께 웃으며 배웅하곤 했다.

"저 아가씨 정말 안됐네요."

흑무상이 껌을 씹으면서 말했다.

"그래?"

나는 잠시 생각한 뒤 말했다.

"그럼 주마등을 다시 잘 봐 봐."

흑무상과 백무상은 주마등을 꼼꼼히 세 번이나 돌려 보았다. 백무상이 더는 참지 못하고 짜증을 내려 할 때 흑무상 을계가 갑자기 아, 하고 소리치며 품에 있는 백무상을 흔들었다.

"봐 봐! 저기 여관 수위, 공항 면세점 버스의 젊은이랑 닮지 않았어?"

순간 백무상이 정신을 차렸다. 그런 다음 둘은 중간의 그 화면을 반복해서 돌려 보았다.

"프랑스 훈남 친구들 속! 단체 사진 속 저 남학생까지! 그들 세 사람이 모두 닮았어!"

둘은 멀뚱멀뚱 나를 쳐다보았다.

"저 세 사람의 기운이 모두 같아요. 한 사람이죠. 맹파, 저 아가씨 설마 마가 낀 건가요? 귀신이 붙었어요?"

"……."

나는 탄식하며 묻는 수밖에 없었다.

"마하가 누군지 알아?"

흑무상과 백무상은 고개를 갸웃거리며 나를 보았다.

그들 셋은 전부 인간으로 변한 공작명왕(孔雀明王)이었다. 마하라고도 불리는 공작명왕은 아주 오래전 주색에 빠져 무리를 지어 놀러 다니다가 주문을 외우지 못하는 바람에 사냥꾼에게 붙잡혔다. 포박 당했을 때 누군가의 일깨움으로 정신을 차려 주문을 외우고 나서야 겨우 속박에서 벗어나 자유를 찾을 수 있었다. 그리고 그를 깨우쳐 준 사람이 바로 그 아가씨였다.

그때 아가씨는 마하를 짝사랑하는 인간에 불과했다. 신을 만지면 육체 소멸의 대가를 치러야 한다는 사실을 알면서도 아가씨는 의연히 사랑을 위해 뛰어들었다. 그래서 마하가 그녀를 보기 위해 고개를 돌렸을 때 그녀는 이미 공기 속 먼지로 사라지고 없었다.

마하는 석가모니 앞에서 49일 동안 무릎을 꿇고 그녀의 영혼을 되돌려 달라고 애원했다.

석가모니가 감동해 마하에게 말했다. 네가 정말 그녀를 사랑하고 아끼고 소중히 여긴다면 그녀가 백팔 번 윤회할 때까지 기다려라. 천도, 인도, 축생도, 아수라도, 아귀도, 지옥도의 육도 윤회 속 생사는 하늘이 정할 것이다. 너는 천성적으로 질투가 심하니 그 몸을 만져서는 안 되며 그 소리를 들을 수도 없다. 그저 눈으로만 그녀가 백팔 번 윤회하는 것을 지켜볼 수 있다. 할 수 있겠느냐?

마하는 눈물을 머금고 머리를 조아리며 받아들였다.

수천 년이 흘렀지만 윤회는 아직 끝나지 않았다. 수천 년의 윤회 동안 마하는 자기의 사랑보다 못할 경우 그녀를 위해 감정을 일일이 차단해 버렸다. 인간으로 변할 때마다 생뼈를 뽑아내는 대가를 치러야 했지만, 뼈를 눈과 바꿀 때 그는 조금도 원망하지 않았다.

사랑은 소유욕이고 보호였다. 그는 보이지 않는 곳에서 시선을 그녀에게 맞춘 채 수십 번의 생을 보냈다.

"그러니까 그녀에게는 사랑하는 사람이 없는 게 아니야. 그저 그녀가 사랑하는 상대는 좀 더 기다려야 하는 거지. 아마 조금 더 기다리면……."

나는 그렇게 말하면서 몸을 돌려 가게를 열고 다음 손님을 기다렸다.

이야기를 다 들은 흑무상 을계와 백무상은 웃고 떠들면서 주방으로 갔다.

나는 강물 맞은편을 향해 다시 한번 허리 숙여 인사했다.

믿음을 품고 기다리면 반드시 윤회의 다른 끝에서 똑같이 당신을 보고 있는 그를 만날 겁니다. 그리고 믿어야 합니다. 당신이 사랑하는 사람은 단지 당신을 한 번 보기 위해 뼈를 뽑는 고통을 참아 가며 인파를 헤치고 온다는 것을요. 당신과 그의 사랑이 이렇게 강렬하니 당신들의 고통도 똑같겠죠.

그는 이렇게 당신을 사랑하고 아끼고 소중히 여긴답니다.

당신은 기다리기만 하면 돼요.

그는 반드시 올 겁니다.

맹파의 레시피

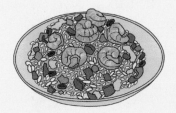

1. 마카오볶음밥

블랙올리브는 최고의 포인트, 오징어는
활기찬 리듬, 새우는 역동적인 멜로디다.
훈제삼겹살은 돼지고기의 찬가,
순살양념구이는 달콤함의 상승 음조,
양배추는 지휘봉.
그리고 간장과 달걀, 밥이 더해져
당신의 위장이 가장 좋아하는 교향곡을
만들어 낸다.

2. 거위다리구이

처음에는 바삭한 껍질을 즐기길.
거위 기름이 잇새로 녹아들 때
죄의식까지 밀려온다.
두 번째로는 거위 고기를 맛본다.
씹을수록 짭조름한 향에 빠져든다.
세 번째는 매실장이다.
최고의 거위구이는 매실장이 포인트다.

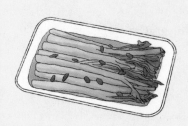

3. 동갓나물

아삭한 줄기는 천국의 채소를 씹는 듯하고
상큼한 잎은 숲 전체를 빨아들이는 듯하다.
혀끝에 닿는 모든 순간 가장 익숙한 맛이
느껴진다.

열여섯 번째 밤:
맹파탕

"맹파, 나 좀 도와줘요."

로큰롤 손님을 배웅하고 돌아선 순간 맞은편에서 모히칸 머리가 다가왔다.

"……손님, 어떻게 돌아오셨습니까?"

나는 방금 올라간 공명등을 바라보며 깜짝 놀라 물었다.

"뭐요? 다리를 건넌 손님이 되돌아왔어요?"

염라대왕이 두 손으로 얼굴을 감쌌다. 손가락 틈새로 질겁한 시선이 엿보였다.

뭐야, 염라대왕이었군.

"깜짝 놀랐잖아요!"

염라대왕은 내가 아무 반응이 없자 목소리를 한 옥타브 높였다.

"……."

나는 표정을 수습한 뒤 엄숙한 공무 태도를 취했다.

"……."

염라대왕은 의아한 시선으로 나를 보며 두 손으로 계속해서 심장을 토닥였다.

그 모습이 아직 덜 자란 햄스터 같아 나는 결국 참지 못하고 입을 열었다.

"처음 염라대왕을 맡았을 때 연세가 몇이셨어요?"

"열여덟 살요. 왜요?"

염라대왕은 여전히 놀란 표정이었고, 모히칸 머리도 무척 꼿꼿해 보였다.

"아니에요. 꽤 힘들었겠다 싶어서요."

"그건 됐고, 맹파를 아는 늙은이가 와요. 지금 흑무상이 혼을 데려오는 중이에요."

나는 굳은 표정으로 대꾸했다.

"알겠습니다. ……벌써 도착했나요?"

"네."

갑자기 살짝 기이할 정도로 익숙한 목소리가 뒤에서 들려왔다.

"안녕하세요?"

나는 감전된 듯 고개를 돌렸다. 휠체어를 탄 낯익은 노인이 문 앞에서 멈추는 게 보였다.

맹파가 된 이후 온갖 유형의 사람들을 매일 내하교로 보내면서 나는 내 기억을 봉쇄해 버렸다. 그러나 생전에 알던 사람을 보자 세상이 덜컹 흔들리더니 감정이 또렷하게 되살아났다.

"당신은…… 하나도 안 변했네요."

노인이 깜짝 놀란 표정으로 나를 바라보았다.

나는 노인의 텅 빈 다리를 보며 시선을 옮겼다.

"무엇을 드시고 싶으세요?"

나는 감정을 추슬렀다.

"차 한 잔이면 돼요. 오는 길에 흑무상이 주마등인가 그런 얘기를 했는데……."

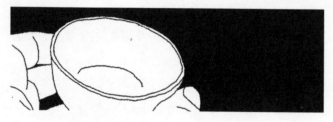

그는 여전히 내게 시선을 맞추지 못하고 불안하게 물었다.

나는 손가락을 튕겼지만 아무 일도 일어나지 않았다. 다시 한번 했지만 여전히 아무것도 없었다.

그의 삶에 내가 들어 있었기 때문이다.

위에서 일하는 동안 나는 많은 사람의 생사를 목격했다. 그가 강보에 싸인 아기였을 때부터 코를 질질 흘리며 여자애를 따라다니던 지저분한 학생일 때, 가로등 아래에서 연인과 첫 키스를 나눌 때, 실직한 뒤 포장마차에서 술잔을 기울일 때까지 모두 보았다.

알게 모르게, 내 기나긴 과거의 삶 속에는 평범한 증인이 몇 명 생겼다. 그들은 내가 늙지 않는 것을 보았고 나도 옆에서 조용히 그들의 일생에 끼어들었다. 차갑고 따뜻한 감정, 흐리고 맑고 차고 이지러지는 삶에.

그들의 이야기 속에서 나는 조용한 타인일 뿐이었다. 그렇지만 나는 나만의 방식으로 묵묵히 그들 모두의 일생을 기록했다.

"내가 네 주마등이야."

나는 그렇게 대답했다.

그는 조심스럽게 찻잔을 돌리며 나와 눈을 마주치지 않으려 했다. 내 늙지 않은 모습을 보고 내 비밀에 대해 고민하는 중이었다. 그도 어느 정도는 이게 건드릴 수 없는 금기임을 알았지만 호기심까지 완전히 억누를 수는 없었다.

"가자. 망천하를 보여 줄게."

나는 그의 휠체어를 밀면서 공명등의 장막 밑으로 산책을 갔다. 망천하 옆에서는 흑무상들이 삼삼오오 모여 쉬고 있었다. 강물은 고요하게 금빛으로 일렁였다.

그는 공명등이 떠오르는 것을 한참 동안 쳐다보다가 갑자기 물었다.

"하늘이 항상 이렇게 어두워?"

"응, 그래야 공명등이 보이니까."

한참 뒤 그가 또 물었다.

"그럼 맹파탕은 뭐야?"

"물이야. 망천하의 물."

"나도 이따가 그 물을 마셔야 돼?"

"벌써 차를 마셨잖아. 찻물로 망천하의 물을 썼지."

"내가 너를 만났을 때도 맹파였니?"

"죽은 뒤에야 여기 왔어."

"그럼…… 그전에는 얼마나 오래 살았어?"

"……나도 몰라."

"아!"

또 침묵의 시간이 이어졌다.

우리는 그렇게 서로 아무 말 없이 돌아다녔다. 나는 어떻게 해야 할지 알 수 없어 휠체어를 밀며 왔다 갔다만 했다.

"우리 그냥 다리에 올라가자."

세 번째로 내하교에 이르렀을 때 그가 말했다.

"조금 더 걷자."

나는 잠시 생각한 뒤 말했다.

"아, 저 흑무상은 갈래머리랑 닮았네."

그의 시선을 따라가 보니 백무상을 안고 강가에서 비단잉어와 노는 흑무상 을이 보였다.

"갈래머리?"

"예전에 옆 반의, 머리를 길게 땋아 내리고 영어 시험에서 언제나 만점 받던 여자애."

"그래? 듣고 보니 좀 닮았네."

"갈래머리가 지금 누구랑 결혼했는지 알아?"

그가 갑자기 흥분했다.

"모르지."

"예전에 우리 반에서 제일 예쁜 애랑 사귀던 남자애."

"어? 내 기억으로는 예쁜 애가 다른 지역 대학에 진학하니까 그 남자애가 4년제 대학까지 포기하고서 여자애를 따라가 전문대에 등록했는데. 결국 둘이 안 이루어졌어?"

"깨졌어. 남자애가 외지에서 돌아오고 얼마 안 돼 갈래머리랑 결혼한 것 같아. 학교 다닐 때는 둘이 몇 마디 나눠 본 적도 없더니. 두 사람 결혼사진을 봤을 때 나도 깜짝 놀랐어."

"그러고 보니 대학교 때 네가 다른 사람 커닝 도와줬다고 신분증 뺏고 돈 요구했던 감독 선생 기억나?"

"기억나. 얼굴은 흐릿하지만…… 그 사건은 기억해. 그때 졸업 못 할까 봐 얼마나 떨었던지, 꽤 많은 돈을 찔러 주고 담배까지 사서 바쳤지."

"그 사람도 식사하고 갔어."

가을바람에 공명등이 나풀나풀 흔들렸다.

"병으로?"

"아니. 아내가 오랫동안 정신병을 앓았거든. 원래는 정신

병원에 입원시켰는데, 나중에 병원 간호가 마음에 들지 않는다고 전문 간호사를 고용해 집에서 아내를 돌봤어."

젊은 흑무상 몇이 떠들썩하게 우리 옆을 뛰어가다가 호기심 어린 표정으로 돌아보았다.

"나중에 그 선생이 학생 돈을 갈취한다고 누가 학교에 신고했어. 그 바람에 그는 사직하고 집에서 아내만 돌봤지. 아내의 정신병은 갈수록 심해져서 결국 어느 날 밤에 베개로 그 선생을 질식시켜 죽였고. 그는 여기 온 뒤에 아내를 데려오겠다며 흑무상이 됐는데, 아내는 바로 다음 날 왔어. 그가 죽은 뒤에 친척이 아내를 돌봤겠니? 그녀는 밤에 일어나 온 집 안을 돌아다니며 그를 찾았지만 찾을 수 없었어. 그렇게 찾고 찾다가 베란다까지 나갔고, 뛰어내렸어."

아무래도 밤바람은 조금 차가웠다. 나는 그의 휠체어를 밀었고, 우리 둘은 또 침묵에 빠졌다.

"진작 알았으면 돈을 조금 더 주는 건데."

나는 살며시 웃고 나서 말했다.

"그렇게 뜯어낸 돈은 흥청망청 노는 데 썼어."

그는 깜짝 놀라며 고개를 돌려 나를 보았다. 나는 계속 휠체어를 밀었다.

"스트레스를 못 풀면 정말 죽을 것 같았다고 하더라."

"그래."

그는 무표정하게 고개를 돌렸다.

"또 누구를 만났어?"

한참 뒤 그가 물었다.

"예전에 회사 안내 데스크에서 늘 소란 피우던 손님 기억
나?"

"기억나. 이상한 주황색 셔츠만 입었지."

"그 사람 어머니가 옥수수를 수확하다가 갑자기 쓰러졌
어. 고향 병원에서 위중하다는 연락을 받고 그날 밤으로 기
차를 탔는데, 도중에 노인네가 떠났지. 그런 다음 그가 고향
기차역을 나가다가…… 사고를 당했어. 원래는 피할 수 있
었는데, 어떤 여자애를 구하느라고 자기 목숨을 잃었어."

"영웅이네."

"여기 왔을 때도 그 주황색 셔츠를 입고 있더라."

"지금 생각해 보니 잘 어울린다."

그가 웃었다.

우리는 기억 깊은 곳에 묻혀 버린 옛 사람들에 대해 많은
이야기를 나누었다. 그 사람들은 모래사장의 조개껍질처럼
주워 들어야만 세월의 파도 소리를 낼 수 있었다.

우리는 어렸을 때 길가의 찹쌀도넛이 얼마나 맛있었는지,
초등학교 수학 선생님이 얼마나 끔찍했는지, 중학교 때 친
했던 친구가 왜 그렇게 완전히 연락을 끊었는지 이야기했
다. 고등학교 때 입맞춤했던 그 사람의 갓 태어난 아들이 전
혀 예쁘지 않았다고 말하고, 대학 졸업 후 멀리 떠난 룸메이
트와 회사 근처의 싸고 맛있었던 볶음덮밥을 이야기했다.

마지막으로 한 바퀴 돌아 내하교에 이르렀을 때 공명등을 잡으려고 펄쩍펄쩍 뛰는 백무상이 보였다.

"다리에 오를까?"

그는 하하 크게 웃고 나서 물었다.

"그래."

내가 대답했다.

다리 중앙까지 가서 나는 걸음을 멈췄다.

"너는 가기 싫어?"

그가 평온한 얼굴로 나를 바라보며 물었다.

"나는 못 가."

나는 고개를 저었다.

"괜찮아."

그가 내 손을 꼭 쥐었다.

그는 천천히 노인에서 청년으로, 청년에서 뺨이 발그레하고 생기 넘치며 평범하면서 빛나는 소년으로 변했다. 그는 눈을 반짝거리며 세월로 자신의 진심을 증명하고 추억으로 자신의 존재를 기록했다.

나는 갑자기 코끝이 찡해졌다. 오랫동안 맺혀 있던 감정이 그의 말에 빗장 풀린 듯 터지고 눈물이 왈칵 솟았다.

내가 우는 것을 보고는 그가 손에 힘을 더 주었다.

"내가 해 줄 수 있는 말은 괜찮다는 말뿐이야."

"정말?"

나는 젊어진 그의 얼굴을 보며 물었다.

"괜찮아. 우리의 오늘, 우리 주변 사람, 우리가 걸어온 한 걸음 한순간이 모두 특별하고 소중했어. 나는 그것들을 꽉 쥐고 있었기 때문에 포기하지 않고 견딜 수 있었어. 나는 좋아. 진짜 좋아."

"고생했어."

그런 다음 그는 내게 "안녕."이라고 말했다.

내가 고개를 숙이며 맞은편을 향해 허리 숙여 인사할 때 굵은 눈물방울이 바닥으로 떨어져 사라졌다.

얼마나 많은 손님의 일생을 보았던가. 그러면 나는? 나는 대체 좋은 삶을 살았다고 할 수 있을까?

"이제 당신 잘못이 뭔지 알았나요?"

염라대왕이 물었다.

"알아요. 모르기도 하고요."

나는 빙그레 웃었다.

고개를 들어 공명등에 가려진 달빛을 보았다. 오늘은 보름의 만월이 지나간 밤이었다.

사람들은 열엿새 밤이란 기울기 시작하는 달을 의미한다며, 모든 일이 완벽함에서 결핍으로 나아간다는 뜻으로 해

석한다. 마치 인생에 대한 해답을 찾는 여정처럼 말이다.

어쩌면 이룰 수 없고 아득히 멀기만 한, 망설임으로 가득한 길일지도 모르지만 우리는 그 길을 계속 가야만 한다. 이미 인생의 정점에 이르렀어도 우리는 다음 순간 훨씬 사랑받을 만한 사람이 될 수 있음을 믿어야 한다.

나는 몸에 묻은 먼지를 털고 가게로 돌아와 다음 손님을 기다렸다.

나는 영원히, 영원히 당신을 만나지 않기만 바랄 뿐이다.

맹파가 탄생하던
그날 밤에

2015년 6월 스토리북(StoryBook)에 「치즈버거」라는 제목으로 글을 하나 올렸다. '사형수의 마지막 식사'라는 특집 기사를 읽고, 사람들은 죽기 직전에 마지막 식사로 어떤 음식을 선택할까 떠올리다가 나온 글이었다.

나라면 최후의 식사 때 어떤 음식을 선택할까?

든든하게 배를 채워 줄 음식일까, 아니면 추억을 남겨 준 음식일까? 내가 어렸을 때 골목 어귀에서 자유둔쓰를 팔던 할머니가 떠오르고, 어두운 부엌에서 마파두부를 만들던 이웃집 아줌마가 떠올랐다. 중학교 식당의 고기 부스러기만 떠다니던 무갈비탕, 뜨거운 여름날 친구와 마시던 버블티, 대학교 야시장의 닭갈비와 비빔면도 떠올랐다.

딱 하나만 고를 수 있다면 무엇을 선택할까? 그건 사실 현재까지의 인생을 돌아볼 때 내가 어느 시절을 가장 그리워하는지 자문하는 것과 같았다.

스토리북에 글을 올리고 10분도 안 되어 책임자 book군*이 언제 다음 편을 줄 거냐고 물어 왔다. 그때 나는 써야 할 글이 세 편에다 의대 논문마저 쫓기고 있어서 이 일은 생각할 여력이 없었다. 그런데도 book군은 툭하면 언제 2편을 쓸 거냐고 물었다.

그래서 9월에 2편을 썼다. book군은 다 읽고 나서 3편은 언제 되느냐고 또다시 조용히 압박했고, 11월에 3편을 완성했다. 그런 다음 천천히, 아무 설계도 틀도 없던 이야기가 스토리북의 의도적인 기획 아래 연재 형태를 갖추기 시작하더니 결국 시리즈로 탄생했다. 나는 극중 인물인 백무상이 피와 살, 목소리를 얻고(스토리북의 '잠못드는방송국'에서 이 '지옥 고양이'의 캐릭터를 설정했다) 흑무상(지옥주방 블로그 관리자가 설정했다)이 성격과 팬을 얻게 될 줄은 전혀 예상하지 못했다.

그런 식으로, 무심하게 시작한 글이 점점 내 인생의 첫 책으로 변모해 갔다. 나는 맹파의 조용하고 따스한 손을 통해 나 스스로를 여기까지 이끌고 왔다.

일본 예술가 마쓰코(松子)는 "사람은 운명에 내몰렸을 때에야 죽어라 노력하는 게 좋다."고 말했다.

* book군은 스토리북의 창업자 중 한 명이다.

정말 맞는 말이다.

나도 한때는 글쓰기에 자부심을 품고 있었다. 예전에는 글쓰기를 가장 사적인 일이며 오로지 스스로 소통하기 위한 기교라고 생각했다. 그 속에 인생철학이 담겨 있어도 결국에는 이기적인 안위일 뿐이라고 여겼다. 그래서 나는 글쓰기로 무엇을 얻겠다고 생각해 본 적이 없었다.

그러던 어느 날 갑자기 글쓰기에 대한 승부욕을 잃어버렸다. 바로 직전까지 온몸의 모공이 전율할 정도로 흥분한 채 어둠 속에서 의연하게 길을 찾다가 문득 돌아보니 앞을 밝혀 주던 등불이 언제인지 꺼져 버린 것을 발견한 기분이었다.

나는 어디에 있는 것일까?

나는 글쓰기를 향한 열정도 사라졌다고 생각했다. 그런데 나중에 보니 아니었다.

확실히 글로 스트레스를 푸는 게 습관으로 굳어져 있었다. 나이가 들면서 감정 변화가 더는 예전처럼 격렬하지 않을 뿐이었다. 옛날에는 시고 달고 쓰고 매운 온갖 풍파가 한여름의 햇살처럼 눈을 찔러 댔지만, 지금은 번뇌도 밤바다의 달처럼 어쩌다 가끔씩만 심금을 건드릴 뿐이다.

물질, 가족, 계층, 사회적 책임……. 손잡고 함께 화장실 가던 나이를 지나니 고통이라는 것도 더 이상 담배 한 개비, 콜라 한 캔, 글 한 편에 소비하는 시간으로는 해소되지 않는다.

글도 사람처럼 그런 번뇌를 따라 변했다. 내 문체가 더할 나위 없이 화려하다고 생각했던 나이에는 용을 무찌르는 영웅이 되고 싶었다. 하지만 글이 많이 담백해진 지금은 상냥한 묘지기가 되고 싶을 뿐이다.

2016년 4월 도쿄에서 지내면서부터 잡다한 일로 정신없이 바쁘고 인생의 선택과 관련한 엄청난 일들이 잇따라 일어났다. 내 인생에서 무엇을 할 수 있을지, 심지어 무엇을 위해 살아야 할지조차 알 수 없었다. 그런 순간 스토리북 편집부에서 내게 출판을 상의해 왔다.

인생이란 정말 기묘하다고 생각했다.

내 글에 그토록 집착할 때는 운명이 플래시를 비춰 주지 않더니 집착을 거두자 우주에 불을 밝혀 주었다. 사람은, 과연 운명에 내몰렸을 때에야 죽어라 노력하는 게 좋다.

음식에 대한 내 집착 때문에 일러스트에 자질구레한 의견까지 전부 반영해야 했던 일러스트레이터 츠무(此木), 쉬왕왕(許旺旺), 튀옌정(拖延征)에게 감사를 전한다. 사이트와 표지 디자인을 맡은 Mafia, 디자인 총감독 지샹쥔, 나조차 참기 힘든 내 게으름을 받아 준 편집자 리거거(梨戈戈)에게 감사하며, 구성 설정과 전개를 끊임없이 논의해 준 Monika와 위왕(予望)에게도 감사한 마음을 전한다. 시간 맞춰 내 영혼을 치유해 준 홍보 담당자 JM과 세상에서 가장 귀여운 백무상, 그리고 지금 내가 가진 모든 것을 준 book군에게 감사한다.

　나 자신의 미숙함과 글의 유치함을 잘 알고 있어서 원고를 쓰는 내내 세상이 황폐한 도시처럼 느껴졌다. 그리고 나는 적막에 빠진 도시의 폐허 위를 날아다니는 허약한 반딧불이 같았다.
　그렇지만 나의 미약한 빛이 『열여섯 밤의 주방』에서 당신에게 조금이라도, 아주 조금의 따스함과 감동이라도 선사할 수 있다면 나로서는 더 큰 위로가 없을 것이다.
　맑고 맛 좋은 술로 당신의 잔을 채울 수 있기를.

　맹파와 당신의 이야기는 아직 끝나지 않았다.
　맹파를 대신해 당신의 지금 삶에 건배를 보낸다.
　당신의 온기에 감사하며.

마오우

생을 마감한 영혼이 최후의 순간을 함께한 흑무상의 인도를 받아 모히칸 머리를 한 염라대왕이 다스리는 저승으로 내려온 뒤 음식을 주문하면, 지상에서 저지른 잘못 때문에 벌을 받고 있는 맹파가 애절한 사연을 갖고 있을 것으로 짐작되는 고양이 백무상이 준비한 재료로 정성껏 음식을 만들어 영혼의 마지막 순간을 위로한다.

처음에는 중국 고전 판타지라고 생각하지 않을 수 없었다. 염라대왕과 맹파, 흑무상, 백무상 등 설화 속 캐릭터들이 망천하와 내하교 같은 신비한 장소에서 흥미진진한 이야기를 펼치겠다고 생각하며 책을 읽기 시작했다. 그러다 세세한 조리법과 완성된 요리 삽화를 보면서 판타지 소설에 접목시킨 요리책이라고 해야 하나 싶어졌고, 독립적이고 짤막한 에피소드를 읽을 때는 에

세이에 가깝다고 생각했다. 결국 다 읽고 나니 한두 가지 장르로 규정하기 애매할 정도로 다채로운 묘미를 가진 소설이었다.

그런데 재미있는 것은 특정한 장면이나 글귀가 문득문득 떠오르는 거였다. 원서를 읽고 번역에 들어갈 때까지 3개월, 번역을 하는 3개월은 물론 번역을 마치고 3개월이 지난 지금까지도 '그녀'나 '그'가 겪은 일들이 책에서 읽은 게 아니라 친한 친구한테서 들은 누군가의 이야기로 떠오르곤 했다.

엄마에 대한 복수로 자신을 버리는 딸, 최선을 다해도 끝내 최고가 될 수 없었던 청년, 끝내 고백하지 못한 첫사랑, 허무를 떨치지 못해 스스로를 파괴하는 아가씨, 아이돌에 푹 빠져 희망과 절망을 맛본 청년 등 모두 예전에 알았거나 친한 친구의 주변 사람 같고 '남들은 이차 방정식을 푸는데 너만 구구단을 외우는 꼴이야' 같은 말은 나 스스로에게 했던 말 같았다. 누구 이야기더라, 누구한테 들었더라, 한참을 생각해 본 뒤에야 책에서 읽었던 내용이라는 게 기억나 판타지 형식 아래에 숨겨진 이야기의 힘에 놀라곤 했다.

밤의 고독에서 헤매는 이들을 위로하기 위해 시작했다는 이 이야기들은 중국에서 엄청난 호응을 받으며 조회수가 1억 뷰를 넘었다고 한다. 죽음을 다루지만 무겁지 않고 어둠을 배경으로 하지만 답답하지 않은 삶의 회상이 여기에서도 포근한 위로가 되고 2편으로 이어지기를 희망한다(염라대왕과 맹파, 백무상의 숨은 사연이 궁금하다).

문현선

열여섯 밤의 주방

2019년 3월 15일 1판 1쇄
2020년 5월 15일 1판 2쇄

지은이   마오우
옮긴이   문현선
편집   김태희, 장슬기, 나고은, 김아름
디자인   김민해
제작   박홍기
마케팅   이병규, 양현범, 이장열
홍보   조민희, 강효원
인쇄   천일문화사
제책   J&D바인텍

펴낸이   강맑실
펴낸곳   (주)사계절출판사
등록   제406-2003-034호
주소   (10881) 경기도 파주시 회동길 252
전화   031)955-8588, 8558
전송   마케팅부 031)955-8595 편집부 031)955-8596
홈페이지 www.sakyejul.net
전자우편 literature@sakyejul.com
페이스북 facebook.com/sakyejul
인스타그램 instagram.com/sakyejul

ISBN 979-11-6094-447-1 04820
ISBN 979-11-6094-050-3 (세트)

이 도서의 국립중앙도서관 출판예정도서목록(CIP)은 서지정보유통지원시스템 홈페이지
(http://seoji.nl.go.kr)와 국가자료공동목록시스템(http://www.nl.go.kr/kolisnet)에서
이용하실 수 있습니다.(CIP제어번호: CIP2019005521)